教育部人文社会科学重点研究基地重大项目

"中国诗歌研究史"(05JJD750.11-44011)成果

首都师范大学中国诗歌研究中心规划项目成果

国家出版基金项目
NATIONAL PUBLICATION FOUNDATION

中国诗歌研究史

左东岭 主编

少数民族卷

梁庭望 著

人民文学出版社

图书在版编目（CIP）数据

中国诗歌研究史. 少数民族卷/左东岭主编；梁庭望著. —北京：人民文学出版社，2020
  ISBN 978-7-02-015672-6

Ⅰ.①中… Ⅱ.①左… ②梁… Ⅲ.①少数民族文学—诗歌研究—历史—中国 Ⅳ.①I207.22

中国版本图书馆 CIP 数据核字(2019)第 195692 号

责任编辑　葛云波
装帧设计　陶　雷
责任印制　王重艺

出版发行　人民文学出版社
社　　址　北京市朝内大街 166 号
邮政编码　100705
网　　址　http://www.rw-cn.com

印　　刷　三河市中晟雅豪印务有限公司
经　　销　全国新华书店等

字　　数　290 千字
开　　本　880 毫米×1230 毫米　1/32
印　　张　8.125　插页 2
版　　次　2020 年 4 月北京第 1 版
印　　次　2020 年 4 月第 1 次印刷

书　　号　978-7-02-015672-6
定　　价　74.00 元

如有印装质量问题，请与本社图书销售中心调换。电话:010-65233595

总　序

　　处于世纪之交的中国学术界，编写各种各样的学术史成为近二十年来的流行学术操作。自 20 世纪初以来，中国的各种学科由于受到西方学术理念与研究方法的影响，纷纷建立起自己的研究范式，并运行了近百年，其中取得了巨大的学术成就，也存在着种种的问题与缺陷，因此有必要对其进行总结与检讨，以便完善学科的建设与提升研究的水平。从此一角度看，学术史写作的流行便是可以理解的一种学术选择。然而，在这二十多年的学术史编写中，到底对于学术的研究提供了何种帮助，又存在着哪些问题，或者说我们到底需要什么样的学术史，似乎还较少有人关注。我认为，总结学术史的写作就像学术史的写作一样重要，因为及时检讨我们所从事的学术工作，会使后来者少走弯路而提升学术史的研究水平。

一、近二十年学术史写作的检讨

　　学术史的清理其实是学术研究的常规工作，任何一个领域的问题研究，都必须首先从学术史的清理做起，否则便无法展开自己的研究。但中国学术界大规模、有意识的专门学术史研究，是从 20 世纪 80 年代末开始的，其标志性的成果是天津教育出版社组织编辑出版的"学术研究指南丛书"，从 20 世纪 80 年代末至 90 年代中期，该丛书出版了数十种各学科的学术史"概述"类著作，其中不少著作至今仍是所在学科研究的必读书。现在回头来看这套大型研究史丛书，我们依然应该对其表示敬意，因为它的确对当时及后来的学术研究具有重要的贡献与推进。总结起来说，它具有下面几方面的主要特点：

一是起点较高。作为一套大型的研究指南丛书，其着眼点主要是为研究者提供入门的方法以便能够把握本领域的基本学术状况及研究方法，因此该丛书的"出版说明"就开宗明义地指出：

> 这套丛书将分门别类介绍哲学和社会科学各分支的研究沿革，对各学科的研究成果进行归纳和分析；对各学派或不同观点进行评介；对当前的研究动态及对未来研究趋势进行预测；还要介绍各学科特有的研究方法和手段。为了便于研究者检索，书后还附上该学科的基本资料书目及其提要和重要论文索引。这样，本书便是集学术性、资料性和工具性于一身，一册在手，即可对某一学科研究的基本情况一览无遗，足供学人参考、咨询、备览，对需要深入研究的内容，也可按图索骥，省却"踏破铁鞋无觅处"的烦恼。

从此一说明中不难看出，该丛书还不是纯粹意义上的学术史著作，其主要宗旨是作为研究的入门书，也就是所谓的"指南"性质，学术史研究当然是其重要组成部分，但不是其全部内容，这不仅从其书后附录的"基本资料书目"这些非学术史的板块可以看出，更可以从其撰写的方式显示出来。比如关于近代史的研究，该丛书既包括学术史性质的《中国近代史研究述要》[①]，同时也收进去了《习史启示录》[②]

[①] 陈振江：《中国近代史研究述要》，天津教育出版社，1997年版。
[②] 中国史学学会《中国历史年鉴》编辑组：《习史启示录：专家谈如何学习近代史》，天津教育出版社，1988年版。

这类谈治学经验的著作。而且在体例上也还存在一些问题,比如在中国古代文学学科,该丛书共收了9种著作:赵霈霖的《诗经研究反思》和《屈赋研究论衡》、刘扬忠的《宋词研究之路》、宁宗一的《元杂剧研究概述》和《明代戏剧研究概述》、金宁芬的《南戏研究变迁》、李汉秋的《儒林外史研究纵览》、罗宗强的《古代文学理论研究概述》、袁健的《晚清小说研究概说》等。将作为学科的古代文学理论和作为文体的诗、词、小说、戏剧以及古典名著的《儒林外史》并列,颇显体例的凌乱。尽管存在这些不足,但其中有两点是应该引起足够重视的。这就是一方面要"对各学科的研究成果进行归纳和分析;对各学派或不同学术观点进行评介"的学术史清理,另一方面还要"对当前的研究动态及未来研究趋势进行预测"的研究瞻望。这两方面的要求应该说是很高的,尤其是对于研究趋势的预测就绝非一般学者所能轻易做到。

二是作者队伍选择比较严格。从该丛书呈现的实际成果来看,其作者一般都具备两个条件:在某领域已经具有较大成就的学者和当时依然处于研究状态的学者。仍以古代文学为例,其中的六位学者都在各自的领域取得了较为突出的研究业绩,但在当时又都还是中年学者,正处于学术生命的旺盛期。这或许和这套丛书的"指南"性质相关,因为刚入门者缺乏研究经验,而已经退出研究前沿的年长学者又难以跟上学术发展潮流。这种选择其实也反映在上述所言的体例凌乱上,因为是以有成就的中年学者为选择对象,当然就不能追求体例的统一与均衡,可以说这是牺牲了体例的完整性而保证了丛书的质量。当然,从8种学术史著作居然有两位作者一人呈现两种的情况看,还是包含着地域性的局限与丛书组织者学术界统合力的不足。

三是丛书质量较高。由于具有较高的立意与作者队伍选择的严格,从而在总体上保障了丛书的基本质量,其中有不少成为本领域的必读著作。比如在罗宗强的《古代文学理论研究概述》的第一编,分四个小节对古代文学理论的"研究对象""研究目的""研究历史"和"资料载籍"进行系统的介绍,使读者完整地了解该学科的基本性质与历史发展,同时还提出了自己的独立见解,认为"弄清古代文学理论的历史面貌本身,也可说就是研究的目的"[①]。自建国以来,古代文论的研究一直追求"古为今用"的实用目的,从而严重影响了对于其真实内涵的发掘,当时提出弄清历史面貌的研究目的,可以说是一种拨乱反正的主张。正是由于拥有这样的眼光,也就保证了学术史清理中的学术判断,从而保证了该书的质量。

自此套丛书出版之后,便持续掀起了学术史写作的热潮,仅以中国古代文学学科为例,其中冠以20世纪学术史名称的便有:赵敏俐、杨树增的《20世纪中国古典文学研究史》[②],张燕瑾、吕薇芬主编的《20世纪中国文学研究》[③],蒋述卓等人主编的《20世纪中国古代文论学术研究史》[④],黄霖主编的《20世纪中国古代文学研究史》[⑤],傅璇琮主编的《20世纪中国人文学科学术研究史丛书文学专辑》[⑥],李春青主编的《20世纪中国古代文论研究史》[⑦],等等。有的著作虽未

---

① 罗宗强等:《古代文学理论研究概述》,天津教育出版社,1991年版,第7页。
② 陕西人民教育出版社,1997年版。
③ 北京出版社,2001年版。
④ 北京大学出版社,2005年版。
⑤ 东方出版中心,2006年版。
⑥ 福建人民出版社,2006年版。
⑦ 山东教育出版社,2008年版。

以此为名,其实亦属于同类性质的著作,如:董乃斌等人主编的《中国文学史学史》①、傅璇琮、蒋寅主编的《中国古代文学通论》②等,均包含有对20世纪学术史梳理的内容。还有以经典作家作品为对象的专门研究史,如以《文心雕龙》研究为题的张少康等《文心雕龙研究史》③、张文勋《文心雕龙研究史》④、李平《文心雕龙研究史论》⑤等,以杜甫为题的吴中胜《杜诗批评史》⑥,以苏轼为题的曾枣庄《苏轼研究史》⑦,以《红楼梦》为题的白盾《红楼梦研究史论》⑧、陈维昭《红学通史》⑨等。至于在此期间以综述文章形式发表的学术史研究成果,更是难以一一列举。

与"学术研究指南丛书"相比,后来的学术史的研究无疑有了长足的进展,这表现在以下几个方面:

一是更加系统而规范。比如张燕瑾等的《20世纪中国文学研究》共10卷,不仅包括了古代文学的各个朝代,而且还增添了近代、现代和当代,应该说这才是真正完整的学术史;又如傅璇琮主编的《20世纪中国人文学科学术研究史丛书文学专辑》内容更为完整丰富,共由8种构成:《中国古代小说研究》《中国戏剧研究》《中国词学研究》《中国诗学研究》《中国古代散文研究》《中国文学批评史研

---

① 河北人民出版社,2003年版。
② 辽宁人民出版社,2005年版。
③ 北京大学出版社,2001年版。
④ 云南大学出版社,2001年版。
⑤ 黄山书社,2009年版。
⑥ 中国社会科学出版社,2012年版。
⑦ 江苏教育出版社,2001年版。
⑧ 天津人民出版社,1997年版。
⑨ 上海人民出版社,2005年版。

究》《西方文学研究》《比较文学研究》,应该说文学研究的主要内容全都囊括进来了,而且分类也比较合理;再如黄霖主编的《20世纪中国古代文学研究史》共7卷,除了以分体所构成的"诗歌卷""小说卷""戏曲卷""散文卷""词学卷""文论卷"外,还由主编黄霖执笔撰写了"总论卷",对20世纪古代文学研究的总体状况与重要理论问题进行归纳与评述,从而与其他分卷一起构成了一个立体的系统。这些大型的学术史丛书,较之以前那些零打碎敲而互不统属的研究已经显示出明确的优势。

二是体例多样而各显特色。就本时期的学术著作的整体情况看,大致显示出三种体例。有的以介绍研究成果为主要目的而较少做理论的总结与评判,如张燕瑾等的《20世纪中国文学研究》、张文勋的《文心雕龙研究史》等,张文勋在绪论中就说:"对于入史的资料,采取实录的方法,保存其历史原貌。对当时的历史情况和资料的优劣,尽量做到述而不评,以便使读者进一步研究,评价其优劣,判断其是非。"[①]当然,并非所有的成果都是有意保持实录的特色而是缺乏判断的能力,但结果都是以介绍成果为主的写法。有的以问题为中心进行理论的总结,如赵敏俐等的《20世纪中国古典文学研究史》和韩经太的《中国文学批评史研究》等。赵敏俐以"时代变革与学术演进""文化思潮与理论思考""格局改变与领域拓展"和"文学史的研究与撰写"[②]来概括其著作内容,体现出明确的问题意识。韩经太则直接说:"如今已是电子信息时代,相关资料的检索汇集,实际上

---

① 张文勋:《文心雕龙研究史》,云南大学出版社,2001年版,第11页。
② 赵敏俐等:《20世纪中国古典文学研究史》,陕西教育出版社,1997年版,第1—13页。

已不再成为学术总结的难题。关键还在'问题意识'的确立。"①既然具有如此的指导原则,其著作也就理所当然地采取了以问题为章节设计的基本格局。有的则以深层理论探索为学术目的,如董乃斌等人的《中国文学史学史》并不是去介绍评判各种文学史编撰的优劣短长,而是要通过对前人经验的总结,建立自己的文学史学史,因而其关注的焦点就是:"细心地考察文学史学演进中诸种内部与外部的交互作用,实事求是地估量各种理论观念、史料工作和史纂形式的历史成因及其利弊得失,认真地探索与总结其发展规律。"②在此基础上,董乃斌还主编了另一本理论性更强的《文学史学原理研究》③的著作,显示了其重理论总结的学术路径。

三是对于学术史认识的深化。学术史的研究对象是相当驳杂凌乱的,如何选择与评价取决于研究者的知识构成与学术素养,即使面对相同的研究对象,由于研究者不同的学术背景,也会具有较大的差异。比如对于"新红学"的态度,早期的学术史多从政治的角度采取批判的态度,而近来的学术史则更多从学理的层面进行清理。比如郭豫适在评价胡适《红楼梦考证》的研究方法时说:"胡适虽然在具体进行作者、版本问题的考证中,得出了一些比较合乎实际的、可取的看法,但是我们不能因此而肯定他那实验主义的真理论和实用主义的研究方法。"④很明显,这是当时对胡适"大胆假设,小心求证"方法的关注与批判。而陈维昭在评价胡适时也说:"以胡适为代表的'新

---

① 韩经太:《中国文学批评史研究》,福建人民出版社,2006年版,第10页。
② 董乃斌等:《中国文学史学史》,河北人民出版,2003年版,第26页。
③ 董乃斌等:《文学史学原理研究》,河北人民出版社,2008年版。
④ 郭豫适:《红楼梦研究小史续稿》,上海文艺出版社,1981年版,第44页。

红学'的最本质的错误在于无视文本的创造过程和文本的阅读的不可逆性,无视叙述行为和阅读行为的解释性。"①如果没有接触过新批评的文本理论与接受美学等开放性阐释新理论,作者不可能对胡适的新红学进行此种学理性的批评。从知识构成角度看,郭豫适依然在传统理论的层面研究胡适,而陈维昭则是用新的理论视角在审视胡适,尽管二人的评价有深浅的差异,但并无高低的可比性,因为那是处于不同时代的学术研究,只存在时代的差异而难以进行水平高低的对比。

指出上述学术史研究的新进展并不意味着目前的学界不存在问题,其实在学术史研究局面繁荣的背后,潜存着许多必须关注的缺陷甚至是弊端。这种情况可以分为两个层面。一个是大批貌似学术史研究而实则仅仅是成果的罗列,作者既未能全面搜罗成果,也缺乏鉴别拣择的能力。此类成果对于学术研究几乎毫无贡献,故不在本文的论述范围之内。另一个是许多严肃性的学术史著作与论文,对学界的进一步研究影响较大,但也存在着种种的问题,这就不能不引起足够的重视。就笔者所看到的学术史论著,大致存在着以下应该引起注意的现象。

首先是资料的不完整。竭泽而渔地网罗全部资料是学术史研究的前提,然后才能从中筛选出有价值的成果进行分析评价。然而目前的学术史著作中却很少有人将学术史资料搜集齐备的。尽管目前电脑网络的搜集手段已经足够先进便捷,但也恰恰由于过分依赖网络检索而忽视了其他检索的途径。比如目前网络数据库的内容基本上是经过授权的期刊,而在此之外却存在大量的盲点,论其大者便有未上期刊网的地方刊物成果、丛刊及论文集中的成果以及通史类中所包含的成果三种,均时常被学者所忽略。且不说那些以举例为写

---

① 陈维昭:《红学通史》,上海人民出版社,2005年版,第160页。

作方式的论著,即使那些专门提供成果索引的学术史著作,也存在此类问题。比如中国社会科学院历史研究所明史研究室编纂的《百年明史论著目录》①一书,搜集了自1979至2005年的明史研究成果,应该有足够的权威性,但本人在翻检自己的成果时却吃惊地发现有大量的遗漏。其中共收本人7篇论文和3部著作,但那一时期作者共发表有关明史研究的论文20篇,也就是说遗漏了将近三分之二的论文。遗漏部分有些是上述所言的盲区,如《阳明心学与冯梦龙的情教说》②属于论文集所收成果,《明代心学与文学》③属于论著中所包含成果。而《童心说与李贽的人生价值取向》④、《阳明心学与唐顺之的学术思想、文学思想与人格心态》⑤、《论王阳明的审美情趣与文学思想》⑥属于增刊或丛刊类成果。但不知是何原因,在知网中所收录的8篇论文竟然也被遗漏,似乎令人有些费解⑦。可以想象,如果按

---

① 中国社会科学院历史研究所明史研究室编:《百年明史论著目录》,安徽教育出版社,2012年版。
② 张晶主编:《21世纪文艺学研究的新开拓》,中国传媒大学出版社,2003年版。
③ 傅璇琮、蒋寅:《中国古代文学通论(明代卷)》,辽宁人民出版社,2005年版。
④ 《朱子学刊》第8辑,1998年。
⑤ 《文学与文化》第1辑,2003年。
⑥ 《文艺研究》1999年增刊。
⑦ 这8篇文章是:《耿、李之争与李贽晚年的人格心态巨变》(《北方论丛》1994年第5期)《禅学思想与李贽的童心说》(《郑州大学学报》1995年第3期),《从良知到性灵:明代文学思想的流变》(《南开学报》1995年第4期),《阳明心学与汤显祖的言情说》(《文艺研究》2000年第3期),《从本色论到性灵说:明代性灵文学思想的流变》(《社会科学战线》2000年第6期),《内在超越与江门心学的价值取向》(《南昌大学学报》2000年第2期),《李贽文学思想与心学关系及其影响研究综述》(《首都师范大学学报》2002年第6期),《20世纪以来心学与明代戏曲小说关系研究综述》(《首都师范大学学报》2004年第5期)。

照该索引查找本人有关明史的研究成果,其学术史的研究将会与实际状况有较大的出入。

其次是选择的合理性。尽管在搜集研究成果时力求其全,但除了索引类著作外,谁也无法且亦无必要将所收集到的成果全部罗列出来,也就是说作者必须进行选择,何者须重点介绍,何者须归类介绍,何者可归为存目。选择的工作需要的是作者的学养、眼光以及对该研究领域的熟悉程度。比如同样是对明代诗歌研究史的梳理,余恕诚《中国诗学研究》用了"百年明诗研究历程""高启诗歌研究"和"前后七子诗歌研究"三个小节予以论述,而羊列荣《20世纪中国古代文学研究史(诗歌卷)》却仅用"关于明诗的叙述状况"一节进行介绍,而且重点叙述"公安派的现代发现"。这种选择的不同就有二人学术判断的差异,也有是否对明代诗歌研究具有实际研究经验的问题。其实,就研究史本身看,现代学术史上的明诗研究都比较偏重一首一尾,高启与陈子龙乃是其重要研究对象。从学术的误区来看,传统的研究比较重视复古派的创作而轻视性灵派的创作。应该说二人的选择都存在一定的问题。

三是体例的统一性问题。就近几年来的学术史研究看,由于规模越来越大,很难由一人单独完成,因此组织队伍进行合作研究就成为常见的方式。合作研究的模式大致有两种,导师带学生与学科老师合作,或者两种模式相结合也很常见。如果导师认真负责地制定体例与审定文稿,统一性也许可以得到保障。如果仅仅是汇集众人文稿而成,就不仅是体例统一的问题,还会具有种种漏洞诸如资料不全、选择不当、评价偏颇乃至文句错讹的存在。而学者之间的合作往往会存在体例不一的问题,因为每人的学术背景、研究习惯及文章风格多有不同,难免会有所出入。蒋述卓《20世纪中国古代文论学术研究史》是由蒋述卓、刘绍瑾、程国赋、魏中林等同仁合著的,其主要特点是将研究的历史阶段与专题研究结合起来进行论述,虽然部头不大,但却将20世纪古代文论研究的方方面面都涉及到了,是一部简明而系统的学术史著作。但如果细读,还是会发现作者之间的行文差异。蒋述卓长期从事古代文论的研究,不仅对材料相当熟悉,而且对许多专题有自己的思考,所以采用"述"与"论"相结合的方式,为此他还在"80至90年代中西比较文论研究的发展"一章里专门写了"中西比较文论研究的总体评价与展望"一节,畅谈自己的看法与设想。而在程国赋等人所撰写的"专题研究回顾"部分,却很少发表评价性的意见,尤其是《文心雕龙》研究部分,几乎就是研究成果的客观介绍。这样做当然是一种严肃的学术态度,与其因不熟悉而评价失当,倒不如客观叙述介绍,遗憾的是在体例上不免有些出入,与理想的学术史研究还有一定差距。

除了上述的种种不足之处外,同时也还存在着分析的深入性、评价的公正性、预测的先见性等方面的问题。但归结起来说,学术史的研究其实就是两个主要方面:是否准确揭示了真正有价值的学术观点与研究方法,是否通过学术史的梳理寻找出了新的学术增长点与研究空间。退一步说,即使不能指出以后的学术方向,起码也要传达与揭示有价值的学术成果。

二、《明儒学案》的启示:学术史研究的原则

学案体作为中国古代学术史编撰的一种写作模式,曾以其鲜明的特点长期被学界所关注。史学家陈祖武概括说:"学案体史籍,是我国古代史学家记述学术发展历史的一种独特编纂形式。其雏形肇始于南宋初叶朱熹著《伊洛渊源录》,而完善和定型则是数百年后。

清朝康熙初叶黄宗羲著《明儒学案》,它源于传统的纪传体史籍,系变通《儒林传》(《儒学传》)、《艺文志》(《经籍志》),兼取佛家灯录体史籍之所长,经过长期酝酿演化而成。这一特殊体裁的史书,以学者论学资料的辑录为主体,合案主生平传略及学术总论为一堂,据以反映一个学者、一个学派,乃至一个时代的学术风貌,从而具备了晚近所谓学术史的意义。"①在中国古代,接近于陈先生所说的这种学案体著作大致有朱熹《伊洛渊源录》、耿定向《陆杨学案》、刘元卿《诸儒学案》、周汝登《圣学宗传》、刘宗周《论语学案》、孙奇逢《理学宗传》、黄宗羲《明儒学案》、徐世昌《清儒学案》等。尽管在学案体的起源与名称内涵上目前学界尚有争议,但黄宗羲的《明儒学案》作为学案体的代表性著作则是毫无争议的。梁启超就曾说:"中国有完善的学术史,自梨洲之著学案始。"并且从黄宗羲《明儒学案》中总结出编撰学术史的几个条件:

> 著学术史有四个必要的条件:第一,叙一个时代的学术,须把那时代重要各学派全数网罗,不可以爱憎为去取。第二,叙某家学说,须将其特点提挈出来,令读者有很明晰的观念。第三,要忠实传写各家真相,勿以主观上下其手。第四,要把个人的时代和他一生经历大概叙述,看出那人的全人格。梨洲的《明儒学案》,总算具备这四个条件。②

就《明儒学案》的实际情况看,全书共62卷,由5个大的板块组成:师说(黄宗羲之师刘宗周对明代有代表性思想家之评价)、有传承之流

---

① 陈祖武:《学案再释》,《北京师范大学学报》2009年第2期。
② 梁启超:《中国近三百年学术史》,东方出版社,1996年版,第58页。

派学案、诸儒学案、东林学案和蕺山学案。基本上囊括了明代儒家思想的主要流派和代表性人物。每一学案则主要由三部分内容构成：首先是总序，主要对本学案之师承渊源、思想特点以及作者之评价等；其次是学者小传，包括其生平大概及为学宗旨；其三是传主主要论学著作、语录之摘编。由此，有学者从体例上将其概括为"设学案以明学脉""写案语以示宗旨"和"原著选编"①。也有学者从方法论的角度将其改为"网罗史料、纂要钩玄""辨别同异""揭示宗旨、分源别派、清理学脉""保存一偏之见、相反之论"②。这些研究对于认识黄宗羲的思想特征与学术地位均有显著的贡献，也对学案体的体例有所揭示与总结。然而，这其中所蕴含的对于当代学术史研究的启示却较少有人提及。

就黄宗羲本人在《明儒学案》的序文及发凡中所重点强调的看，"分其宗旨，别其源流"③乃是其主要着眼点。也就是说，《明儒学案》所体现的学术原则与学术精神，主要由明宗旨与别源流两个方面所构成，而且此二点也对当今学术史的研究最具启发价值。

明宗旨是黄宗羲《明儒学案》最鲜明的特色之一，但其究竟有何内涵，学界看法却不尽一致。本人通过对该书的序言、发凡及相关表述的细致解读，认为它具有三个层面的含义。

首先是对最能体现思想家或学派特征、为学方法及学说价值的高度凝练的概括。黄宗羲说：

> 大凡学有宗旨，是其人之得力处，亦是学者之入门处。天下

---

① 朱义禄：《论学案体》，《哈尔滨工业大学学报》1999年第1期。
② 李明友：《一本万殊》，人民出版社，1994年版，第90—199页。
③ 黄宗羲：《明儒学案序》，《明儒学案》，中华书局，1985年版，第8页。

> 之义理无穷,苟非定以一二字,如何约之,使其在我。故讲学而无宗旨,即有嘉言,是无头绪之乱丝也。学者而不能得其人之宗旨,即读其书,亦张骞初至大夏,不能得月氏要领也。是编分别宗旨,如灯取影,杜牧之曰:"丸之走盘,横斜圆直,不可尽知。其必可知者,知是丸不能出于盘也。"夫宗旨亦若是而已矣。①

此段话有三层意思:一是学者为学需有自己的宗旨,而且用简短的语句将其概括出来,以便体现自我的为学原则;二是了解这种学说也要抓住此一宗旨,才能得其精要,领会实质;三是介绍这种学说,也要能够用"一二字"概括出其为学宗旨,以便把握准确。从学术史研究的角度讲,如果研究对象本身宗旨明确,那当然对研究者是很有利的。但实际情况往往并非如此,越是大思想家和大学者,其思想越是丰富复杂,如何在这包罗万象的学说体系中提炼出其为学宗旨,那是需要经过研究者的认真思考与归纳的。黄宗羲的可贵之处是他能够遍读原始文献,经由认真斟酌,然后高度凝练地提取出各家之宗旨。正如其本人所言:"每见钞先儒语录者,荟撮数条,不知去取之意谓何。其人一生之精神未尝透露,如何见其学术?是编皆从全集纂要钩玄,未袭前人之旧本也。"②也就是说,提炼宗旨的前提是广泛阅读研究对象的全部文献,真正寻找出其为学宗旨,而不是将自我意志强加给对象,他之所以不满意周海门的《圣学宗传》,其原因就在于:"且各家自有宗旨,而海门主张禅学,扰金银铜铁为一器,是海门一人之宗旨,非各家之宗旨也。"③关于黄宗羲提炼宗旨而遍读各家全集的情

---

① 黄宗羲:《明儒学案发凡》,《明儒学案》,中华书局,1985年版,第17页。
② 黄宗羲:《明儒学案发凡》,《明儒学案》,中华书局,1985年版,第18页。
③ 黄宗羲:《明儒学案发凡》,《明儒学案》,中华书局,1985年版,第17页。

况,已有许多学者进行过考察,大都得出了肯定的结论。从此一角度出发,可知做学术史研究的第一步便是真正从研究对象的所有成果的研读中,高度概括出其学术的宗旨与精神,让人一看即可辨别出其学术的特色。

其次,宗旨是思想家或学派独创性的体现。黄宗羲认为:"学问之道,以各人自用得著者为真。凡倚门傍户,依样葫芦者,非流俗之士,则经生之业也。此编所列,有一偏之见,有相反之论,学者于其不同处,正宜著眼理会,所谓一本而万殊也。以水济水,岂是学问!"①学术的精髓在于有思想的创造,而不在于求全稳妥,因而在《明儒学案》中,就特别重视"有一偏之见,有相反之论"的学者,而对那些"倚门傍户,依样葫芦"陈陈相因的"流俗""经生"之见,则一概予以祛除。如果说提炼宗旨是学术史研究的第一步,那么辨别各家宗旨有无创造性从而决定是否纳入学术史的叙述则是其第二步。在当代学术史研究中,并不是都能做到此一点的,许多学者为了体现求全的原则,常常采取罗列成果、全面介绍的方式,结果学术史成了记述论著的流水账,其中既无宗旨之提炼,亦无宗旨之辨析。黄宗羲的这种观点,体现了明代重个性、重创造的学术精神,至今仍然具有重要的启示意义。

其三是宗旨是为学精神与生命价值追求的结合。关于此一点,其实是与其"自得"的看法密切相关的。在"发凡"中,黄宗羲除了提出宗旨的见解外,同时又提出"自得"的看法。何为"自得"? 有学者认为:"'自得'坚持的是一种独立的政治精神,强调的是一种自由的心理意识。"并认为"自得"与"宗旨"的关系是:"在黄宗羲的视野

---

① 黄宗羲:《明儒学案发凡》,《明儒学案》,中华书局,1985年版,第18页。

中,只有走向阳明心学的'自得'才可以称为'宗旨',否则,不是'宗旨不明',就是'没有宗旨'。"①必须指出,"自得"固然与独立思考的学术精神密切相关,但这并非其全部内涵,而且"自得"与"宗旨"也不能完全等同。比如黄宗羲认为,王阳明之前的明代学术,"习熟先儒之成说,未尝反身理会,推见至隐,所谓'此亦一述朱,彼亦一述朱'耳"②。可见他们缺乏思想的创造性,当然也就没有"自得",但并不妨碍其学说亦有其宗旨,黄宗羲曾经将明前期同倡朱子学的吴与弼和薛瑄的不同宗旨概括为:康斋重"涵养"而文清重"践履"。当然,有"自得"之宗旨优于无"自得"之宗旨亦为黄宗羲所认可,但不能说无自得便无宗旨。其实,黄宗羲所言的自得,除了具有独立自由的精神意识外,还有两种更重要的内涵。一是自我的真切体悟而非流于口头的言说,其《明儒学案发凡》说:

> 胡季随从学晦翁,晦翁使读《孟子》。他日问季随:"至于心,独无所同,然乎?"季随以所见解,晦翁以为非,且谓其读书卤莽不思。季随思之既苦,因以致疾,晦翁始言之。古人之于学者,其不轻授如此,盖欲其自得之也。即释氏亦最忌道破,人便做光景玩弄耳。此书未免风光狼藉,学者徒增见解,不做切实工夫,则羲反以此书得罪于天下后世也。③

此处的"自得"便是由自身思考体悟而来的真切感受与认知,而且按照心学知行合一的观念,真正的"知"就包括了践履的"行",黄宗羲

---

① 姚文永、宋晓伶:《"自得"和"宗旨"——〈明儒学案〉一个重要的编撰方法与原则》,《大连大学学报》2010年第3期。
② 黄宗羲:《明儒学案》,中华书局,1985年版,第179页。
③ 黄宗羲:《明儒学案发凡》,《明儒学案》,中华书局,1985年版,第18页。

称之为"切实工夫"。与此相反的是,停留于言说的表面而无体验与行动,那便叫做"玩弄光景"。正如黄宗羲批评北方王学"亦不过迹象闻见之学,而自得者鲜矣"①。"迹象闻见"便是停留于语言知识的层面而无真切的体验,也就是没有"自得"。二是自我境界的提升与人格的完善,也就是心学所言的自我"受用"。用黄宗羲的话说就是:"夫先儒之语录,人人不同,只是印我之心体,变动不居,若执定成局,终是受用不得。此无他,修德而后可讲学。今讲学而不修德,又何怪其举一而废百乎?"②在此,语录与受用、讲学与修德都是通过"自得"而联系起来的。这也难怪,心学本身就是修身成圣的学问,如果不能实现修身成圣的"受用",便是"玩弄光景"的假道学。所以黄宗羲在概括阳明心学时才会说:"自姚江指点出'良知人人现在,一反观而自得',便人人有个做圣之路。"③

将为学宗旨的鲜明特征、思想创造和自得受用结合起来,便是心学所说的"有切于身心",也就是有益于身心修为,有益于砥砺人格,有益于提升境界,有益于圣学追求。这既是其为学宗旨,也是其为学目标。黄宗羲以此作为《明儒学案》衡量学派的标准,既合乎其作为心学后劲的身份,也符合明代心学的学术品格。以此反观现代的学术史研究,就会发现存在明显的缺失。也许我们并不缺乏对学者思想特征与学术创造的归纳论述,但大都将其作为一种专业的操作进行衡量评说,而很少关注其是否"有切于身心",也就是对学者的学术追求和社会责任、人文关怀以及性情人格之间的关系极少留意。

---

① 黄宗羲:《明儒学案》,中华书局,1985年版,第636页。
② 黄宗羲:《黄梨洲先生原序》,《明儒学案》,中华书局,1985年版,第9页。
③ 黄宗羲:《明儒学案》,中华书局,1985年版,第179页。

我认为在对人格境界与社会关怀的重视方面也许我们真的赶不上黄宗羲。

别源流是黄宗羲《明儒学案》第二个要实现的目标。所谓别源流,就是要理清学派的传承与思想的流变。从黄宗羲《明儒学案》的实际操作上看,其别源流分为四个层面:一是梳理明代一代学术源流,二是寻觅明代心学学脉,三是阳明心学本身的学脉关系,四是学者个人思想的演变过程。关于黄宗羲考镜源流的业绩,贾润在其《〈明儒学案〉序》中指出:

> 盖明儒之学多门,有河东之派,有新会之派,有余姚之派,虽同师孔、孟,同谈性命,而途辙不同,其末流益歧以异,自有此书,而分支派别,条理粲然,其余诸儒也,先为叙传,以纪其行,后采语录,以列其言。其他崛起而无师承者,亦皆广为罗列,靡所遗失。论不主于一家,要使人人尽见其生平而后已。①

"分支派别,条理粲然"八个字,可以说高度概括了《明儒学案》在别源流方面的特点。黄宗羲在别源流的过程中,始终坚持两点,即兼综百家的包容性和兼顾优劣的公正性。尽管他是王门后学,但并不忽视其他学派的论述,这便是其巨大的包容性;而对于他最为看重的心学大师王阳明,既赞誉其"故无姚江,则古来之学脉绝矣",同时又指出:"然致良知一语,发自晚年,未及与学者深究其旨,后来门下各以意见掺合,说玄说妙,几同射覆,非复立言本意。"②以会合朱陆的方式纠正阳明及其后学的偏差,乃是刘宗周为学之核心,黄宗羲对阳明

---

① 黄宗羲:《明儒学案》,中华书局,1985年版,第12页。
② 黄宗羲:《明儒学案》,中华书局,1985年版,第179页。

的批评显然也受到其师刘宗周的影响,但同时也是他本人的真实看法与辨析源流的基本学术原则。

当然,学界也有对黄宗羲《明儒学案》的负面评价,比如钱穆就对黄宗羲在选取诸家言论的"取舍之未当"深致不满,并认为其"于每一家学术渊源,及其独特精神所在,指点未臻确切"。至于造成如此弊端之原因,钱穆则认为是黄宗羲"乃复时参以门户之见,义气之争。刘蕺山乃梨洲所亲授业,亦不免此病"①。至于《明儒学案》是否真的存在如钱穆所言缺陷,以及钱穆对黄宗羲之诟病是否恰当,均可进一步进行深入的讨论②。在此需要强调的是黄宗羲别源流的原则及其依据。

黄宗羲之所以重视"分其宗旨,别其源流",是他认为明代思想界最为独特的乃是学者之趋异倾向,也就是表达自我的真实见解与学术个性。他说:"有明事功文章,未必能越前代,至于讲学,余妄谓过之。诸先生学不一途,师门宗旨,或析之为数家,每久而一变。……诸先生不肯以懵懂精神冒人糟粕,虽浅深详略之不同,要不可谓无见于道也。"③从横的一面,同一师门的宗旨可以分化为数家;从纵的一面,时间长了必然会发生变化。学术的活力就在于这种差异性和变动不居。这些不同派别与见解也许有"浅深详略之不

---

① 钱穆:《中国学术思想史论丛》卷七,安徽教育出版社,2004年版,第260页。

② 已有学者撰文指出,钱穆此论并不恰当,认为其原因在于:"由于钱穆的学术思想由'阳明学'逐渐转向'朱子学',其在晚年对阳明学多有指摘,故批评黄宗羲守阳明学门户,对《明儒学案》的评价由大加赞赏转向多有贬斥。"见张笑龙《钱穆对〈明儒学案〉评价之转变》,《广东社会科学》2013年第3期。

③ 黄宗羲:《明儒学案序》,《明儒学案》,中华书局,1985年版,第7页。

同",但其可贵之处在于不肯重复前人的陈词滥调而勇于表达自我对"道"的真知灼见。所以他反复强调:"羲为《明儒学案》,上下诸先生,深浅各得,醇疵互见,要皆功力所至,竭其心之万殊者,而后成家,未尝以懵懂精神冒人糟粕。"①何为"懵懂精神"?就是缺乏独立思考的能力而人云亦云,就是"倚门傍户,依样葫芦"的迷信盲从。只有那些"竭其心"的有得之言,尽管可能"醇疵互见",却足以成家。黄宗羲所要表彰的,正是这些所谓的"一偏之见""相反之论"。黄宗羲此种求真尚异的观念,是明代心学流行的必然结果,是学者崇尚自我和挑战权威精神的延续,所以他才会如此说:"古之君子宁凿五丁之间道,不假邯郸之野马,故其途亦不得不殊。奈何今之君子,必欲出于一途,使厥美灵根者,化为焦芽绝港。"②思想的创获来自艰辛的探索与思考,犹如开山凿道之不易。而如果使所有的学者均纳入同一模式的思想,就只能导致"焦芽绝港"的思想枯竭。学术的多样性乃是探索真理的必要性所决定的,因为"学术不同,正以见道体之无尽也"③。坚持思想探索,倡导独立精神,赞赏学术个性,鼓励流派纷争,这是黄宗羲留给我们最有价值的思想启示。

　　自黄宗羲之后,以学案体撰写学术史者虽然不少,但能够与其比肩者却绝无仅有。且不说清人徐世昌《清儒学案》和唐鉴《清学案小识》这类以堆积资料为目的的著作,它们既无宗旨之精炼提取,又无学脉之总体把握,即令是今人钱穆之《朱子新学案》、陆复初之《王船山学案》、杨向奎之《新编清儒学案》、张岂之之《民国学案》等现代学

---

① 黄宗羲:《黄梨洲先生原序》,《明儒学案》,中华书局,1985年版,第10页。
② 黄宗羲:《黄梨洲先生原序》,《明儒学案》,中华书局,1985年版,第10页。
③ 黄宗羲:《明儒学案序》,《明儒学案》,中华书局,1985年版,第7页。

术史著作,虽在思想评说、范畴辨析、问题论述及资料编选诸方面各有优长,但在学脉梳理及论述深度上皆难以达到《明儒学案》的高度。

在文学领域的学术史研究中,有两套丛书近于学案体的特征,它们是陈平原主持的"20世纪中国学术文存"(湖北教育出版社)和陈文新主持的"中国学术档案大系"(武汉大学出版社)。前者共拟出版20种研究论集,自21世纪初至今已基本完成;后者动议于十年之前,如今也已出版有十余种。从编写目的看,二者都重视文献的保存,都以选择优秀成果作为主体部分,这可视为是对《明儒学案》原著摘编方式之继承。从编写体例上,"文存"由导论、文选和目录索引三个部分组成,"学术档案"则由导论、文选、论著提要和大事记四部分构成。导论相当于《明儒学案》的总论部分,但由于是针对一代学术而言,不如《明儒学案》的简要精炼。目录索引与大事记是受现代学术观念影响的结果,故可存而不论。至于论著提要则须视各书作者之学术眼光与概括能力而定,就本人所接触的几册看,大致以截取各书之内容提要而来。如果以黄宗羲的明宗旨与别源流的两个标准来衡量这两套丛书,它们显而易见是远远没有达到《明儒学案》的水平。因为文选部分尽管通过选优而保存了名家的代表作,却必须通过每位读者自己的阅读体味来了解其学术特色。"学术档案"的情况略有改变,其选文之后附有作者生平、学术背景、内容简介与评述、作者著述情况等,但大多是情况介绍而乏精深之论[①]。至于别源

---

① "学术档案"各书体例不甚统一,选文后有的是情况简介,有的则是对选文的学术评价,如王炜的《〈金瓶梅〉学术档案》的每篇选文之后都有一篇学术导读,就该文及学术思想、研究方法进行评价,应该说是基本达到了"明宗旨"的要求。

流更是这两套丛书的短板,就我所接触到的导论部分而言,只有王小盾在《词曲研究》的导论中简略提及了任二北的师承关系及台湾高校的注重师承传授,其他著作则盖付阙如,似乎别源流已经被置于学术史研究之外。当然,在此需说明两点:一是在此并没有责备丛书主持人和各书作者之意,因为其他的学术史著作也都没有关注此一问题;二是别源流的问题之所以被现代学术史研究所遮蔽,是因为学术研究中的师承观念与学派意识逐渐淡化,从而难以为学术史研究提供丰富的研究案例与内容。但又必须指出,学术研究中师承观念与学派意识的缺位并不能完全成为学界忽视该问题的借口,因为寻找研究中存在的问题与缺陷同样是学术史研究的重要组成部分。对此将留待下节展开论述。

三、学术史研究的三个层面:总结经验、寻找缺陷与提出新的学术增长点

黄宗羲是明清之际的大思想家,《明儒学案》是中国历史上的经典学术史著作,所以应该对其进行认真研究,从中受到有益的启示。但是,学案体毕竟是古代的产物,面对更为丰富复杂的研究对象,就不必从体例上再去刻意模仿这样的著作,而是要吸取其学术思想与撰写原则,从而弥补当今学界学术史研究之不足。就现代学术史研究看,我认为有三个层面的内容必须具备并对其内涵进行认真的辨析。

首先是总结经验。其实也就是通过对学术研究过程的清理使读者明白前人提出了何种观点,解决了哪些问题,运用了什么方法,取得过什么成就,存在过什么教训,等等。既然是学术史,就需要具备

"史"的品格,也就是必须写出历史的真实内涵,包括历史现象的真实反映和历史发展过程中关联性的揭示。其实,黄宗羲所归纳的明宗旨和别源流两个原则正是反映真实与揭示历史关联性的精炼表述。需要指出的是,《明儒学案》只是明代儒学发展的学术史,属于思想史的范畴,因此其主要目的便是总结提炼各家的主要思想创获以及学派之间的关系。而现代学术史所面对的研究对象要更加丰富,因而对其历史真实内涵的把握与关联性的揭示也更为复杂。

就现代学术史写作的一般情况看,学界人都采取纵向以时间为坐标而分期叙述,横向则以地域、学者或问题作为基本单元进行分类介绍。此种历史与逻辑相结合的结构方式乃是学术史写作的主要套路,基本能够承担学术经验总结的叙述功能。但也并非不存在问题,因为无论是以作者为基本单元还是以问题为基本单元,都需要经过作者的筛选与拣择,那么什么能够进入学术史的叙述框架就成为作者所操持的话语权力,不同立场、不同眼光、不同标准,甚至不同师承与学派,就会有理解判断的差异,争议的产生也就在所难免。于是,便有了学术编年史的出现。编年史的好处在于以编年的方式将与学术相关的内容巨细无遗地网罗其中,能够全面展示学术发展的过程。只不过这种学术编年史的写作目前还仅限于中国古代,而且也只有梅新林等人的《中国学术编年》这一部书。能否用编年史的方式进行现代学术史写作,当然可以继续进行讨论与实验,但可以肯定的是,编年史无论如何也不能代替传统的学术史研究,因为突出重点几乎和展示全面同等的重要,否则黄宗羲以突出主要学脉的《明儒学案》也不会受到学界的广为赞誉了。

从总结经验的角度看,目前存在的最主要的问题不在于学术史的编写体例,而是对于明宗旨与别源流的把握是否到位。从明宗旨的角度,存在着一个突出主要特征与全面反映真实的问题。无论是一个历史时期、一个流派还是一位学者,其学术研究都会存在这样的矛盾。作为学术史研究,就既要抓住主要特征以显示其学术观念、研究方法及研究结论的独特贡献,又要照顾到其他方面以把握其完整面貌。比如在研究民国时期现代文学观念的形成时,人们自然会更多关注受西方文学理论与方法影响较深的那些学者,以探索中国现代学术史是如何从中国传统的文章观念而转向现代纯文学观念的学术操作的。但是同时又不能忽视,当时还有许多学者依然在运用传统的文章观进行研究。那时既有刘经庵只把诗歌、戏曲与小说作为研究对象的《中国纯文学史》,因为作者的文学观念是"单指描写人生,发表情感,且带有美的色彩,使读者能与之共鸣共感的作品"[①]。但也有陈柱收有骈文甚至八股文的《中国散文史》,因为作者的文学观念是"文学者治化学术之华实也"[②]。从当时的学术观念看,刘经庵是进步与时髦的,但从今天的学术观念看,陈柱也未必没有自己的道理。如果从提供历史经验上看,二者都有其学术价值;如果从展现历史真实上看,就更不能忽视非主流声音的存在。从别源流的角度,目前的学术史研究可能存在的问题更大。尽管现代学术史上真正形成学术流派的不多,但却不能忽视学术思想的传承与分化,甚至一个学者也会有学术思想形成、发展和变化的过程。学术思想的变化往往会导致其研究对象的选择、学术方法的使用以及学术立场的改变等等变化。只有把这些变化过程交代清楚了,才能从中总结学术研

---

① 刘经庵:《中国纯文学史》,江苏文艺出版社,2008年版,第1页。
② 陈柱:《中国散文史》,江苏文艺出版社,2008年版,第1页。

究与时代政治、环境风气、研究条件之间的复杂关系等历史经验,同时也才能把历史发展的过程性梳理清楚。无论是在所接受的学术训练的系统性上,还是所拥有的研究条件上,我们的时代都要更优于黄宗羲,理应在明宗旨和别源流上比他做得更好,但遗憾的是在许多方面黄宗羲依然是我们无法超越的楷模。

在总结历史经验上,目前的学术史研究还存在着一个更大的误区,这便是对于历史教训的忽视。几乎所有的学术史在写到"文革"十年时,都用了"空白"二字来概括本时期的特征,而内容上更是一笔带过。有不少学者甚至在处理建国后十七年的学术史时,也采取了类似的态度。从成果选优的角度,这样做当然有其道理,因为你无法在此时找到值得后人学习与参考的学术成果与学术方法。然而,学术史研究不同于学术研究,学术研究上没有价值的东西未必在历史经验的总结上也毫无价值。学术史研究中要淘汰和忽略的是大量平庸重复、缺乏创造力的书籍文章,也就是黄宗羲所说的"倚门傍户""依样葫芦"的低劣制作,而不是缺陷和错误。因为从学理上讲,历史乃是一个连续不间断的时间链条所构成的,如果失去其中的一个链条,哪怕是一个有问题的链条,也将会破坏历史发展的连续性。一位新诗研究专家在谈到自己的研究经验时说:

> 在撰写《中国新诗编年史》过程中,我越来越感到,面对20世纪的新诗,只是从艺术和诗的角度进入会感到资源十分匮乏,像新民歌运动、"文革"诗歌等,20世纪很大一部分新诗作品并不是艺术或诗的,但如果站在问题的角度加以审视,其独特和复杂怕是中国诗歌史上任何一个时期都不能相比的。我力求这部编年史能更多地包含和揭示近一个世纪新诗发展过程中的问题

及问题的复杂性。①

这是就文学史研究而言的,其实学术史研究又何尝不是如此。站在学术价值的立场看"文革"或十七年,固然是研究史的低谷甚至"空白",但站在总结教训与探索问题的立场上,也许包含着繁荣期难以具备的研究价值。比如说建国后一直以极大的声势批判胡适的新红学,可是新红学所确立的自传说与两个版本系统的学术范式却始终左右着《红楼梦》研究界,最后反倒是新红学的主要成员俞平伯对新红学的研究范式提出了颠覆性的看法。这其中所包含的政治与学术研究的关系到底有何价值?又比如在所谓"浩劫"的年代,许多学者辍笔不作或跟风趋时,钱锺书却能沉潜学问,写出广征博引、新见时出的百余万言的《管锥编》,这是他个人例外呢,还是其他人定力不够?也是一个值得研究的问题。在人文学科研究中,闭门造车固然封闭保守,趋炎附势肯定丧失品格,那么在社会关怀与学术独立的关系中学者到底如何拿捏才是恰当?这些都是研究学术中的重大问题,也是至今学者必须面对的问题。从此一角度讲,对于历史教训研究的价值绝不低于对于研究成绩的表彰。可惜在这方面我们以前的关注实在太少。

其次是寻找缺陷。所谓寻找缺陷就是检点现代学术史研究中存在的不足,其中大到研究范式的运用、研究价值的定位、学术盲点的寻找,小到某个命题的把握、某一材料的安排、某一术语的使用等等。在目前的学术界,无论是对学术史的研究还是当今的学术批评,往往是赞赏多而批评少,总结经验多而寻找缺陷少。究其原因,其中既有

---

① 刘福春:《还原历史的丰富与复杂》,《文学评论》2014 年第 4 期。

水平问题,也有学风问题。但是对于学术史研究来说,寻找缺陷的意义绝不低于总结经验,因为寻找不出缺陷就不能提出新的学术路径,也就不能进一步提升研究的水平。

其实在学术史研究中确实还存在着很多需要纠正的弊端与不足,就其大者而言便有以下数种。

(一)研究模式的缺陷。比如现代文学史的研究模式是建立在西方的学术理念与研究方法的学理基础上,从根本上说是西方近代以来理性主义思潮的产物。这种理性主义的研究范式以逻辑的思维与证据的原则作为其核心支撑,用中国古人的话说叫做言之成理与持之有故。没有这样的研究范式,中国的学术研究就不能从传统的评点鉴赏转向现代的理论思辨与逻辑论证,也就不能具备现代学术品格。然而,这种理性主义思潮基本是以自然科学为依托的,所以带有浓厚的科学色彩。其中有两点对现代学术研究具有根深蒂固的负面影响,这便是生物学上的进化论与物理学上的规律论。表现在历史研究中,就构成以文体创造为演进模式的"一代有一代之文学"的文学史理论,而表现在研究目的上则是寻找各种各样的文学史规律,诸如唐诗繁荣规律、《红楼梦》创作规律、旧文学衰亡规律等等。直至今日,这种研究模式依然在发挥巨大的影响力而左右着学者的思维方式。其实,自然科学的理论在进入人文学科领域时,是需要进行检验和调整的,否则就会伤害到学科自身。因为文学史研究不能以寻找规律为研究目的,他必须以总结历史上人们如何以审美的方式满足其精神需求作为探索的目标,然后才可能对当今的精神生活提供有益的历史经验。同理,"一代有一代之文学"的线性进化理论也不符合文学发展的实际,因为随着人类社会的发展,日益丰富的生活带来人们更为丰富的情感世界,于是也就需要更多的文学样式与方法来满足其精神需求,那么文学史的发展过程就只能呈现为文体如滚雪球般的日益复杂多样,而不是进化论式的相互替代。不改变这种研究范式,我们只能依然沿着冯沅君的老路,把诗歌史只写到宋代,而永远找不到明清诗文研究的合法性来。

（二）流派研究的缺失。学术史研究是对学术研究实践的描述与归纳,这乃是学界的常识。从此一角度说,现代学术史研究中流派观念的淡漠与研究的弱化似乎是必然的。黄宗羲《明儒学案》在别源流方面之所以做得足够出色,是因为明代思想界学派林立、论争激烈,从而保持了巨大的思维活力,黄宗羲面对如此活跃的学术实践,当然将流派研究作为自己的主要特色。清代缺乏这种思想活力,建国伊始便禁止文人结社讲学,当然也形不成学界的流派。研究清代的学术史,似乎也理所当然地写不出《明儒学案》那样的著作。那么,现代学术研究是否也可以因学术流派的缺少而走清人的老路,自动放弃流派的研究？这里又是一个误区。学术研究实践中流派的缺乏只能导致经验总结的缺位,因为没有这样的实践当然无法去归纳与描述。然而,正因为研究实践中缺乏流派的意识与现实,学术史研究才更应该去指出这种致命的缺陷。因为思想创造的动力来自于流派的竞争,学术研究的活力也来自于流派的论争,因此缺乏流派的学术研究是没有活力、没有个性的研究。作为学术史的研究,理应去发掘学术史上珍贵的流派史实,探讨流派缺失的原因,并强调形成新的学术流派之于学术研究的重要。就此而言,学术史研究不仅仅是学术实践经验的反映与总结,也应该肩负起纠正学术研究弊端的重要职责。

（三）人文精神的缺失。自现代学科建立以来,追求科学化与客观化一直成为学界的目标,这既与科学主义的影响有关,也与建国后政治时常干预学术的政治环境有关,更与研究手段的日益技术化有关。学术研究的这种科学化倾向也深深影响了学术史的研究,使得学术史研究不仅未能纠正此一缺陷,反而变本加厉地强化了这种倾向。其实,以人文学科的研究属性去追求科学性与客观性,本身就陷入一种尴尬的悖论。反思一下中国的历史,哪一种重要的思想流派不具备经国济世的人文关怀？拿最为后人所诟病的强调思辨性的程朱理学与偏于名物训诂考证的乾嘉汉学,其实也并不缺乏社会的使命感。理学固然重视修身,但《大学》的八条目依然从格物致知通向治国平天下的终极目标;乾嘉学派固然重视名物的考证,但其大前提依然是"反经"以崇尚实学的济世胸怀。从现代史学理论看,科学性与客观性受到日益巨大的挑战,正如美国史学理论家海登·怀特所言:"近来的'回归叙事'表明,史学家们承认需要一种更多地是'文学性'而非'科学性'的写作来对历史现象进行具体的历史学处理。"[1]无论从历史的事实还是学科的属性,人文学科的研究都应该拥有区别于自然科学与社会科学的特征。但是令人遗憾的是,面对20世纪以来日益严重的科学化与技术化倾向,学术史的研究并未能尽到自己的责任。尤其是在文学研究领域,本来是最具有情感内涵和人文精神的学科,如今却随着计算机技术的运用变成了靠数理统计与堆砌材料以显示其客观独立的冷学科。我曾经在《中国古代文学研究转型期的技术化倾向及其缺失》一文中说:"如果中国古代文学的研究既缺乏理性思辨的智慧之光,又没有打动人的人文精神,更没有流畅生动的阅读效果,而只是造就了一大批头脑僵硬的教授与

---

[1] 〔美〕海登·怀特著,陈新译:《元史学:十九世纪欧洲的历史想象》,译林出版社,2004年版,第5页。

目光呆滞的博士,这样的古代文学研究不要也罢。"①不过,要真正纠正这种人文精神的缺失,尚须整个学界的努力,尤其是学术史研究的努力。

以上三点只是作为例子来说明学术史研究中寻找缺陷的重要,至于更多更具体的研究缺陷,需要投入更多的精力。而重要的是学术史研究者需要具备挑剔的眼光与批评的勇气,将学术史研究视为推动学科发展的动力而不是表彰优秀分子的光荣榜。

其三是提出新的学术增长点。从近二十年所呈现的学术史研究成果来看,其主体部分大都是对已有成果的介绍与评价,一般也都会在最后有一部分文字表达对未来的瞻望,但对于现存问题的检讨就要明显薄弱一些。正是由于对现存问题的分析认识不够具体深入,因而对未来的瞻望也大多流于浮泛,更不要说提出新的学术增长点了。其实,未来瞻望与提出新的学术增长点并不是同一层面的内容。未来瞻望具有全局性与宏观性,表达了学术史研究者的一种愿望或理想;提出学术新增长点则是对下一步研究的观念、方法与路径的认真思考,因而必须与当前的研究紧密衔接。

就《文心雕龙》的研究看,目前已出版三部学术史著作,可以将其作为典型个案以讨论提出学术增长点的问题。张文勋《文心雕龙研究史》的导论部分设专节"《文心雕龙》的未来走向",提出了三点努力的方向:一是面向世界以弥补西方理论之不足,二是面向现代以建设新的文学理论并指导创作,三是面向群众普及以扩大影响②。这是典型的理想表达,基本都是在"实用"的层面,与专业研究存有

---

① 《文学遗产》2008年第1期。
② 张文勋:《文心雕龙研究史》,云南大学出版社,2001年版,第6—10页。

较大距离,也就未涉及学术增长点问题。张少康等人撰写的《文心雕龙研究史》在其结语"《文心雕龙》研究的未来展望"中,设有六个小节:1. 发展史料与理论并重的研究;2. 从文化史角度看《文心雕龙》;3. 从中西比较的角度来研究《文心雕龙》;4. 从理论联系实际的角度,用历史的比较的方法研究《文心雕龙》;5. 让"龙学"研究走向世界;6. 培养青年"龙学"家,扩大和加强《文心雕龙》的研究队伍[1]。在这六个小节中,前三个方面是对已有研究特点的总结与强调,后两个方面是一种希望的表达,真正属于新的学术增长点的乃是第四小节,作者要求《文心雕龙》范畴研究要与实际创作乃至其他艺术领域结合起来,不能就理论而研究理论。李平《文心雕龙研究史论》在其绪论部分的第四节"'龙学'研究存在的问题与发展前景",尽管所用文字不多,但在行文方式上却颇有特色,即作者已将学术增长点的提出与未来瞻望分两段文字写出。在学术研究方面提出三点建议:一是继续研究思想、理论上有争议的问题,二是做好总结性的工作,三是应加强对港台及海外《文心雕龙》研究成果的介绍和翻译工作。而在瞻望部分则提出:一要培养后续力量,二要更新理论方法,三要创造良好学风,四要加强国际合作交流。李平的好处是思路清晰,大致将学术建议与理想表达区分开来。其不足在于提出的建议较为浮泛,反不如张少康的意见更有针对性。之所以会出现思路清晰而建议浮泛的矛盾,乃是由于作者尚未发现研究中存在的深层问题,比如他认为《文心雕龙》研究现存问题是:1. 成果数量减少;2. 成果质量下降;3. 研究队伍后继乏人[2]。这些问题当然是真实存

---

[1] 张少康等:《文心雕龙研究史》,北京大学出版社,2001年版,第587—596页。
[2] 李平:《文心雕龙研究史论》,黄山书社,2009年版,第19—21页。

在的,但是却均属现象描述,并未深入至学术研究的学理层面,当然难以提出具体的解决办法了。

从以上这些学术史著作写作经验的总结中,可归纳出以下关于提出新的学术增长点的一些原则:第一,学术增长点的提出范围应该是专业的学术问题,而且必须有很强的现实针对性。所谓针对性,乃是建立在对前人学术研究中所存留问题的清醒认识之上的。没有对前人研究缺陷的发现与反思,就不可能提出有价值的学术增长点。第二,提出新的学术增长点必须对于当前的学术发展大势具有清醒的判断与认识,任何学术的进展与转型都不是孤立进行的。就拿《文心雕龙》研究来说,它理应与中国古代文论研究甚至中国古代文学研究的发展紧密关联。20世纪的中国古代文论研究,必须首先借鉴西方的理论方法才能建立起自己的体系,而西方理论方法也会留下与中国古代研究对象不能完全融合的弊端。因此,近二十年来的学术转型就是要回归中国文论本体,寻找到适合中国古代研究对象的理论方法。在《文心雕龙》研究中,几十年来一直运用西方的纯文学观念去解读归纳刘勰的文章观。如此研究,可能会导致越精细而距离刘勰越远的尴尬局面。从专业研究的层面讲,所谓国际化、世界化的提法都是与此学术转型背道而驰的。《文心雕龙》首先要解决的乃是学术理念与研究方法的问题,此一点不解决,《文心雕龙》研究不可能走出误区。第三,新的学术增长点的提出必须具有实际可操作性。对于那些无法实现或者过于高远的希望,最好不要在学术增长点里提出来,因为这无助于问题的解决和研究水平的提升。比如要解决《文心雕龙》研究中以现代文学理论观念比附刘勰文章观的问题,仅仅倡导回归中国本体是远远不够的。我们更要提出回归的具体方法与路径。我曾经在《文体意识、创作经验与〈文心雕龙〉

研究》一文中提出,对于像"神思"这一类谈创作构思的理论范畴,最好能够结合中国古代相关的文体和刘勰本人的创作经验进行讨论,方可能揭示其真实的内涵。我认为这是研究《文心雕龙》的基本路径,因为刘勰的理论观点是以其自我的创作经验和熟悉的文章体裁作为思考对象的,离开这些而妄加比附就会流于不着边际。如果用以上这些原则来衡量目前的学术史研究,可能大多数成果还不够尽如人意。

总结经验、寻找缺陷与提出新的学术增长点,这是学术史研究互为关联的三个基本层面。尽管由于学术史写作的目的、规模与专业的不同,或许会在三者的比例大小上多有出入,但如果缺乏任何一个层面,我认为就不能称得上是严肃的学术史研究,或者说就会成为对于推动学术研究发展起不到应有作用的学术史研究。

四、学术史研究者的基本条件:学术素养与研究经验

目前学界关于学术史的研究存在着两种流行的误解。一是认为学术史研究的价值低于专业问题的研究,二是认为学术史研究相对比较容易。而且二者互为因果,造成了许多学术的混乱。比如博士论文的选题,近年来许多人都选择了研究史、接受史及影响史方面的题目,其中原因固然复杂,但重要原因之一乃是认为学术史研究较之本体研究相对容易一些。就目前所呈现的成果而言,学术史类的博士学位论文的确显得较为浅显易做,很多人也以此取得了学位。但我认为博士学位论文的选题依然不宜选研究史方面的题目,原因便是其选题动机是建立在以上两点误解之上的。讨论学术史研究与专题研究价值的高低本身就是一个伪命题,因为不同性质的研究所体现的价值是完全无法放在同一层面比较高下的。专题研究从解决某领域的学术问题上是学术史研究无法相比的,而学术史研究对于学科的自觉、观念方法的总结与初学者的入门等方面,又是专题研究所无法做到的。从这一角度说,两类选题的难易程度也难以一概而论,专题研究需要的是研究深度,而学术史研究需要的是综合系统。因此,我一直认为博士论文选题不宜选择学术史方面的题目,原因就是博士生最重要的目标乃是对专业研究能力的培养,这种培养当然也离不开学术史的清理工作,但其主要精力要放在文献解读、问题发现、论题设计与系统论证上。而且博士生属于刚入学术门径阶段,他们无论专业修养还是学术眼界,都还缺乏驾驭全局的能力,使其无法写出真正合格的学术史论著。我想借此说明的是,学术史研究并不是什么人和什么学术阶段都可以随便涉足的,它需要具备应有的基本条件。这个条件包括学术素养与研究经验两个方面。

先说学术素养。所谓的学术素养简单地说就是学养,也就是长期的学术积累所形成的专业知识、认识能力、学术视野以及学术判断力等等。因为在从事学术史研究时,研究者必须要面对两类强劲的对手,一类是学术研究的对象,一类是学术实力雄厚的学界前辈或同仁。学术史研究者必须要具备与之接近的学养,才有资格与之进行学术对话并加以评说。所谓学术研究的对象,就是指历史上那些杰出的思想家、历史学家、文学家、批评家等等,他们无论在思想的深邃性、知识的丰富性乃至感觉的敏锐性上大都是一流的人物。如果学术研究者要判断其他学者对这些人物的研究评说是否合适到位,首先自身必须对这些历史人物有基本的理解与认识,否则便只能人云亦云。比如说《文心雕龙》一书,历来被称为体大思精的中国古代文论名著,研究这部著作的论文已有四千余篇,论著数百部,其中存在许多有争论的问题。如果要做《文心雕龙》的学术史研究,需要什么样的学养呢？这就要看作者刘勰拥有何种学养才能写出《文心雕龙》，我们又需要何种学养才能阅读和认识《文心雕龙》。罗宗强曾写过一篇《从〈文心雕龙〉看刘勰的知识积累》的文章，专门探讨刘勰读过什么书，构成了什么样的学养。文章认为，刘勰几乎读遍了他之前和同时的所有经、史、子、集的著作，并能够融汇贯通，从而形成了自己丰富的思想体系与敏锐的审美感受力，所以能够对前人的著作理解准确、评价精当。其中举了关于刘勰"折中"思想的例子，学界对此曾展开过学术争议，先后发表了周勋初的《刘勰的主要研究方法——"折中"说述评》①、张少康的《擘肌分理，惟务折中——论刘勰〈文心雕龙〉的研究方法》②、陶礼天《试论〈文心雕龙〉"折中"精神的主要体现》③、高华平《也谈"惟务折中"——刘勰〈文心雕龙〉的研究方法新论》④等论文，或言崇儒，或言重道，或言近佛，各执己见，难以归一。罗宗强在详细考察了刘勰的知识涉猎与思想构成后说："我以为周先生的分析抓住了刘勰思想的核心。我是同意的。同时，我也注意到其他学者的分析在结论之外，实际上接触到思想发展过程中的复杂现象。诸种思想在刘勰知识积累的过程中不知不觉地交融形成了他自己的见解。正因为此一种交融，才为学术界对《文心》的许多理论观点做出不同的解读提供了可能。"⑤我想，如果没有深厚的文史修养，是无法对学界的不同观点做出这种圆融的评判的。中国历史上有不少这样的大家，像"读书破万卷，下笔如有神"的杜甫，

---

① 《古代文学理论研究》第十一辑，上海古籍出版社，1986年版。
② 《学术月刊》1986年第2期。
③ 《镇江师专学报》2000年第1期。
④ 《齐鲁学刊》2003年第1期。
⑤ 罗宗强：《晚学集》，南开大学出版社，2009年版，第18页。

儒释道兼通的苏轼,以及百科全书式的《红楼梦》等等,都不是可以轻易对其拥有发言权的。既然对研究对象没有发言权,那又有何权力对研究他们的学者说三道四呢!

学术史研究者除了要面对历史上的各种大家之外,他还必须同时要面对学界许多实力雄厚的一流学者。以一人之力要去理解、论述和评价众多学有专长的研究大家,其难度可想而知。在此一层面,不仅学术史研究者需要具备雄厚的专业基础,更需要具备现代的各种理论素养以及对于不同学派、不同领域以及不同研究方法的相关知识。要读懂一本著作,不仅需要弄懂其学术结论的创新程度与学术贡献,更需要了解其所运用的学术方法以及背后所支撑研究的学术理念。这就是学界常说的,阅读学术著作和论文,要具有看到纸的"背面"的能力。凡是真正做过研究的人都清楚,要真正了解掌握一种研究理论都不是一件容易的事情,更何况要去理解把握各种理论方法与学术流派? 比如说,在现代学术史上对于胡适学术研究的评价争议甚大,除了其中的政治因素外,对其"大胆假设,小心求证"的学术思想的理解也有直接关系。胡适处于中西文化交流的时代大潮中,其学术观念与研究方法也试图将中国的乾嘉之学与西方的实证主义结合起来,并用之于研究实践中。陈维昭《红学通史》就专列一节谈"新红学"的知识谱系,认为胡适学术思想的核心是"以'科学精神'演述乾嘉学术方法,以'自然主义''自叙传'去演述传统的史学实录观念"。正是由于有了这样的认识,所以才会有如下评价:"胡适所演述的传统学术理念有二:一是实证,二是实录。实证以乾嘉学术为代表;实录则是传统史学的基本信念与学术信仰。实证的'重证据'的科学精神有其现代性。但是'实录'

显然是一种违背现代史学精神的陈旧观念。"[1]这样的评价不能说可以被所有人所接受,但起码它是一种学理性的分析,是真正的学术史研究,比前人仅从意识形态角度的否定更令人信服。而要进行如此的评价,则不仅需要研究者具有古代小说专业研究的素养,而且还要具备中国古代史学史的修养以及把握当代史学理论的进展,同时还需要了解中国现代学术建立的具体过程。我们必须明白,凡是在学术上取得突出成就与影响巨大的学者,肯定有其独特的学术理念与研究方法,如果对其缺乏认知,则对他们的研究评论无异于隔靴搔痒。

学养是任何一个专业研究领域都需要具备的,但作为学术史研究的学者,需要更为宽广的知识背景与学术视野,因为他会面对更多的一流研究对象与一流学者,如果不能具备相应的学养,就缺乏与之进行交流的资格,更不要说去评价他们。可以毫不客气地说,没有一流的学养,就不会是一流的学术史研究者。也正是在此一角度,我认为刚进入学术门径的年轻学者不宜单独进行学术史的研究。

再说研究经验。所谓的研究经验,是指凡是要从事某个学术领域学术史研究的学者,应该对该领域具有较为丰富的专业研究体验及成果,尤其是对本领域的学术理念与学术进展有较为深切的把握与体会。研究经验与学术素养既有联系又有区别,学术素养是学术史研究的基础,主要体现为对于研究对象的理解能力与概括能力。研究经验则是对某研究领域的熟悉程度与参与过程,主要体现为对于本领域学术重点与研究难度的深刻认识,尤其是对于其学理性与

---

[1] 陈维昭:《红学通史》,上海人民出版社,2005年版,第144—146页。

前沿问题的把握。之所以要求学术史研究者拥有一定的研究经验，是由下面两个主要原因所决定的。

第一，只有拥有研究经验，才能将该领域中有创造性的成果与观点选择出来并作出恰当评价。比如唐代文学的研究，已经具有悠久的历史与大量的研究成果，而且依然会有大量的成果不断涌现。目前学术界最大的问题，也是学术史研究的最大难度，乃是对于重复平庸研究成果的淘汰，以及对于有创造性成果的推荐。这些工作都不是仅靠一般的材料是否可靠与文字论证水平的高低可以轻易识别的，而必须对该领域具有长期的沉潜研究的经验，才能沙里淘金般地识别出那些有贡献的优秀成果。这就是黄宗羲所说的明宗旨的环节，有无宗旨可以靠学养去提炼概括，而宗旨之有无独创性则要靠所拥有的学术前沿领域的研究经验来加以辨认。关于此一点，可以从目前学界名人写序这种现象中得到说明。现在的学术著作序言近于学术评价，可以视为是该书最早的学术史研究成果。但遗憾的是，真正评价恰当者却寥寥无几，溢美之词倒是比比皆是。更严重的是，在以后的学术史研究中，许多缺乏研究经验者又会以这些"学术大佬"的评价为依据，去为这些著作进行学术定位，从而造成积重难返的学术虚假评价。为什么会造成此种"谀序"的现象？其中除了人情因素之外，我认为作序者缺乏该领域的研究经验乃是主因。当年李贽曾讽刺其论争对手耿定向是"学问随着官位长"，现在则是学问随着职称长或者叫学问随着年龄长，以为成了博导和大佬就什么都懂，于是就到处写序。殊不知术业有专攻，每个人都有属于自己的专业领域，离开自己熟悉的专业领域而去评价其他学术著作，自然不能真正认识该书的学术创获。但"学术大佬"毕竟是有学养的，可以驾轻就熟地说一些虽不准确但又不大离谱的门面话，于是似是而非的序言也便就此诞生。缺乏研究经验的学术史研究就像名人作序一样,看似头头是道,实则言不及义。

第二,只有拥有研究经验,才能真正了解该领域的学术难点,并提出新的学术研究方向。按照上节所言的学术史研究的总结经验、寻找缺陷与提出新的学术增长点的三个层面,缺乏研究经验的学者在总结经验层面或许可以勉为其难地进行操作,但一旦进入第二、三层面,就会陷入茫然无知的境地。比如关于明代诗歌史的研究,明清两代学者始终处于如何复古的讨论之中,而进入现代学术史之后,依然在沿袭明清诗评家的传统思路,围绕复古与反复古的论题展开论述。岂不知明诗研究的最大问题是,几乎所有人都在按照一个凝固的标准也就是唐代诗歌的标准来衡量明诗创作,而忽视了自晚唐以来产生的性灵诗学的实践与理论,明清诗论家视性灵为野狐禅,而现代研究人员也深受《四库全书提要》以来传统观念的影响,只把性灵诗学观念作为反复古的一端加以肯定,而对其建设性的一面却多有忽视。其实,从中国诗歌发展的全过程来看,从中国古代诗歌与现代诗歌的关联性看,性灵诗学都是具有不可忽视的正面价值,是以后应该大力加强研究的学术空间。我想,只有真正从事过明代诗歌研究的人,才会具有这样的体验,才会提出这样的问题,才能开辟出新的学术研究空间。其实,岂但明诗研究如此,看一看目前的几部诗歌研究史,几乎都将叙述的重点集中在汉魏唐宋,而到了元明清的诗歌研究多是略而论之,草草了事。我们不能说这些学术史的作者缺乏学养,而是缺乏元明清诗歌史的研究经验。因为从来没有真正进入过这些领域从事专业的研究,所以无论是在对该时期诗歌史的价值判断,还是研究难度,都不甚了了,当然会作出大而化之的处理。因此,在我看来,要成为合格的学术史研究者,既要有足够的学养,又要有足够的研究经验,而且经验比学养更重要。

在目前的学术史研究中,情况相当复杂。从作者身份看,既有著名学者领衔的大型学术史写作,也有专题研究者在科研项目、学位论文研究中的学术史梳理,更有一些初学者无知者无畏的试笔之作;从成果形式看,既有多卷本的大型丛书,也有各领域的专门学术史论著,更有形形色色的综述、述略及史论的论文。这些研究除了低水平的重复之作外,应该说对于各领域的学术研究都有一定程度的贡献。但是,在我看来,我们真正需要的学术史是:研究者需要具有明确的学术原则与研究目的,他所提供的研究成果应对各领域的学术研究的学术观点、研究方法、学术贡献及发展过程作出了清晰的描述,对学术研究中存在的方向偏差、理论缺陷、不良学风及学术盲点进行了清楚的揭示,对将来的学术研究中可能解决的问题、采用的方法及拓展的新空间进行明确的预测,从而可以将当前的研究提升至一个新的层面。而要实现这样一种目标,学术史的研究者就必须拥有足够的学术素养与研究经验。

五、中国诗歌研究史:学术史写作的新实验

"中国诗歌研究史"是我们承担的教育部重点人文社会科学研究基地的重点项目,从2005年立项至今已有将近九年的时间。在此过程中,学界已经出版了余恕诚的《中国诗学研究》(2006)和黄霖主编、羊列荣撰写的《20世纪中国古代文学研究史(诗歌卷)》(2006),如今再推出这样一套诗歌研究史的著作,其意义何在?难道是因为它有220万字的巨大规模,从而对学术史的梳理更加细致而具体吗?一部学术著作的价值与贡献,理应由读者和学界去评判,而不是由作者饶舌。但是,在此有两点还是有必要事先作出交代。

首先是本项目不是一个孤立的课题,而是互为补充的三个重点项目中的一个。它们是"中国诗歌通史"(国家社科基金重点项目)、"中国诗歌研究史"和"中国诗歌研究资料汇编"(教育部重点人文社会科学研究基地重点项目)。"中国诗歌通史"已由人民文学出版社于2012年出版,用11卷的篇幅描述了中国诗歌从先秦两汉至当代的发展过程,其中包括了少数民族的诗歌创作。"中国诗歌研究资料汇编"是选编20世纪的优秀诗歌研究成果以及全部学术成果的目录索引。"中国诗歌研究史"则是对于20世纪中国诗歌研究经验的总结,尤其是学理性的探讨。按照黄宗羲学术史的撰写原则与模式,"中国诗歌研究史"的重点在于"明宗旨"与"别源流",即对20世纪中国诗歌研究的主要发展线索与重要研究成果进行比较详细的梳理与介绍,当时所设定的目标是:"第一,结合时代变化和社会思想变化,以中国诗歌研究范式的演变为经,侧重于对学术理念、理论内涵与研究方法的发掘,整理出一条清晰的中国诗歌史的研究过程;第二,采取广义的诗歌概念,写出一部包括词曲等各种诗体在内的系统完整的中国诗歌研究史;第三,打通古今与中西,以最新的学术视野,站在21世纪的学术高度,从学理性上总结中国诗歌研究从古代走向现代、从单一封闭走向中西融合的历史进程。"至于是否实现了当初的设想,可由读者进行检验。三个项目中的"中国诗歌研究资料汇编"则相当于黄宗羲的论著言论摘编,其目的是保存20世纪中国诗歌研究的优秀成果与论著出版发表信息,同时读者也可以借此来检验诗歌研究史的提炼与评价是否准确。三个重点项目的完成既是首都师范大学中国诗歌研究中心一个阶段工作的小结,也是我们个人学术研究的阶段性交代。

其次是本书作者队伍的特殊情况与独特的编撰模式。正如上面所说，本项目是与另外两个项目互为支撑的，其中重要的一点就是它们是同一个作者群体。尽管在研究过程中也曾有个别的调整与变动，但其主体部分始终保持了完整与稳定。在此我要特别强调的是，这个作者群体是完全符合上述所言学养与经验这两项学术史研究者的必备资质的。从学养上看，几乎所有的撰写者与主持人都是目前活跃在学术研究前沿的成熟学者，其中许多人是各领域的国内一流学者，具有各自鲜明的学术思想、研究方法与学术背景，并都拥有丰富的研究成果。我想，这样的学养保证了他们的学术眼光与判断力，有资格对其研究对象的成果进行学术分析与评价。从研究经验上看，这个作者群体与《中国诗歌通史》几乎是完全一致的。他们的学术史研究乃是和相应历史段落的诗歌史研究交替进行的。从2004年"中国诗歌通史"立项到2012年最终完成，曾经召开过9次编写组的学术研讨会，每次都会对研究中存在的问题展开充分的讨论，同时也会对诗歌研究史的各种疑难问题进行讨论。应该说各卷负责人都具有丰富的研究经验，都始终处于各自研究领域的学术前沿，都对各自领域中的学术进展、难点所在及创新之处了然于胸。在诗歌通史的写作中，有过许多新的想法，也遇到过种种困难，更留下过些许遗憾，而所有这些都可以留待学术史的研究中去重新体味与总结。我想，此一群体所撰写的学术史，虽不敢说是人人认可的，但都应该是他们的真切体验与学术心得，会最大限度地避免空虚浮泛与隔靴搔痒。如果说在学术史研究中经验比学养更重要的话，广大读者不妨认真听一听这些学者的经验与体会，或许不至于空手而归。

在这将近十年的学术生涯中，尽管夜以继日地学习与工作，潜心地进行思考与研究，但数十人的劳动成果也就是这样三套著作，不免陡生白驹过隙的焦虑与感叹。作为个人,用了十年的时间思索,对于学术史研究才有了上述的点点体会,而且还很难说都有价值,真是令人有光阴虚度的感觉。

左东岭
2014 年 8 月 12 日完稿于北京寓所

目　录

中国诗歌研究史
少数民族卷

20 世纪中国少数民族诗歌研究综论 …………………………（ 1 ）

第一章　20 世纪前的民族诗歌研究 ………………………（ 5 ）

　　第一节　汉至隋的收录和研究 …………………………（ 5 ）

　　第二节　唐代民族诗歌研究 ……………………………（ 10 ）

　　第三节　宋代民族诗歌研究 ……………………………（ 16 ）

　　第四节　元代民族诗歌研究 ……………………………（ 27 ）

　　第五节　明代民族诗歌研究 ……………………………（ 34 ）

　　第六节　清代民族诗歌研究 ……………………………（ 44 ）

第二章　民族诗歌研究的萌动阶段 …………………………（ 57 ）

　　第一节　"五四"运动的推动 ……………………………（ 57 ）

　　第二节　史诗搜集研究 …………………………………（ 61 ）

　　第三节　《粤风》研究 ……………………………………（ 62 ）

　　第四节　红色歌谣的兴起和搜集 ………………………（ 68 ）

第三章　民族诗歌研究的崛起阶段 …………………………（ 72 ）

　　第一节　民族民间诗歌的研究 …………………………（ 72 ）

　　第二节　民族诗人诗歌的研究 …………………………（ 94 ）

1

第四章 民族诗歌研究的深入阶段 …………………（111）
　第一节 民族诗歌的大规模搜集翻译整理 …………（111）
　第二节 诗歌专题研究 ………………………………（124）
　第三节 学会诗歌史研究 ……………………………（140）
　第四节 少数民族文学刊物诗歌史研究 ……………（142）
　第五节 研究机构的诗歌史研究 ……………………（144）
　第六节 高校诗歌史研究 ……………………………（146）
　第七节 民族诗歌史编写 ……………………………（151）

20世纪中国少数民族诗歌研究综论

20世纪是中国少数民族诗歌研究得以长足进步的世纪。回顾20世纪之前的两千多年,对少数民族诗歌的搜集、整理和研究,处于零散的状态。从总体上看,少数民族文学没有得到相应的地位,诗歌自然也就不会得到相应的重视。对于少数民族诗人及其作品的评介,一般都不涉及他们的民族身份和反映在诗歌中的民族情结。这是由于历史上少数民族的边缘化,加上还没有"少数民族"这样的整体提法和概念,有时将少数民族泛称为东夷、西戎、北狄、南蛮,《尔雅·释地》云:"九夷、八狄、七戎、六蛮谓之四海。"或简称为"夷",如《尚书·旅獒》云:"四夷咸宾。"对于少数民族诗歌虽然从汉代开始就有过研究,但都没有明确的少数民族诗歌意识,而是就具体诗人及其作品进行评介。虽然如此,史籍上存留的少数研究史料,还是非常珍贵的,一些评介也很中肯,可供后人借鉴。

根据民族诗歌研究历史的演化,本小史将20世纪少数民族诗歌研究分为前50年和后50年两个大阶段(进入21世纪却与上世纪末带有接续性的内容,也予以一定的介绍)。第一阶段前50年,即1900—1949年,对民族诗歌的研究属于"自发"阶段。虽然1924年《中国国民党第一次代表大会宣言》首次提出"少数民族"这一概念,1926年中国共产党在对西北工作的指示中正式使用"少数民族",但还没有"少数民族文学"这样的概念。虽然如此,"五四运动"以后,学术界开始关注少数民族的诗歌。特别是1922年12月17日创办的《歌谣周刊》，刊登了来自二十多个省的2226首民间歌谣，其中就有来自广西、云南、四川等地的少数民族的民歌。1927年创刊的《民俗》周刊，刊登了来自二十多个省的二百多组歌谣，其中也有少数民族的民歌。最大的亮点是1927年到1937年，学术界掀起了《粤风》的研讨高潮，涉及广西的壮族和瑶族民歌，顾颉刚、钟敬文等众多名家发表了研究文章，成绩斐然。可惜由于日本帝国主义侵略中国，研究被迫中断。

第二阶段是新中国成立至今的六十多年。1949年10月1日新中国成立不久创刊的《人民文学》的前言中首次提出"少数民族文学"这一概念。此后对少数民族诗歌的研究勃兴，取得了许多开创性的成果。从新中国成立至今，少数民族诗歌的研究经历了三个小阶段：

一、单一民族诗歌研究阶段

这个阶段为20世纪50、60年代，少数民族文学研究的任务主要是对蒙古族、藏族、壮族、维吾尔族、苗族等各少数民族文学史或文学概况的编写，其中诗歌是最重要的部分。围绕这一中心任务，各单一民族文学史编写组组织力量，对该民族的民歌和诗人的作品进行搜集、识别、翻译、研究，成果卓著。改革开放以后，单一民族诗歌研究继续前行，到90年代中国社会科学院民族文学研究所出版了《中国史诗研究》丛书，包括《玛纳斯论》《格萨尔论》《江格尔论》《蒙古英雄史诗源流》《南方史诗论》等多部论著，将民族诗歌研究推到高潮。

二、少数民族诗歌整体综合研究阶段

上世纪70年代末到80年代初，在《光明日报》等报刊发起"什么是少数民族文学"的讨论的激发下,综合性的少数民族文学论著陆续出现。这些论著已经不是就单一民族的文学进行研究,而是将视野扩大到多个少数民族,进行综合性的阐述。《中国现代少数民族文学概论》(吴重阳著)、《中国当代民族文学概观》(吴重阳著)、《中国少数民族文学概论》(梁庭望、张公瑾主编)、《中国当代少数民族文学史编》(李鸿然主编)、《中国少数民族当代文学史》(特·赛音巴雅尔主编)等都为民族诗歌设置专章。特别是1992年出版的中国首部《中国少数民族文学史》(马学良、梁庭望、张公瑾主编),其中所有篇章都把民歌和诗人诗歌放在突出的地位加以评介。1994年,祝注先的《中国少数民族诗歌史》面世,这是中国首部民族诗歌史。

三、民族诗歌与汉族诗歌综合研究阶段

20世纪末,学术界开始探索将少数民族文学史和汉文学史融为一体,这涉及民族文学的特点、其运行路线与中原文学发展历程的时而相交时而平行的关系、两者的互相交融促进的过程等问题。由于少数民族文学与汉文学各有其各自的特点,这种融合性研究并不容易。张炯等主编的十卷《中华文学通史》还是勇敢地先走一步,在每一卷中都给民族文学立了章节。虽然融合得还不是很到位,但总算有了一部包含整个中国各民族的文学的文学史。赵敏俐、吴思敬教授主编的《中国诗歌通史》,继续把包含各民族的诗歌融合的研究往前推进。十一卷本的《中国诗歌通史》,采取的是双向路线相辅运行的办法,一是在前十卷当中,涉及该卷所处朝代的重要民族诗人,以予评介;另一方面,由于民族诗歌数量巨大和结构的复杂性,又另辟有少数民族诗歌史专卷。这样,读者从这十一卷大著当中,可以领略到少数民族诗歌作为中华诗歌的一部分,既有和中原诗歌浑然一体

的一面,又有自己明显的民族特征,显示出中国诗坛的多样性。

　　未来民族诗歌的研究,必定在这种共性与个性相辅相成的格局中往前推进,使中国诗坛多姿多彩的格局愈加缤纷。这部小史虽然力图勾画出以 20 世纪民族诗歌的研究为主的研讨轨迹,但还很粗略,它的功能是抛砖引玉,期望有更完美的民族诗歌研究史面世。

第一章　20世纪前的民族诗歌研究

先秦有些古籍已经注意到了华夏以外的文学,这表现在《越人歌》《弹歌》《渔父歌》的存留,它们都是当时被称为东夷越人的作品。但是,这些诗歌到底刊载于何种古籍,至今不详。它们都是中原古籍转录下来的,想当时必有所本。

第一节　汉至隋的收录和研究

一、先秦民族诗歌研究

《越人歌》是公元前529年越人歌手在楚国令尹子晳舟游盛会上所唱的赞歌,当时有史官用近音汉字记下原音,非常宝贵。但它不是因为优美而传下来,而是以之作为高官礼待下人的典范流传的。后来被汉代的刘向(前79—前8)记载在《说苑·善说》里,不仅记下原音,而且配有译文,使得不谙越人语言的子晳得以欣赏。

在东汉赵晔(建武初—永平间)的《吴越春秋》艺术里,记载有先秦越人的《弹歌》。《吴越春秋》记述吴太伯至夫差、越无余至勾践的事迹,《弹歌》记载的是勾践向陈音讨教弓箭技艺时引用的先秦作品。

《渔父歌》载于东汉袁康、吴平的《越绝书》里,实际上原书为东汉初年吴君高所编撰,书名为《越钮录》,多记吴越之事。后人多淡忘《越钮录》,手稿落到袁康手上,袁康将它改为《越绝书》,他变成了第一作者。《越绝书》内容丰富,体系完整,其所记的《渔父歌》当可信。

以上几首诗歌说明,汉代已经注意到了先秦越人诗歌。它们虽然具有民歌风格,但已经有了作者,属于作家文学了。

汉代还注意到了当时产生的边陲诗歌,这就是东北的《黄鸟歌》《人参赞》,河西走廊的《匈奴歌》,西南的《行人歌》《白狼王歌》,中南的《郡人歌》《刺巴郡郡守诗》。《黄鸟歌》《人参赞》产生于东汉。公元前37年,扶余朱蒙在浑江中游建立地方政权,公元14年在今吉林集安县建高句丽国,《黄鸟歌》是其第二代王琉璃王为排遣因二妃矛盾之郁闷而作。两诗后载于《三国史记》。《匈奴歌》是匈奴贵族屡屡扰边,后败于汉将,走而哀鸣。歌记于司马迁的《史记·匈奴传》。《行人歌》是南越国亡后,吕嘉反汉被诛,其后人迁居滇西,为朝廷修筑五尺道,苦而为歌。《白狼王歌》最有名,《后汉书·西南夷列传》载,永平(公元58—75年)中,益州朱辅"宣示汉德,怀远夷",四川、云南西部交界的白狼部附汉,得到款待,感而为歌,抒发慕汉之情。《郡人歌》是壮族祖先赞颂郡守的歌,郡守让无后的极刑犯之妻侍狱中,以延其后,得到壮人的赞许。《刺巴郡郡守诗》则是土家族祖先痛斥巧取豪夺的郡守,与上一首《郡人歌》的主题泾渭分明。此诗后载于《华阳国志·巴志》。这些诗歌虽然不多,但都是精品,说明当时边陲少数民族的诗歌已经引起中原文士的关注,刻于汗青,流传后世。

二、魏晋民族诗歌研究

魏晋时期,西南地区的彝族出现了文论诗,这是少数民族最早的文论著作,这种文论,是以五言诗的形式出现的。代表作是《彝族诗文论》①,作者举奢哲是彝族的著名文学理论家,著作宏富,流传至今尚有《祭天大经书》《祭龙大经书》《做斋大经书》《天地的产生》《降妖捉怪》《侯塞与武琐》《黑娄阿菊的爱情与战争》等。《彝族诗文论》收入了《论历史和诗歌的写作》《论诗歌和故事的写作》《经诗的写法》等诗论和文论,采取了以诗论诗、以诗论文的方式。诗人认为诗是"相知的门径,传情的乐章",要通过诗人丰富的情感来"浓墨描事象,重彩绘心谱"。诗人举描绘开天辟地为例:"天未产之时,地未生之际。整个天宇呀,一切黑黢黢。整个大地呀,一片黑漆漆",这就叫作浓墨描绘。开天辟地之后,"天上日月明,彝地山水青。男女咪咪笑,歌场来传情",这就是"重彩绘心谱"。可以看出,诗人对诗歌创作既有丰富的实践经验,又有独特的见解。

《彝语诗律论》是与举奢哲大致同一时代的大毕摩阿买妮的代表作之一,她学识渊博,留下的著作尚有《人间怎样传知识》《狼猴做斋记》《奴主有源》《独脚野人》《横眼人和竖眼人》等。《彝语诗律论》为五言体,二千多行,分别论述了诗歌的体式、韵律和内容与形式的关系,将彝族的诗体归纳为"诗有各种体,多为五言句。五言是常格,也有三言的","七言诗句少,各书中去找","各有其精华,各有各的妙。吟诵各有韵,读来各有声"。阿买妮特别重视诗歌的声韵,她对彝族诗歌的韵部有深入的研究,认为"若讲声和韵,声韵四十三","韵有四百七,用者四十三";还要讲究诗律和法度,指出"写诗的时候,头尾紧相连,头中尾相扣。有的隔行押,有的隔行扣;有的句句押,有的句句扣;有的分段押,有的分段扣;有的声协声,有的韵押韵;有的字扣字,有的字对字;有的声在头,有的声在中,有的声在尾,

---

① 举奢哲等著,康健等翻译:《彝族诗文论》,贵州人民出版社,1988年版。

头韵尾韵连,头尾相连韵",对彝族早期诗歌的规律做了相当详尽的概括,形成了彝族押、扣、连、对的作诗法度。对内容与形式的关系,她认为应当"情与思充盈"、"体和韵相称"。这些观点,都十分难能可贵。

三、南北朝民族诗歌研究

在魏晋南北朝时期,对少数民族的诗歌已经有所研究。在汉化的少数民族诗人中,陶潜(365—427)是佼佼者。他祖籍浔阳柴桑(今江西九江西南),是东晋大臣陶侃的曾孙,但其家乡是"溪族杂处区域",他本身就"出于溪族"①。郭沫若也曾论证说:"陶侃本是东晋当时的少数民族溪族。"②秦汉以后,江南的越人陆续融入汉族,但越人后裔溪人当时还没有融入汉族。陶潜的曾祖父虽为高官,但到他的父辈已家道中落,他青年时代家境贫穷。四十岁以前,陆陆续续做过江州祭酒、参军、彭泽令等一些小官,但每次时间都很短。他"不愿为五斗米折腰向乡里小儿"③,辞职还乡,写了著名的《归去来辞》,从此归隐躬耕,不复出仕。归隐之后屡遭灾祸,贫病交加,临终前甚至达到"偃卧瘠馁有日矣"的境地,但还是拒绝郡官的馈赠。

陶渊明思想的形成与时代和越人文化传统相关。那时门阀横行,大贵族大官僚们"或假财色以交权豪,或因时运以佻荣位,或以婚姻而连贵戚,或弄毁誉以合权柄",人才进退皆不以德才为据。官僚们互相倾轧,政治黑暗。陶渊明既已沦为贫贱,加之自幼受越人洒

---

① 陈寅恪:《魏书司马睿传江东民族条释证及推论》,见《金明馆丛稿初编》。
② 郭沫若:《李白与杜甫·杜甫的门阀观念》。
③ 梁·萧统:《陶渊明传》。

脱性格的熏陶,后来又受到道家的影响,自然与官宦格格不入,促使他宁可归隐,也不与权贵同流合污,这就决定了他的创作思想,成为著名的田园诗人。当时雕琢绮丽之风盛行,对陶渊明的评价不是很高。钟嵘《诗品》虽然赞他的作品简洁,"殆无长语",但把他的诗歌列为中品。萧统的《文选》收入其诗,但也不及谢灵运等人的多。但萧统的《陶渊明集》影响逐步扩大,稍后有北齐阳休之的十卷本,《隋书·经籍志》的九卷本。《旧唐书·经籍志》和《新唐书·艺文志》虽都仅存五卷,但影响扩大,李白、杜甫都从中吸取一些意境,柳宗元、王维、孟浩然受其影响更深。宋代,苏轼将陶诗的艺术特点概括为:"质而实绮,癯而实腴。"①金代元好问评其诗:"此翁岂作诗,直写胸中天。天然对雕饰,真赝殊相悬。""枯淡足自乐,勿为虚名牵。"②其诗歌少铺排,少典故,不做华丽的修饰,多精选田家语,简洁晓易,但在平易之中蕴含华采,在淡朴之中饱含丰韵,耐人寻味。一千多年来,他的诗影响了一代又一代的高人韵士,自成一家,习者络绎。

十六国时期,活跃于中原的北方民族学会了汉文诗歌,创作了不少作品,各方对这些作品也有评介。鲜卑人苻朗,著有《苻子》二十卷,人评其人其诗,谓"风流迈于一时,超然自得,志陵万物,所与悟言,不过以二人而已"③。后秦诗歌集《琅琊王歌辞》,后载于《乐府诗集》中,后人评其中《新买刀》一诗,誉为"快语,语有令人'骨腾肉飞'者,此类事者"④。《旧唐书·音乐志》在研究《钜鹿公主辞》后认为:"似是姚苌时歌,其辞华音,与北歌不同。"属于北方民族作品梁

---

① 民国·中华书局聚珍仿宋版:《苏东坡续集·与苏辙书》。
② 金·元好问:《继愚轩和党承旨雪诗四首》。
③ 唐·房玄龄:《晋书·苻朗传》。
④ 清·王士禛:《香祖笔记》。

鼓角横吹曲的前秦氐人的《企喻歌辞》也引起重视,李开先在《乔龙溪词序》中赞为"北之音舒放雄雅",王世贞的《曲藻》也认为其风格为"劲切雄丽"。北周明帝七弟宇文毓,有才华,与著名诗人庾信过从甚密,信誉其"风流盛儒雅,泉涌富文词"①。陈朝人释智匠所编的《古今乐录》中,对《估客乐》做了初步的探讨:"《估客乐》者,齐武帝之所作也。帝布衣时,尝游樊、邓,登祚以后,追忆往昔而作歌,使乐府令刘瑶管弦被之教习,卒遂无成。有人启释宝月善解音律,帝使奏之,旬日之中,便就谐合。敕歌者常重为感忆之声,犹行于世。宝月又上两曲。"释智匠最大的功劳是最早在《古今乐录》中收入名篇《木兰辞》,使这首反映少数民族的叙事诗名传千古。

从以上所录的简短评语中,可知汉魏晋南北朝时期,少数民族的诗歌已经引起关注,有了简要的评语,且切中要枢,为我们理解当时的诗歌提供了借鉴。但是,这些评论还是比较分散的,多涉及个人诗歌,还谈不到系统。当时比较有名的文学论著如《文心雕龙》,都还没有注意到少数民族诗歌,仅钟嵘的《诗品》有所反映。

第二节　唐代民族诗歌研究

一、盛唐民族诗歌研究

在盛唐文化的熏陶之下,移居中原的北方少数民族的后裔,出现了元结、刘禹锡、元稹等著名诗人。皇亲国戚和显宦中窦威、贺兰进明、元德秀、元季川、独孤绶、王珪、王涯、长孙无忌、长孙翱、长孙公辅、长孙佐辅、李存勖等皆能诗。

---

①　北周·庾信:《上益州上柱国赵王诗二首》。

元结是著名诗人,也是一位诗论家,他继承了《诗经》和乐府的传统,反对六朝的绮丽空泛文风,在《箧中集》中批评诗坛"构限声病,喜尚形似"之风,慨叹"风雅不兴","文章道丧",主张诗歌为政治教化服务。他在《二风诗论》中主张"极帝王理乱之道,系古人规讽之流",诗文要"道达情性"①,"救时劝俗"②。故其诗笔力遒劲,质朴而淳厚。刘熙载在《艺概》中评价他的诗:"次山诗令人想见立意较然,不欺容。"其"疾官邪,轻爵禄"的思想"意皆起于恻怛为民"。唐人认为,元结是韩、柳古文运动的先驱。唐代裴敬在《翰林学士李公墓碑》中论及当时文学,把他和陈子昂、韩愈等并列。历代诗论家也多有评价,如清代沈德潜在《唐诗别裁》中就说:"次山诗自写胸次,不欲规抚古人,而奇响逸趣,在唐人中另辟门径。"不过也有人认为他的诗过于质直。元结的《异录》《元子》《文编》《浪说》《漫记》《猗玗子》等著作已不存。后人对元结诗文颇为重视,明正德郭勋有《唐元次山文集》十卷,并附有"拾遗"及"补",后来被收入《四部丛刊》之中。明陈继儒也有《唐元次山文集》十卷。《新唐书·元结传》对他作了中肯的评价。

匈奴后裔刘禹锡(772—842),既是中唐著名诗人,又是朴素唯物论的思想家。他的诗名鼎盛,与白居易齐名,世称"刘白",而白居易则称他为"诗豪"。他的诗,一是反映风土人情和下层民众的生活,再则写了许多爱憎分明的政治讽刺诗,其怀古诗和寄托身世诗也很出色。他希望在政治上有所作为,但屡屡被权贵排挤,郁郁不得志。他在贬谪中演绎成的《竹枝词》,风靡全国,影响直至清代。他

---

① 唐·元结:《刘侍御月宴会诗序》。
② 唐·元结:《文编序》。

的许多带有哲理意味的诗句,如"沉舟侧畔千帆过,病树前头万木春""马思边草拳毛动,雕眄青云睡眼开"等,气氛昂扬。刘禹锡诗文皆优,柳宗元说他:"文隽而膏,味无穷而炙愈出。"①《旧唐书》《新唐书》刘禹锡传略,唐韦绚编的《刘宾客嘉话录》等都对他的诗文进行评介。宋代蔡絛在《西清诗话》中说:"刘梦得诗典则既高,滋味亦厚。"②元代方回在《瀛奎律髓》中说"梦得诗句句精绝"。明代胡应麟在《诗薮·内编》中说:"梦得骨力豪劲。"翁方纲认为,"中唐六七十年间","堪与盛唐方驾者,独刘梦得、李君虞两家之七绝"③。后世多学刘诗,连苏轼也写了《竹枝词》。一些名家还将其佳句点化成自己的名句,或习得其讽刺诗之术。《新唐书·艺文志》的《刘禹锡集》四十卷,宋初亡十卷。后补《外集》十卷,仍然有遗漏。

唐代鲜卑拓跋部后裔元稹(779—831),以诗著名。他是新乐府运动的倡导者,与白居易齐名,世称"元白",并且是"次韵相酬"的创始者。前人评介,他的新乐府诗作中,和刘猛、李余《古乐府诗》的19首讽刺诗最有价值,其中《田家乐》《采珠行》《捉捕歌》等所反映的民间疾苦、社会不平、政治黑暗,相当深刻。他的艳诗和悼亡诗也很有特色,如《莺莺诗》《梦游春七十韵》、悼亡妻韦丛的《遣悲怀三首》等脍炙人口,被誉为元和体之上乘。但有的诗稍含轻薄。其《莺莺传》影响甚大,元代名剧《西厢记》即以此为题材来创作的。元稹在《进诗状》中这样评价自己的诗:"九岁学诗,少经贫贱,十年谪宦,备极凄惶,凡所为文,多因感慨。故自古讽诗至古今乐府,稍存寄兴,颇

---

① 唐·刘禹锡:《犹子蔚适越戒》引柳文。
② 宋·胡仔:《苕溪渔隐丛话》后集引《西清诗话》。
③ 清·翁方纲:《石洲诗话》。

近讴谣。虽无作者之风,粗中遒人之采"。他对新乐府屡有评价,如评李绅的《乐府新题》,认为其"雅有所谓,不虚为文"。他喜形于色,并急切"取其病时之尤急者"和之,足见他对新乐府诗作的喜爱。因之对所和《古乐府诗》的古题乐府19首,自己评论:"有虽用古题,全无古意者","或颇同古义,全创新词者"。晚唐黄滔评其诗:"大唐前有李杜,后有元白,信若沧溟无际,华岳干天。"①清赵翼认为:"中唐诗以韩孟元白为最。韩孟尚奇警,务言人所不敢言;元白尚坦易,务言人所共欲言。……此元白较胜于韩孟。"但他认为"白自成大家,而元稍次。"②元稹生前集其诗文为《元氏长庆集》,多达100卷,但到宋代仅余60卷。

其他诗人的作品,也有一些评论。如《唐才子传》赞王涯"博学工文",长孙佐辅"一代名儒","卓然有英迈之气。每见其拟古乐府数篇,极怨慕伤感之心,如水中月,如镜中相,言可尽而理无穷也"。可见其他民族诗人的成就也不低。

二、唐代西北民族诗歌研究

西北文化区在唐代就注意保存摩尼教和佛教诗歌,为中华诗坛留下了一批精神财富。摩尼教的《赞美诗》《摩尼大赞美诗》《赞观音》《赞弥勒》《在这样的地方》等宗教诗篇,大多是精彩的诗作。西北最著名的诗人当是维吾尔族大诗人艾卜·奈斯尔·法拉比(870—950)的诗歌创作和诗论。他生活在唐末到五代期间,是喀喇汗王朝的大诗人、大学者。法拉比是出生于中亚锡尔河右岸阿尔泰

---

① 唐·黄滔:《答陈磻隐论诗书》。
② 清·赵翼:《瓯北诗话》。

的巴拉沙衮的突厥人。巴拉沙衮当时是喀喇汗王朝的西部,突厥人的牧地。法拉比在家乡生活了30年,广泛学习了各种知识,并先后到了巴格达和大马士革,学习阿拉伯文化,终成为饮誉我国西北和中亚、阿拉伯的学者、诗人、哲学家、文艺理论家、音乐家、语言学家、逻辑学家、自然科学家(数学、天文学、物理学、生物学)、医学家和思想家,被誉为百科全书式的学者和诗人。他一生写了300部著作,流传下来的有《知识全书》《音乐大全》等119部,成果惊人。法拉比在文艺理论上有很多精辟的见解,关于文艺创作的性质,他认为是人的思维创造,是思维方式的一种;关于知识的获得,他在《警句演义》中认为"人借助头脑的活动和感觉能力获得知识";他把人的认识过程分为感性认识和理性认识两个阶段,而在认识过程中,记忆和想象具有重要的地位和作用;在《诗论》中,他把想象分成了直接想象和间接想象,又按其功能分为模仿性想象和创造性想象;想象和形象密不可分,是一个整体的两部分,而形象并非凭空而来,是靠人的感官获得的,"人的眼睛就像一面镜子,它能够反映事物的形象……";对于艺术模仿和艺术天赋,他也有自己独到的见解。法拉比的这些理论,显然具有朴素的唯物论和辩证法,这在一千多年前是很了不起的。法拉比以自己的创作实践演绎自己的理论,留下了许多优美的诗篇。其诗不仅语言优美凝练,构思严紧,形式别具一格,为后人所推崇和效仿,更重要的是,他的诗往往有深刻的内涵,给人予启迪,故而被人长期传诵不衰。世界上一些文艺理论家认为,他是美学史上处于亚里士多德和但丁·阿里盖利之间最杰出的美学家之一。

三、中晚唐民族诗歌研究

中晚唐时期彝族产生了布塔厄筹、举娄布佗、实乍苦木、布独布举①等著名的诗人和诗论家,留下了丰富的著作。布塔厄筹是芒布君长大毕摩,36卷《人类的起源》的作者。其诗论著作为《谈诗的写作》,以诗论诗的五言诗体,他特别强调押韵,他先引一首三段诗:"君和臣相处/晴也黑沉沉/不晴黑沉沉。师和书相处/晴也明朗朗/不晴明朗朗。女和男相处/晴也金晃晃/不晴金晃晃。"随之评论道:"这首三段诗/前和中相押/中和尾相押/诗的末一段/中首尾俱押/押得很明畅/在这三段里/中句押中句/诗若这样写/写来就很美/读音也铿锵/人人都欣赏/情歌就这样。"这段诗论点明了押韵的部位,归纳了押韵的方法和类型,评论了这种韵律的特点和优点,对我们研究彝族诗歌很有启迪。

举娄布佗诗论《诗歌写作谈》认为诗歌要"一句扣一句,一字扣一字。"长诗尤当如此。他以宗教的诗歌创作实践了他的理论,其拟人化手法,使诗歌趣意盎然。

实乍苦木属于实勺支系,比上二人晚约百年,著作多种,其中的诗论《彝诗九体论》论述诗歌起源和技艺的九种类型,独具特色。其中的一种是:"上下都紧连/各处都有扣/扣来也分明/这样的诗歌/它是歌之祖/诗歌它为先。"

另一位彝族中唐诗人布独布举,属于阿着仇家支的白彝他的著作甚多,其《纸笔与写作》一书也是五言体。他在此书中对前辈的诗论进行了详尽、深刻的论述,使之条理化。他尤其赞誉举奢哲,多引其诗,并认为"举奢哲所教,必须照此行"。他重视作者与读者的学识修养,认为"写得好与坏,全靠写的人",故要"诗文读百本/熟读自然明/诗情如闪电/抓准功就成"。他对押韵有自己的见解:"六十六

---

① 他们的诗论收入《彝族诗文论》,贵州人民出版社,1988年版。

个韵/六段要分清/有种尾韵呢/要与头相应/如比流水般/读写都顺畅"。在这本著作里,大部分篇幅都在论述诗歌的创作问题。这些诗论,对我们了解彝族诗歌和诗论的历史,很有价值。

第三节　宋代民族诗歌研究

一、宋代民族诗歌研究

宋代中原文化圈最重要的变化是词代替了唐代的律诗,而词的形成和北方文化圈的长短句有很大的关系。词本源于民间小调,唐已有之,作为一种音乐文学,它与乐曲的发展关系密切。而这乐曲的发展又多得益于当时西北地区少数民族的音乐。词的形成过程是:①北方和西北少数民族的乐工将民间乐曲、宫廷乐曲和佛曲带到中原乐府,并依新声填词,其优美的音乐和曲词引起关注;②教坊艺人得到启示而仿制依曲填词;③少数谙熟汉文诗的诗人开始仿作,如王涯(?—835)即依曲填词;④到中唐,羡慕长短句词体的诗人如张籍、白居易、刘长卿等,虽然不懂得曲谱,但依其长短句,巧用汉字平仄,创作了脱离音乐的词。

这个过程,古籍已有探究,如《旧唐书·音乐志》载:"自周隋已来,管弦杂曲将数百曲,多用西凉乐,鼓舞曲多用龟兹乐。其曲度皆时俗所知也。"唐代,胡乐更大量传入中原,与部分中原传统音乐相融合,产生了"新声",又称之为"宴乐",既流传于民间,也为教坊所用。这里先从五胡十六国说起。西晋末年,西北的少数民族活跃于中原。在当时所建立的十六个国家中,有十三个是少数民族建立的。实际先后活跃的是二十多个国家,其中只有4个是汉族人所建,其余都是北方的鲜卑、胡和西北的匈奴、氐羌等少数民族建立的。虽然各个政权都比较短暂,但毕竟活跃了二百多年之久。这期间,北方森林草原狩猎游牧文化圈的少数民族,将其民间歌舞词曲传入中原,其词为长短句,打破了中原词赋和骈体文的齐韵体,为后来词的产生创造了前提。东晋到唐代前期,西北少数民族歌舞大量传入中原。其传入的媒介有三,其一是歌舞艺人,其二是宗教乐师,其三是商人。西晋灭亡后,胡人大量驰骋中原,胡汉杂糅,彼此交往频繁,商家随之涌入。特别是北朝,商业突破了民族和地域的界限,据《魏书》载,西晋时中原与胡人"聘问交市,往来不绝"。又史载西北少数民族商人"西幸榆中,东行代地,洛阳大贾赍金货随帝后行"①。《周书》载突厥在土门可汗时,"市缯絮,愿通中国"。北周时,有一次有人半道袭击吐谷浑商团,劫"商胡二百四十人"。北魏都城洛阳因胡商云集,官方便设有"金陵""燕然""扶桑""崦嵫"四馆接待。久之多有归附,便集中居住在"归正""归德""慕化""慕义"四里。胡商入洛阳,富者多带歌妓。南朝"王侯将相,歌伎填室。鸿商富贾,舞女成群,竞相夸大,互有争夺"②。北齐更甚,诸帝尤喜胡乐,后主高纬尤甚,他能谱曲奏乐,西域乐工备受宠幸,甚至封王。当时宫廷中的乐工,多来自昭武九姓地方政权,即唐安西都护府曾辖的阿姆河、锡尔河一带的康国、安国、曹国、石国、米国、何国、火寻国、戊地国和史国,带来了民间歌舞和宫廷歌舞。这些乐工技艺娴熟,音乐悦耳,长短句歌词优美迷人,使中原的音乐结构为之一变。《隋书》赞其"皆绝妙管弦,新声奇变,朝易暮改,持其音伎,估炫公王之间,举时争相慕尚"③。寺

---

① 郦道元:《水经注》。
② 南朝·裴子野:《宋略·乐志》。
③ 唐·魏徵:《隋书》卷十四《音乐志》。

庙也很热闹,据《洛阳伽蓝记》载,北魏时洛阳寺庙一千七百多座,每年佛祖诞辰,"梵乐法音,聒动地天,百戏腾骧,所在骈比"。《文献通考·乐二》以总结的口吻说:"自宣武已后,始爱胡声。洎于迁都,屈茨琵琶、五弦、箜篌、胡箎、胡鼓、铜钹、打沙罗、胡舞铿锵镗鞳,洪心骇耳,抚筝新靡绝丽。……后主唯赏胡戎乐,耽爱无已,于是繁习淫声,争新哀怨。"《隋书》卷十五载:"炀帝乃定清乐、西凉、龟兹、天竺、康国、疏勒、安国、高丽、礼毕,以为九部。乐器工衣创造既成,大备于兹矣。"说明隋时宫廷已经广泛吸收西北少数民族的音乐歌舞。唐代又在此基础上增删,"唐武德初,因隋旧制,用九部乐。太宗增高昌乐,又造燕乐而去礼毕曲。其著令者十部:一曰燕乐,二曰清商乐,三曰西凉,四曰天竺,五曰高丽,六曰龟兹,七曰安国,八曰疏勒,九曰高昌,十曰康国,而总谓之'燕乐',声辞繁杂,不可胜纪"[①]。《旧唐书·音乐志》载:"自开元以来,歌者杂用胡夷里巷之曲。"这说明,从北方文化圈传入的民族民间和宫廷音乐,已经正式进入隋唐官方的乐府。其间艺人开始仿制这种以长短句为曲词的艺术,甚至是受命仿制的。《文献通考》卷一百三十一载:"至武德九年,始命太常少卿祖孝孙以梁陈旧乐,杂用吴楚之音、周齐旧乐,多涉胡戎之伎。于是斟酌南北,考以古音,而作大唐雅乐。"这说明,唐代初年,皇帝就命令掌管祭祀乐的最高官员,九卿之一的太常少卿组织创作大唐雅乐,而这雅乐是斟酌南北,将胡戎之乐与中原的燕乐融合,并"杂用吴楚之音"。雅乐包括两部分,即曲调与曲辞。曲辞为从北方少数民族那里移植过来的长短句,这是词形成很重要的一步。而作为词的母胎的十部乐,绝大部分是北方少数民族的艺术样式。但也吸收了南方

---

① 宋·郭茂倩:《乐府诗集·近代曲辞序》。

越人故地的乐曲风格,包括江西浔阳乐,湖北江陵乐、襄阳乐、石城乐,安徽的寿阳乐等。说明词的母胎主要是少数民族的音乐歌舞。俞文豹在《吹剑三录》中也谈到了这个过程:燕乐本是房中曲,即宫廷宴饮、娱乐的民间俗乐,后"喧播朝野,熏染成俗,文人才士,乃依乐工拍弹之声,被以长短句,而淫词丽曲,布满天下兮"。词因吸收少数民族自然天成的审美情趣,包括越人故地的子夜吴歌,故被称为"艳科"。到唐五代,已经有一百多首词。但唐代是律诗的高峰,词只能到宋代才能得到发展。词在宋代基本脱离音乐,逐步发展成为雅文学。但因其来源与音乐关系密切,故又称为曲子词、歌词、小歌词、曲曲子、乐府诗、长短句、诗余等。又因其母胎多系少数民族艺术,故有的词牌仍能够看出渊源,如《菩萨蛮》《上马娇》《马鞍儿》《浣溪纱》《牧羊关》《雁儿落》《后庭花》等。诚如《旧唐书·音乐志》所云:"自开元以来,歌者杂用胡夷里巷之曲。"民间小调与以胡乐为基础的"新乐"互相结合,产生了长短句的词。但当时诗独占鳌头,词则被压抑和歧视,无法发展。到了宋代,由于城市经济的繁荣,市民生活的需要,词才发展为一种独立的文学体裁。在一批诗词大家的推动下,词成了宋代文学的领衔艺术形式,在中国文学史上发出耀眼的光辉,出现了欧阳修、柳永、苏轼、李清照、陆游、王安石、黄庭坚等伟大诗词家。从这里可以看出,词是将北方少数民族长短句与中原汉文律诗融为一体,从而产生的一种诗歌形式,也就是民族文化交融的结晶。

身处中原的少数民族诗人如元绛、宇文虚中、万俟咏等,皆有力作。万俟咏字雅言,自号大梁词隐,匈奴后裔,北宋末南宋初词人,籍贯及生卒年月不详。徽宗政和(1111—1117)初年补授大晟府制撰,常进词。词作集成《大声集》五卷,大晟府提举官周邦彦(1057—

1121）作序,惜词仅存29首。王灼说他"元祐诗赋科老手"①,黄昇说他"发妙旨于律吕之中,运巧思于斧凿之外"②,黄庭坚赞为一代词人。

二、辽金民族诗歌研究

北方辽金王族,长期受汉文化的熏陶,多能诗。辽代诸多皇帝如耶律隆绪、耶律宗真、耶律洪基,大臣耶律纯等,精通汉语文,君臣普遍爱好汉文诗词。魏源《古微堂外集》卷四载:"辽起塞外,宜乎不识汉文,而首立孔子庙,太祖即亲祭孔子。太宗及东丹王兄弟皆工绘事,勒石能铭,登高能赋,师旅能誓,其才艺有足称者。每科放进士榜百余人,故国多文学之士。"《契丹国志》说圣宗耶律隆绪（971—1031）"幼喜书翰,十岁能诗",即位后"又喜吟诗,出题诏宰相以下赋诗,诗成进御,一一读之,优者赐金带"。在这种氛围下,辽代圣宗、兴宗、道宗、天祚帝及耶律众臣创作了不少优秀作品,诗集达11种。可惜由于曾禁私刊文字,加上尚武不善文事,复遭五京兵燹,资料焚毁,所存甚寡。耶律隆绪（971—1031）,辽圣宗,小字文殊奴,景宗长子。喜吟诗,晓音律,曾有《题乐天诗》云:"乐天诗集是吾师"。制曲百余首,诏诸臣诵之。在位49年,国势隆盛,辽人誉为"小尧舜"。据《珩璜心论》:"（宋）仁宗朝,有使夷者,见其主《纯国玺诗》。"时仁宗与圣宗同在位,使者见诗,故存。辽兴宗耶律宗真（1016—1055）好儒术,喜吟咏,能临机作赋,常有赐诗。《辽史》载:"（六年）七月,以皇太弟重元生子,赐诗及宝玩器物。二十四年二月,召宋使,钓鱼

---

① 王灼:《碧鸡漫志》。
② 黄昇:《唐宋诸贤绝妙词选》。

赋诗。""重熙五年(1036)十月御南京元和殿,以《日射三十六熊赋》及《幸燕诗》试进士于廷,开创御试进士之举。每遇才器之士,命为诗友。曾与侍臣酣饮步和,夜半乃罢。"① 耶律宗真对作诗有自己的主见,他认为作诗要有"真心",也就是真情实意,故云"既咏何必昧真心"②,意思是既然作诗就不应当昧真心。辽道宗耶律洪基(1032—1101)喜作诗赐群臣,陆游说:"相臣李俨尝作《黄菊赋》以献,道宗作诗题其后以赐之。"《辽史》载:清宁二年(1056)"三月,御制《放鹰赋》赐群臣,谕任臣之意"。辽时其诗坛的盛事,是出了萧观音、萧瑟瑟两位颇具才华的女诗人。她们虽贵为后,但都红颜薄命,死于赐尽。《焚椒录》载,萧观音"常慕唐徐妃行事,每于当御之夕,进谏得失。……上既擅圣藻,而尤长弓马,往往以国服先驱。所乘马号飞电,瞬息百里,常驰入深林邃谷,扈从求之不得。后患之,乃上疏谏猎。上虽嘉纳,心颇厌远。咸雍之末,稀得幸御。后因作词《回心院》,被之管弦,以寓望幸之意"。此词感情细腻,哀怨缠绵,构思缜密,复沓迂回,流传后世,令人荡气回肠。后人评《回心院》:"其《回心院》词则怨而不怒,深得词家含蓄之意。斯时柳七之调尚未行于北国,故萧词大有唐人遗意也。"

金王族完颜亮、完颜雍、完颜璟、完颜璹等均有诗作,史评完颜亮的诗有"桀骜之气"③;完颜璟的诗"笔力甚雄"④;完颜璹的诗"甚有

---

① 梁庭望:《中国诗歌通史·少数民族卷》,人民文学出版社,2012年版,第150页。
② 《辽诗纪事》引《海山集》。
③ 南宋·岳珂:《桯史》卷八。
④ 金·刘祁:《归潜志》。

唐人远意"，"委屈能道所言"，"百年以来宗室中第一流人也"①。说明金诗超过辽诗。金人中最大的诗家是元好问(1190—1257)，他处于金文学的巅峰，是中国文学史上著名的诗人。他一生创作的诗多达五千五百多首，至今仍留下诗歌一千三百六十多首；词377首，散曲9首。元好问不仅是个诗人，更是一个诗歌理论家。他平生编就的全金诗总集就有《中州集》《中州乐府》，还撰成了《壬辰杂编》《金源君臣言行录》《诗文自警》(十卷)、《续夷坚志》(四卷)等。他对唐宋著名诗人多有研究，编成了《杜诗学》一卷、《唐诗鼓吹》《东坡诗雅》三卷和《东坡乐府诗选》，硕果累累。他是著名的诗论家，对诗有独到的见解。他认为："唐诗所以绝出于三百篇之后者，知本焉尔矣。何谓本？诚是也。""故由心而诚，由诚而言，由言而诗也。"②这就是他的"以诚为本"的著名创作论。他还用《论诗三十首》的方式，对杜甫、陶渊明等诗人进行点评，这在当时是独特的诗论。他还对金诗的总体特色进行了归纳，指出："国初文士如宇文太学、蔡丞相、吴深州等，不可不谓之豪杰之士，然皆宋儒，难以国朝文派论之。故断自正甫为正传之宗，党竹溪次之，礼部闲闲公又次之。自萧户部真卿倡此论，天下迄今无异议云。"③他严厉批评齐梁诗风，否定西昆派和江西诗派的讲求声病等弊端，对韩愈、陈子昂尤为赞赏，说"论功若准平吴例，合著黄金铸子昂"。他所崇尚的真淳自然的创作思想，雄浑豪放的风格，壮美清新的意境，在中国文学史上占有重要的地位。由于他能取各家之长，刚柔并包，豪婉兼备，终成金第一大家。后人

---

① 金·元好问：《中州集》。
② 金·元好问：《杨叔能小亨集引》。
③ 金·元好问：《中州集·蔡珪传》。

评其诗,赞其"深于用事,精于炼句;风流蕴藉处,不减周秦"①,又说他"乐章之雅丽,情致之幽婉,足以追稼轩"②。

三、西北民族诗歌研究

宋时的西北文化区,少数民族文字创作的长诗涌现,产生了《福乐智慧》《突厥语大辞典》《真理的入门》《诸王书》等旷世杰作,诞生了饮誉世界的诗人,开创了西北各族文学以大部头诗歌创作领衔的历史,形成了有浓郁的地方和民族特色的长篇诗歌的长河。

代表性巨著是优素甫·哈斯·哈古甫(1019 或 1020—1085)的《福乐智慧》。这部长诗共一万三千多行,正文 85 章。诗人精心安排全诗的独特结构,采取了诗剧的形式,设计了国王"日出"、大臣"月圆""贤明"(月圆之子)、隐士"觉醒"四个象征性的人物,构成一个完整的象征体系,"日出"代表公正和法度;"月圆"代表欢乐和幸福;"贤明"代表知识和智慧;"觉醒"代表"来世"。通过四个象征性人物的相识、共事、辩论,阐明了他的治国安邦的主张,通过这些主张,在书里建构了一个拟将人们导向幸福的东方理想之国。他在开篇就开宗明义地指出:"我把书名叫做《福乐智慧》,愿它为读者导向幸福。"这一主题是十分明确的,这也就是这部长诗的意义所在。《福乐智慧》对当时及后世的影响是巨大的,正如序中云:"由于此书无比优美,无论传到哪位帝王手里,无论传到哪个国家,那儿的哲士和学者都很赏识它,并为它取了不同的名字和称号。秦人(汉人)称它为《帝王礼范》,马泰人(契丹人)称它为《治国指南》,东方人称它

---

① 宋·张炎:《词源》卷下。
② 元·郝经:《祭遗山先生文》。

为《君王美饰》,伊朗人称它为《突厥王书》,还有人称它为《喻帝箴言》,突厥人称它为《福乐智慧》。"当诗人首次将其代表性巨著在御前诵读时,得到很高的赞赏,被授予"哈斯·哈吉甫"的称号,意为御前侍臣,加在名字优素甫之后。其人物形象深深打动人心,如"贤明",诗人将"深厚的文化积淀和多年积累的人生经验都集中在这一人物身上,渊博的学识,缜密的思考,深广的情怀,高雅的谈吐,文臣武官的韬略豪气,锋利机敏的舌辩,都闪烁着耀人眼目的知识和智慧的光芒。"①《福乐智慧》包含了广博的社会内容,其中第56章《论如何对待诗人》是专门论诗歌的。文曰:"诗人们写诗采撷语言,/既将人詈诉,也将人颂赞。//他们的语言锋利如刀,/他们的思路细如毫毛。//若想知道深刻细致的语言,/听他们的谈话就能了然。//瞧,他们好比海底探宝之人,/从海里捞出了珠宝金银。//他们若赞美你,你会名传四方,/他们若想责骂你,你会恶名远扬。//兄弟啊,善待他们切不可忘,/免得变为他们抨击的对象。//倘若你想得到他们的颂赞,/勿庸多言,要讨他们喜欢。//他们有所求,全部应予赞助,/免使自己遭受他们语言的荼毒。"这里论述的是五个层次,第一个层次是诗人的定义,即"采撷语言"的智者,"好比海底探宝之人";第二个层次是诗人的特点,即"思路细如毫毛",语言"深刻细致";第三个层次是作诗的诀窍,就好比"从海里捞出了珠宝金银";第四个层次是诗歌的威力,"他们若赞美你,你会名传四方,/他们若想责骂你,你会恶名远扬。"第五个层次是如何对待诗人,要"善待他们","他们有所求,全部应予赞助"。优素甫·哈斯·哈吉甫特别重视语言,

---

① 阿布都克里木·热合曼主编:《维吾尔文学史》,新疆大学出版社,1998年版,第238页。

他认为:"人类靠语言上升为万物之灵","世人凭借两种事物得以不朽,一是美好的语言,一是善行"(第七章)。"人类靠语言来表情达意,/语言优美,满脸光彩奕奕"(第九章)。《福乐智慧》的广博内涵和精彩语言,使其誉满四海,直至今日,《福乐智慧》在世界上依然是研究的热门。

四、西南民族诗歌研究

在西南高原文化圈的青藏高原文化区,藏族产生了多部精彩的长诗,其中最著名的作家诗有《米拉日巴道歌》《萨迦格言》;民间长诗则有世界最长的长诗《格萨尔王传》。《萨迦格言》收入457首格言诗,其主旨与《福乐智慧》相似,都是论治国之道。作者贡噶坚赞(1182—1251)是藏传佛教萨迦派的大学者,对祖国统一有很大贡献。1239年蒙古西北军首领阔端派兵入藏,时为萨迦教派政教大首领的贡噶坚赞经与各首领协商,1246年亲往凉州会见阔端,谈妥了归顺条件,从此西藏成为祖国的一部分。贡噶坚赞著作宏富,其《萨班全集》收入了涉及宗教、逻辑、语言、医学、音韵、乐理等方面的著作《能仁教理明释》《经义嘉言论》《乐论》《入声明论》《语门摄要》《诗律花束》《藻饰词论藏》《诗论学者口饰》《因明库藏》《医论八支摄要》《法理通用学者入门》等近二十种,都是洋洋大观,《萨迦格言》(又名《嘉言宝藏论》)仅是其中之一。[①] 其中的《法理通用学者入门》《诗论学者口饰》《诗律花束》是专门的诗论,《经义嘉言论》《入声明论》《藻饰词论藏》《语门摄要》等也都涉及诗歌的理论。他是藏族文艺理论和修辞理论的奠基人,在《法理通用学者入门》中首次介

---

① 马学良等:《藏族文学史》,四川民族出版社,1985年版,第302页。

绍了印度七世纪檀丁的著名诗歌论著《诗镜》，对其不适合藏族诗歌的部分略去，取其文艺理论和修辞部分，次序也做了调整，对内容做了重述，例如他对原书的"形体"做了解释："形体是表达内容的"，突出了内容的重要性，对原文的内涵做了补正。这些都为后来形成的纯粹的藏族文艺理论《诗境》奠定了基础。

到宋代，彝族以诗论诗的传统继续得到发展，布阿洪的《彝诗例话》就是其中的代表作。布阿洪约生活在公元1100年前后的北宋时期，芒布世系阿侯家支的大毕摩（君师），有《世间的鸟类》《骏马论》《盐茶论》《五谷论》等诗体著作传世。《彝诗例话》对诗有独特的见解，认为"诗贵有风采"，而风采是由情、主、景、神、色、骨等要素和谐构成的，"无采不成诗"。作为创作的主体，"一要文字精，二要人间情，三要笔力沉"，即所谓"三过硬"，否则难以为文。布阿洪还特别强调诗骨，认为骨力是诗的"主"和"干"。彝族的诗论家普遍看重"骨"。所谓"骨"，首先是指诗歌内部结构和整体构架。布阿洪认为："谈到骨和体，结体要紧凑，诗骨要有连。"其次是指"骨力""诗力"，也就是精炼劲健的风格特点，认为只有"骨力劲"才是"诗中的精品"。此外还包含诗的艺术感染力等。"主"实为主题思想，"骨"是由"主"派生出来的。布阿洪还阐述了景与物的关系，认为"无物就无景，有景就有物"。

另一位文论家布麦阿钮对彝诗体例论说的成型有特殊贡献。他是南宋时人，彝族芒布世系不努利君长家的大毕摩（君师），除代表作《论彝诗体例》，还有《天地论》《论婚姻的起源》《论开亲的来历》《酒礼歌》等著作传世。《论彝诗体例》十二章，四千多行，他认为"诗文有各种"，"体裁有多样"，"体制各异趣"。他先后论及的诗歌体类有三段诗、四方景象诗、情诗、叙事诗、五言诗、问答诗、哀歌、四季诗、悔罪诗、丧祭诗、献酒诗、故事诗等十多种，虽然略有繁杂之弊，但既保存了前人对诗歌的分类方法,也给予后人重要的启示。彝族诗有连韵、连声、连字和三段连的特点,讲究"协声""协韵",但不同诗体重点是不同的,记事诗重"谐声",三段诗重"扣"和"连",其"主体"是"前两段为比,后一段点题。贵在前段起,主落于后段,中段为三连"。又说"三段分三题,题中有三主,主中分三骨,骨中分三色,色中分三境,境中分三界,三界出三彩,三彩出三凤。"作者还认为,彝族诗歌以五言为主,句式严整,但没有严格的句数限制,这既有利于掌握,也有利于运用和发挥,他对五言诗中每一偶的"音"(韵)和"声"的相合作了详尽的论述。他对不同体裁的风格尤为关注,认为"诗味各有风",惟有掌握,方能作好诗。例如,悲哀诗的风格应当是"语气多伤神,题中骨力劲。血泪斑斑在,读来真伤心"。从以上分析可以看出,布麦阿钮对古代彝族诗体分类的贡献是开创性的。

第四节　元代民族诗歌研究

一、中原民族诗歌研究

唐诗在宋代让位给宋词,宋词在宋末过度雅化而走向衰落,让位给了散曲。散曲正好为元杂剧的发展创造了条件,元杂剧实际上是散曲联唱。元杂剧一般由四折组成一本,每折的结构是唱(散曲)+云(宾白)+科(动作),云与科很少,主要是唱,实际是戏曲。唱词依宫调,一折一宫调。　宫调由若干曲牌构成,最少三个曲牌,多的达到26个,通常10个左右。一个曲牌就是一首散曲,可见散曲是元杂剧最基本最主要的构成元素之一。例如《窦娥冤》第一折的第一个唱词:"满腹闲愁,数年禁受,天知否?天若知我情由,怕不待和天瘦。"此即是散曲中的【仙吕·点绛唇】。散曲如此重要,故对散曲历来都重视研究。研究表明,散曲最早萌发于金,《归潜志》点明为金之"俗谣俚曲",到金末趋于成熟。流入中原以后,与中原市井俚歌结合,吸收诗词韵味,在宋末元初形成。宋代曾敏行在《独醒杂志》中说:"先君尝言:宣和末客京师,街巷鄙人多歌番曲,名曰《异国朝》《四国朝》《蛮牌序》《蓬蓬花》等,其言至俚,一时士大夫亦可歌之。"番即指北方少数民族。明代徐渭在《南词叙录》中也说:"今之北曲,盖辽金北鄙杀伐之音,壮伟狠戾,武夫马上之歌,流入中原,遂为民间之日用。宋词既不可被弦管,南人亦遂尚此,上下风靡浅俗可嗤。"明代王世贞在《曲藻序》中认为:"曲者,词之变。自金元入主中国,所用胡乐,嘈杂凄紧,缓急之间词不能按,乃更为新声以媚之。"这里的曲即指散曲。这是北方少数民族音乐对散曲这一新诗体的贡献。

唐诗、宋词虽然式微,但少数民族诗坛在元代仍然按照自己的轨迹运行,"宗唐得古",且不专宗一家,而且转益多师,故民族诗歌仍然得到一定的发展。在中原,出现了西北血统的文学名士群,薛昂夫(1270？—1351？)、萨都剌(1272—1355)、马祖常(1279—1338)、贯云石(1286—1324)、余阙(1303—1358)等人,他们的诗作,可与中原名士比肩。他们中除"西夏余阙",萨都剌为回回外,均为突厥后裔。对他们的作品,历代都有研究,有所评论。薛昂夫被誉为散曲大家,元代诗林高手。萨都剌的《鬻女谣》《织女图》等诗作,反映了严酷的社会现实,被称为"诗史"。人评其诗:"其豪放若天风海涛,鱼龙出没;险劲如泰华云开,苍翠孤耸;其刚健清丽,则如淮阴出师,百战不折。而洛神凌波、春花霁月之媥娟也。"[①]马祖常"七岁知学,得钱即

---

① 元·干文传:《雁门集序》。

以购书","既长,笃于学","工于文章,自成一家之言","尤致力于诗,圆密清丽,大篇短章,无不可传者"。贯云石"神采秀异,年十二三,臂力过人,使健儿驱三恶马疾驰,持槊立而待马至,腾上之,运槊生风,观者辟易",其"吐词为文,不蹈袭为常,其旨皆出人意表"①。余阙仕元,曾官至监察御史、都元帅,以七律、七绝见长。自曹植诗化出的《白马谁家子》一诗,尽写贵族子弟的不可一世和醉生梦死,纵酒贪色,而且仗依君王之威。第15、16句陡然一转,写贵族子弟败落时连秋草也不如,倒不如贫而有节气,可有千载之名,主题何等鲜明。此诗风骨遒劲,韵律优美和谐,层次分明,故钱谦益在《列朝诗集小传》中赞他:"学诗于余忠宣阙,皆得其师承。"《四库全书总目提要》称"其诗以汉魏为宗,优柔沉涵,于元人中别为一格"。综观余阙作品,诚如《诗薮》所云:"元人制作,大概诸家如一。惟余廷心古诗近体,咸规仿六朝,清新明丽,颇足自赏。"

蒙元时期,入主中原的蒙古族贵族忙于征战,故而"弯弓射雕少华章",但也出了阿鲁威、月不鲁花、图贴睦尔、郝天挺等一批诗人,有四十多人留下诗作。图贴睦尔(1304—1332),元文宗,武宗次子。他处在元走下坡路时期,虽存诗不多,却蕴涵深意。如《自建康之京都途中偶吟》,透露了他欲回京践位的心态。《元诗选》载清人顾奎光等评论此诗:"真情本色,不雕饰而饶诗意。赋早行者,无以逾之。结语尤见帝王气象。"颇为中的。

在北方蒙古族的散曲名家里,阿鲁威无疑是最耀眼的明星,在元代后期的散曲诗人中,他具有代表性。阿鲁威又作阿鲁灰、阿鲁㻒,字叔重,号东泉,或取阿鲁威中间鲁字为姓,呼鲁东泉。生卒年不详,

---

① 明·宋濂等:《元史·马祖常传》。

元末寓居江南。能诗,并译过《世祖圣训》及《资治通鉴》,足见其文字功力不凡。但他最工的是散曲,今尚有几十首传世①。阿鲁威恃才傲物,鄙薄高官厚禄,常借怀古怀旧抒怀。在散曲总集《乐府群珠》里所收录的《怀古》中,他更有一番豪情:"问人间谁是英雄?有酾酒临江,横槊曹公。紫盖黄旗,多应借得,赤壁东风。"但到了《旅况》里,他却拟寻桃源,以期以酒自娱,过无缰野马般的生活。

综观元代中原地区少数民族诗人,他们均为元初功臣名将的后裔,其祖先大多来自西域,是一个有着北方、西北边陲少数民族血统的群体。他们接受了较高的汉文化,不少还是进士出身,能诗能文,其诗文造诣令中州文士时或逊让。但他们又都是狄戎之后,怀念先祖和故园,眷恋辽阔草原的壮美,回味风雪黄沙的锤炼,在他们身上形成了一种难以割舍的民族集体无意识,凝聚着西北少数民族文化的情结,集含蓄蕴藉、绮丽纤巧与遒壮迥异、粗犷豪放于一身。诚如萨都剌写江南风光"婉而丽,切而畅"②,是两种文化融合的生动体现。

二、北方民族诗歌研究

元代北方少数民族代表诗人是开国功臣耶律楚材(1190—1224),他字晋卿,契丹人,辽东王耶律倍之后,父耶律履为金尚右丞相。他博览群书,乃至天文地理、历算医卜,无所不通。本事金,任左右司员外郎。1215年为蒙古军所俘,成吉思汗如获至宝,曰:"此人天赐我家,尔后军国庶政,当悉委之。"令跟随左右,扈从征战至今中

---

① 荣苏赫等:《蒙古族文学史》第一卷,内蒙古人民出版社,2000年版,668页。
② 明·张习:《雁门集》。

亚一带,成为开国重臣。诗为工余之作,但在早期的蒙古王朝诗坛中却一枝独秀。其存世之《湛然居士文集》多达十四卷,其中诗六百多首。耶律楚材"扈从西征,达六万里。塞外山川景物,异域风俗人情,所见甚广,体会很深,发之于诗,富于雄奇苍凉的情调"①。在耶律楚材的边塞诗中,多有反映边塞风情的诗作。20世纪以来,对耶律楚材诗歌的研究和评价迭出,1943年,钱基博在《中国文学史》(湖南蓝田新中国书局1944版)中评其边塞诗:"塞外景色,描写如绘,雄丽得未曾有。"同年出版的刘大杰《中国文学发展史》则认为其律诗"气宇轩昂,声调雄放,关山跋涉,村舍萧条,形成他诗歌的特色"。

泰不华(1304—1352),元代中后期蒙古族诗人,三十年仕宦,参修宋辽金史,多与名流酬唱,"与雅正卿(琥)、马易之(祖常)、余廷心(阙)并逞才华,新声艳体,竞传才子,为异代所无"②。泰不华多有揭露社会和官场黑暗之作,这与他的正直品格有关。

有元一代,蒙古族的传统文学也得到很大的发展,其标志是《蒙古秘史》的诞生。《蒙古秘史》又称为《元朝秘史》,约成书于1240年。全书12章,282节,是用古畏兀蒙古文写成的。作者是谁至今莫衷一是。《蒙古秘史》是一部历史文学作品,它以成吉思汗的黄金家族为中心,用实录记事演绎家谱世系的手法,形象地反映了蒙古高原从十二世纪下半叶到十三世纪上半叶的蒙古社会的变革、对内对外的战争、蒙古民族的新生和蒙古国的建立,等等,资料极其珍贵。该书实为"祖传家训",意在总结黄金家族崛起过程中的经验教训,

---

① 刘大杰:《中国文学发展史》,古典文学出版社,1943年版,1957年再版,第802—803页。

② 清·顾嗣立:《寒厅诗话》。

藉以不断调整队伍,以便顺利地达到预定的目标。《蒙古族文学史》（荣苏赫等）将其内容归纳为"统一是概括全书的主题","团结是贯串全书的主线","忠诚、信义、勇敢是衡量全书人事的道德标准","训喻是写作全书的目的"。《蒙古秘史》采用散韵结合的格式,叙事体散文占三分之二,韵文约占三分之一,主要是各种类型的抒情诗,还有一部分叙事诗。

三、西北民族诗歌研究

宋元时代,西北地区出现了更多的洋洋万行长篇作家诗,其题材多取材于包括中亚和阿拉伯的民间爱情故事,韵律多吸取中亚或阿拉伯的押韵规律,加以融化,形成特有的中外合流的韵律。公元1227年成吉思汗将所占西域土地分封给二儿子察合台,后来形成了察合台汗国,察合台文学因之崛起。1279年,在今新疆的喀什诞生了一位伟大的诗人纳斯鲁丁·布尔罕尼丁·拉勃胡兹（约1279—1351）,他的一生几乎与元王朝同步。他的鸿篇巨制《先知传》（又称《拉勃胡兹故事书》）创作于1309—1310年,题材来自宗教神话和民间传说,照例是献给汗王府中的一位名人的。《先知传》共72章,前64章故事源于犹太人的《摩西五经》,后8章重点描述圣人穆罕默德,兼及其四个弟子,均采用神话手法,对伊斯兰教的先知们进行赞颂,注入了诗人理想王国的理念。全书的传记多达72个,塑造了一千多个人物形象,反映了广泛的社会生活。《先知传》被誉为察哈台文学的开山之作,西域对其多有研究。

在西域,曾存在一种书信体（又称"篇子""书柬"）的诗歌样式,到察合台汗国时期发展成为一种独立的抒情文学体裁——抒情长诗,花喇子米的《爱情篇》就是典型的代表作之一。花喇子米大约诞生于13世纪末或14世纪初,是一位维吾尔族诗人,花喇子米是笔名。他曾走访过整个中亚和土耳其、埃及,其他无从知晓。《爱情篇》由序诗、十封爱情书信、献词和尾声组成,通过一对热恋中的情侣的情书——男方用诗歌形式写给女方的十封情信,热情歌颂了现实生活中男女青年之间纯真的爱情,表达了热烈而深沉的爱慕之情。诗中将中国称为马泰,又常指南疆。《爱情篇》用对女性的赞美,对抗当时笼罩中亚的禁欲主义、苏菲主义,产生了持续的影响,成为书信体抒情长诗的典范。在他以后,陆续产生了霍硷德的《优雅篇》、色依德·艾合买德的《忏悔篇》、尤苏甫·艾米尔的《十束篇》等类似抒情长诗,在维吾尔文学史上占有显赫的地位。

钦察汗国是成吉思汗长子述赤的封地,其东部达到额尔齐斯河一带。汗国中也产生了几位诗人,他们都是伊斯兰信徒,其诗作内容多反映宗教情感和爱情生活。

1227年西夏亡,党项人入元后因学习汉文化的程度比较高,多走科举之路,张翔、昂吉、斡玉伦徒、孟昉、完泽、琥璐珣等都有诗作面世。张翔,字雄飞,西河唐兀氏人。生卒年不详。元仁宗延祐二年(1315)登右榜进士,官居西台御史。喜游历,足迹遍及江浙、西南名山大川,铭记于心,化为诗行,人赞他"尤工于诗,往往脍炙人口。佳章奇句,不可悉举"[①]。昂吉亦工诗,惜仅《元诗选》载《启文集》15首,多为酬唱之作。斡玉伦徒也是唐兀部人,西夏宰相斡道冲后人,进士出身,曾参编《宋史》。虽在元廷为官,心底不忘故国。当凉州因修葺庙学撤其父像时,他悲叹先人像"仅存于兵火之余,而泯

---

① 元·许有壬:《张雄飞诗集序》。

坠于今日"①,遂请人临摹父像,求恩师虞集赞之云:"遗像斯在,国废人远,人鲜克知。"②

与此同时,西北地区出现了《乌古斯可汗的传说》、柯尔克孜族的《考交加什》《艾尔托什吐克》《先祖阔尔库特书》等众多英雄史诗。《先祖阔尔库特书》收入了十二篇章,每个篇章就是一部英雄叙事歌。它们是《德尔赛汗其子布哈什汗之歌》《萨鲁尔·喀赞汗的驻地遭洗劫之歌》《喀木·勃尔其子帕米斯·拜仁贡克之歌》《喀赞伯克其子乌鲁孜身陷囹圄之歌》《杜哈阔加其子岱律·杜姆鲁勒之歌》《康里阔加其子坎·图拉勒之歌》《喀则勒克加其子伊盖乃克之歌》《巴萨特斩除独眼巨人之歌》《拜吉勒其子艾姆贡克之歌》《乌孙阔加其子赛格贡克之歌》《萨鲁尔·喀赞为其子乌鲁孜所救之歌》《外乌古斯因讨伐内乌古斯而诛杀拜依贡克之歌》,西北地区史诗发展的盛况可见一斑。16世纪初叶,中亚学者毛拉·赛依夫丁·依本·大毛拉·沙赫·阿帕斯·阿克色肯特撰写了一部内容广博的《史集》,其中就评介了柯尔克孜族的《玛纳斯》。19世纪,俄国学者开始收集和评介《玛纳斯》,译文多达十多种,可见受到重视的程度。

第五节　明代民族诗歌研究

一、中原民族诗歌研究

明代中原地区民族诗歌主要是生长于中原的回族诗人的作品,其中由元入明的丁鹤年具有代表性。丁鹤年(1335—1424),武昌

---

① 元·脱脱等:《宋史·夏国传下》。
② 明·宋濂:《元史·朵尔赤传》。

(今湖北鄂城)人,字永庚,亦字鹤年,号友鹤山人。丁鹤年四兄弟中有三人中进士,他为庶出,就读于武昌南湖书院,17岁即已精通经籍诗书。他编定自己的诗集,名为《海巢集》,存诗三百多首,分别收入《丁孝子集》和《丁鹤年集》中,是一位在我国颇有影响的回族诗人,诚如陈垣所说:"萨都剌而后,回回教诗人首推丁鹤年。"①人评其诗:"忠义慷慨,有《骚》《雅》之遗意。"(《题海巢集》)"丁鹤年诗律极工"(《蟫精集》),以至于名作一出,竟引人"皆为敛衽"(《田园诗话》)。

马欢,生卒年不详,是一个有特殊经历的回族人,他曾于永乐十一年(1413)、十九年(1421)、宣德六年(1431)三次随郑和(1371—1435)下西洋,到过二十多个国家,任通事(翻译)。马欢能诗能文,出使西洋后写了《瀛涯胜览》一书,记叙各国见闻,资料极其宝贵。

金大车(1491—1536),字子有,号方山,江宁(今江苏南京)人。先祖来自麦加,他出生于江宁。他早年颖异,"方弱龄,学举子业,已能作奇语,为京师诸名辈所赏异"②。金大车的诗,格调悲凉,牵动人心。诚如《金子有传》所言,因其诗"词义双美,每一篇成,同社咸敛衽辍思焉"。

二、北方民族诗歌研究

明代北方蒙古族民间诗歌的最大成就是中古英雄史诗的发展,三大史诗带都有新作产生。内蒙古东北巴尔虎史诗带产生了《英俊的巴塔尔》《勇士布拉岱汗与卷鬃马》《额日赫图莫尔根》等二十多部

---

① 陈垣:《元西域人华化考》。
② 陈凤:《金子有传》。

史诗;内蒙古西部经甘肃、青海到新疆的卫拉特史诗带产生了《策日根查可汗》《汗青格勒》《十五岁的阿日勒莫日根》等二十多部史诗;哲里木盟、兴安盟的扎鲁特—科尔沁史诗带诞生了《勇士道格欣哈拉》《好汉阿里雅胡》《阿拉坦嘎拉布汗》二十多部史诗。在这些史诗当中,饮誉国内外的《格斯尔》和《江格尔》具有代表性。

《格斯尔》长期流传于民间,直到康熙五十五年(1716)才有刻本,是1630年左右从青海艺人那里纪录下来的,可见是明代的作品。全诗13章,显然是从藏族的《格萨尔王传》演化而来的。从主题上看,格斯尔和格萨尔皆从天上来,两者都是扬善惩恶,保卫岭国家园。但《格斯尔》并非《格萨尔王传》的简单复制,而是根据蒙古族人的生活进行再创造,是一部全新的英雄史诗。《江格尔》是我国三大史诗之一,驰名世界。目前已收集到六十余部,近20万行,描述了数十场征战,塑造了一百多个人物形象。《江格尔》最初形成于我国新疆卫拉特蒙古族地区的土尔扈特部,后向硕特、厄鲁特、杜尔伯特诸部流传,逐步完善。形成于15—17世纪的这部史诗,13章本,包含了蒙古族传统史诗的三大主题:部落联盟故事、婚姻故事、征战故事。结构宏伟,内容广博,几百年来,一直受到世界的瞩目。自1804年俄国日耳曼人P·别尔克曼在里加发表《江格尔》片断后,引起了各国的重视,有德、日、俄等多种译本流行国外,成为人类的共同财富。中国和外蒙、俄、德、法、美、日、芬兰、匈牙利等国学者都有研究,形成了世界性的"江格尔学"。19世纪德国人别尔格曼评论道,《江格尔》"把极端夸大的现象赋予现实的自然世界"。

三、西北民族诗歌研究

明代前中期,西北地区出现了一个地方政权——帖木儿王朝

(1370—1507)。创立者帖木儿(1336—1405)自称是成吉思汗的继承者、察哈台君主,以武力征服察哈台全境。这个横跨中亚的政权,是明王朝与中亚、阿拉伯联系的通道,在经济文化上受到各方广泛的影响,经济文化繁荣。鲁提菲、赛卡克、阿依塔、纳瓦依和叶尔羌时代的赛义德、拉失德、米儿咱·海答等诗人,他们都继续演绎西部洋洋洒洒的长诗。明代维吾尔族诗人首推鲁提菲(1366—1465),他是喀什噶尔人,生活在帖木儿汗国分崩离析的时代。鲁提菲对互相劫夺征战十分痛恨。他一生写下了文史哲各方面著作二十多部,惜多失传,仅留下收有散诗三百多首的《鲁提菲集》和长篇叙事诗《古丽和诺鲁兹》。

《古丽和诺鲁兹》长达四千二百多行,说的是纳沃夏德王子诺鲁兹梦中见到法尔哈尔公主古丽,十分仰慕,后在布尔布尔和古丽乳母苏珊的帮助下得以与古丽见面,双双逃走,在海上漂流。古丽漂流到了阿丹,后来做了统帅。诺鲁兹漂流到了也门,也做了统帅。恰值阿丹和也门两国交兵,情侣战场相见,悲喜交集,两国之君归于和好,有情人终成眷属。后也门、阿丹、纳沃夏德、法尔哈尔四国君相继去世,诺鲁兹统一了四国,国家繁荣,人民安乐。

世界文化名人纳瓦依(1441—1501)是察哈台时期突厥语系民族最伟大的诗人、思想家。维吾尔、哈萨克、乌孜别克等民族都把他当成自己的诗人。他出生于呼罗珊国首都赫拉特,这里当时是成吉思汗二儿子察哈台的领地,属于察哈台汗国,是突厥民族的荟萃之地。纳瓦依在哲学、文学、诗学、科学等方面都有很高的造诣,一生留下了三十多部著作,硕果累累。他用波斯语文和突厥语文写诗,有"双语诗人"的美誉。他去世后的五个世纪里,维吾尔诗人都把他尊为自己的诗歌大师,突厥语民族推崇他为突厥诗学的百科全书。纳瓦依的著作很多，有《四卷诗集》《法尼诗集》《鸟语》《心之所钟》《诗的真谛》《穆尼夏阿提》《瓦合甫书》《五卷诗集》《穆哈默德英雄传》《赛依德·哈赞·艾尔德希尔传》《两种语言之争辩》《韵律准绳》《天课书》《文坛荟萃》等，留下了大批精神财富。[1]

明代中晚期，东察哈台后裔赛义德于1514年在叶尔羌（今新疆莎车县境）称汗，史称叶尔羌汗国。第一代汗王赛义德之子拉失德（1509—1560？）"秉性温良，书法精湛，是用波斯语和突厥语写诗的至善至美的诗人"[2]。曾创作有《拉失德诗集》《拉失德格则勒诗集》和《斯拉丁纳曼》《麦许克纳曼》两部长诗。拉失德宠妃阿曼尼莎是樵夫女儿，她是汗国独一无二的女诗人，著有《娜斐斯诗集》和用于女训的著作《美德训》《心声解说篇》。她的最大功劳是和叶尔羌著名诗人、音乐家柯迪尔汗（？—1572）一起，在拉失德的保护下完成了木卡姆套曲的整理，留下了这份宝贵的文化遗产。木卡姆于今已经被联合国认定为非物质文化遗产。

四、西南民族诗歌研究

明代西南民族诗论的最大成就是藏族的《诗镜》和傣族的《论傣族诗歌》。《诗镜》本是公元七世纪印度檀丁所写的一本诗歌论著，十三世纪后期由于八思巴的支持和赞助，藏族学者雄敦·多吉坚赞和印度诗学大师罗克什弥伽罗合作译为藏文《年阿买隆》，在藏族中开启了学《诗镜》之风。"年阿"意为雅语或美文，"买隆"意为镜子，

---

[1] 阿布都克里木·热合曼：《维吾尔文学史》第六编，新疆大学出版社，1998年版。

[2] 周绍祖等：《西域文化名人志》，新疆人民出版社，1991年版，第230页。

简译为《诗镜》。后却迥桑布(1444—1528)根据藏族诗歌的结构和格律对译文进行部分修改和校订,做了注释。其后又有多位学者修改补充,藏族有了自己的《诗镜》著作。《诗镜》无论是定义、对定义的解释及诗例,都用诗来表达,实为以诗论诗。凡三章,第一章105首诗,将文章的体裁划分为诗歌、散文和散韵结合体三类,重点论述诗歌。诗歌被分为"自解""同类""库藏""集结"四种结构形式,可以交替使用,"组成多章相连的大诗"①,《米拉日巴传》就是这样的大诗。凡大诗都有相对稳定的结构,即开篇和主体,开篇包括祝愿、颂神和内容简介;主体包括"正法""财利""爱欲""解脱"四大事。诗论特别突出修辞,认为"文章若具美修饰,可以永存无尽期",与一般纯内容决定形式的文学理论有别。最后归结为十种"功德"。可以看出,《诗镜》从结构上就纳入了佛教的思想体系之中。第二章"意义修饰"有365首诗,将"意义修饰"分为自性修饰、比喻修饰、形象修饰、重叠修饰、委婉修饰、否定修饰、夸饰修饰、特写修饰等35种,其中翻案修饰、良缘修饰、非时赞扬修饰、能明修饰、叙因修饰等提法,是一般文学理论所没有的。自性修饰实际是"敷陈其事而直言之",即通常意义上赋比兴中的赋,以形容鹦鹉为例:"嘴喙红又弯,双翅绿又软,颈有三色环,鹦鹉善巧言。"书中将"比喻修饰"分成法喻、实物喻、交互喻、虚拟喻、连珠喻、对举喻等32类,其中的集同喻、面谀喻、攀合喻、未曾有喻等也是一般文学理论所没有的。所谓法喻即状喻,并举例说明:"美女你的于掌心,好似莲花红殷殷。"一般以物比人,而颠倒喻却以人比物:"莲花恰似你容颜,蓬勃开放正丰满。"总之在这部分里,《诗镜》根据藏族的生活和诗歌的特点,对藏

---

① 马学良等:《藏族文学史》,四川民族出版社,1985年版。

族诗歌的艺术手法作了充分的阐述,并应用到创作实践中。故吟诵藏族诗歌,总感觉有一种特别的韵味。第三章186首诗,论述文词修饰及写作缺点,分为音韵修饰、隐语修饰和"去过"三方面。音韵修饰又分成叠字式、难作式和定韵难作式三类。如"句首叠字式":"雅雅,檀丁所著文,/深深,如学者所论,/聪聪,明慧学友辈,/悠悠,吟咏乐何如!""去过"是对诗文十种弊病的概括,包括意义混乱、前后内容矛盾、次序颠倒、不合韵律、意义重复,等等,如"疑惑过,指语言含糊,模棱两可,意义不明,使人怀疑"。长期以来,对《诗镜》的研究和运用,在藏族中已经形成了专门的学问,影响很大。促使藏族诗歌有极为鲜明的特色,有浓重的佛理和青藏高原雪域的氛围。长诗特别发达,形成了宗教诗歌的世界,弥漫于整个雪域高原。

明末,傣族文学史上一部重要的诗论《论傣族诗歌》诞生了,注明"写于傣历976年开门节",也就是公元1615年。作者帕拉纳,属于傣族佛教僧侣的第七等级祜巴勐。作者说在他那个时代,傣族已经有500部长诗,他是在看了其中的365部以后,经过综合分析研究才写出这部著作的。《论傣族诗歌》有多种手抄本,其中一种汉译本53000字,分九部分:(一)"开天辟地";(二)"破仙葫芦进人间,开创世道人间";(三)"人类的语言";(四)"诗歌的诞生";(五)"滴水成歌";(六)"去向佛祖讨文字";(七)"绿叶信的传说";(八)"歌谣与叙事诗的不同点";(九)"傣族诗歌有什么特点"。[①]《论傣族诗歌》的结构蕴涵深意,"开天辟地"部分给人们一个强烈的信息,傣族文化有悠久的历史,在佛教传入之前早已存在并灿烂辉煌,那些神话乃是民族文化的根。神话时代是傣族早期的诗歌土壤,正如论著中所

---

① 岩峰等:《傣族文学简史》,云南民族出版社,1988年版,第693页。

说的:"天地是英叭造的,人类是布雅桑雅开创的,他们才是我们真正的父母,开始就没有叭英和帕召。"关于诗歌的产生和演化,论著指出,语言是产生诗歌的基础,但语言不等于诗歌。在抬虎、抬树中人们的呼喊,"成了全民性的音乐,于是就产生了歌谣。"这和《淮南子·道应训》所说的"举重劝力之歌",鲁迅所说的"杭育杭育派",在思想上是相通的。作者还认为,早期"种种歌,还没有押韵,没有格律,纯属心喜则唱,满意则歌",到后来才慢慢有韵。《论傣族诗歌》最精彩的是最后两部分,帕拉纳认为,歌谣产生于"盘"时代之前,无约束,想唱什么就唱什么,怎样唱就怎样唱,全民唱。"盘"以后就不同了,"没有哪一部叙事长诗不是以佛祖、天神、菩萨为救世主,以王子、公主为主人公,全是瓦雀屎从一个屁股屙出来"。从这里可以看出,作者虽然是佛教徒,但他更看重作品贴近生活的程度及其社会意义,倾向于作品的自然状态。说到歌谣的特点,他认为是"见景生情,见物生歌,随心所欲,没有框框套套"。"人人都会编,个个都会唱,语言跟说话一样简洁"。论著归纳了傣族叙事诗的特点是:"第一,以故事为背景,叙述完一件事。""叙述人类当今的现实生活,有人物形象的塑造,有章有节。"第二是"以佛祖、天神、菩萨为救世主,以王子、公主为核心",这是"根据佛祖的经书的不可逾越的社会与佛教的约束下必然产生的结果"。第三是"形容比喻,以比喻的手法出现……这个特点像金色的彩云,把我们的叙事诗装扮得无比绚丽多姿;这个特点,又像鲜艳的花朵,把我们绚丽多姿的叙事诗打扮得五彩缤纷,芳香四溢"。这三方面包括了叙事诗的定义和基本特征,傣族叙事诗的内容及其局限性,长诗的艺术手法等,相当精辟。这些论点现在看来并不全面,但在几百年前已经是很了不起的了,特别是对叙事诗的定义和基本特征的归纳,是比较准确的。

西南还有其他一些诗论,如白族的杨士云(1477—1554),字从龙,号弘山,别号九龙真逸。大理喜洲人,正德丁丑(1517)科进士。隐居长达二十年,潜心研讨,涉猎经史子集,著述宏富,今有《杨弘山先生存稿》十二卷存世。诗作内容广泛,研讨每有心得,辄发为吟咏,咏史尤多,历朝史事,历代人物,文士诗作,皆在评论之列。他评说秦皇汉武:"亲耕钜定悔心萌,万里轮台不复屯。方士一朝都罢去,秦皇汉武莫同论。"认为汉武略胜秦皇一筹。杨士云是个文学评论家,每有诗论,他认为"学诗别有门庭","不可囿于义例,局于训诂。要须洁净胸次,反复吟哦,随文寻义,使此心有所感发兴起处"。反对断章取义。[①] 他不认为陶潜仅是田园诗人:"可怜五柳陶彭泽,独咏萧萧易水风",而是有其悲壮的一面。评柳宗元文"马迁文字《离骚》思",赞赏杜牧"青史文章尚有光",他认为白居易诗文优于元稹和刘禹锡:"谁云元白还刘白,只恐元刘落后尘。"这些诗评,都有独到的见解。

五、华南民族诗歌研究

壮族诗人、学者李璧为弘治乙卯(1495)科举人,曾在金陵讲宋明理学,时人称为"今之胡瑗"。胡瑗(993—1059)是宋代理学的鼻祖,开创了宋初理学的先声,提倡"明体达用",体即儒家的封建伦理道德。后来的二程及朱熹都是胡瑗的再传弟子。把李璧和胡瑗并提,足见李璧理学造诣之深,声誉之高。后来的壮族诗人皆笃信理学,作诗不违其理,与他有很大关系。他的文集有《名儒录》《剑阁集》《剑门新志》《皇明乐谱集》等,是14世纪成就最大的壮族学者、诗人,在武鸣一带影响很大,后人多有题咏,以示敬仰。

---

① 杨士云:《〈杨弘山先生存稿〉序》。

湖北容美田氏土司历任土官亦多能吟诗,田九龄是其中的佼佼者,他是土官田世爵六子,生卒年不详。万历(1573—1619)年间补长阳县庠博士、弟子员。少即熟读汉文典籍,融会贯通,尤仰慕屈子、陶潜、李白等名家,有《采石怀李白》等名篇讴歌他们。一生多有吟咏,集为《紫芝亭诗集》二十卷,存诗113首。明后七子之一的吴国伦在序中赞他:"冲融大雅,声调谐和。"又南明太史严首升总评《紫芝亭诗集》:"先生诗风骨内含,韵度外朗,居然大雅元音。虽间落时蹊,未夫陈言,而造诣深厚之力,不可诬也。诸绝犹有朱弦洞越,一唱三叹之致。惜乎未睹其全集,令人想象不已。"在明代,前后七子都倡导"文必秦汉,诗必盛唐",田九龄创作时期复古运动高潮虽然已经过去,但他依然深受影响,其重要作品多为咏史之作。

田玄(1590—1646),字太初,号墨颠。初袭容美土司宣抚使。作诗甚夥,曾先后刊刻《金潭吟》《意笔草》《秀碧堂诗集》等诗集。艺术上诚如南明相国文安之为他的诗所作的序:"况复凤生九子,咸有律吕之和;龙导五驹,各具风云之概。摅义愤于彩笔,已见击碎唾壶;出芳句于锦囊,尝闻响绝铜钵。即使延陵倾耳,必且羡其遗风;倘逢殷璠搜罗,又应目为间气——此田氏秀碧堂之诗,所谓有其可传无容自隐者也。"这一骈体文评论,似略过誉,但也可以看出田玄诗确有较高技艺。

在明代,南方出了两位回族大家,他们是海瑞和李贽。海瑞(1514—1587),字汝贤,号刚峰,琼山(今海南省海口市)人。嘉靖四十五年(1566)任户部云南司主事,时嘉靖皇帝沉迷于炼丹求仙,不理朝政,内外愤然,海瑞上《治安疏》讽谏刺政,被下狱,直到嘉靖皇帝死方获释。后任南京吏部右侍郎和右金都御史,平反冤狱,是中国历史上著名的清官。其诗文集《海瑞集》序猛烈抨击腐朽官员造成

"今天下有事,无立事之人。天下靡靡,国家无赖"的局面。

李贽(1527—1602),原名载贽,字卓吾,号弘甫,别号温陵居士,福建泉州晋江人,明代著名思想家和文学评论家。54岁挂冠,不久出家著书立说,有《焚书》《续焚书》《藏书》存世。他力排世人对孔教的迷信,称儒家经典为"非其史官过为褒崇之词,则其臣子极为赞美之语",并非"万世之至论",终以"敢倡乱道,惑世诬民"罪名入狱,不堪凌辱,自杀身亡。李贽在文学上最重要的观点是"童心说",认为"天下至文"皆出于"童心"。所谓"童心"即"绝假纯真,最初一念之本心",若"以闻见道理为心兮,则所言者皆闻见道理之言,非童心出自之言"。与此相联系,他还提倡"迩言",即"街谈巷议,俚言野语,至鄙至俗,极浅极近,上人所不道,君子所不乐闻者"。他最欣赏李白和苏轼的诗。他提倡"自然"之美,反对无病呻吟,主张"蓄极积久,势不能遏","见景生情,触目兴叹"(《焚书·杂说》)。他反对贬低戏曲及小说,重视文学新式样,认为戏曲及小说同样可以兴,可以观,可以群,可以怨,"今之乐犹古之乐,幸无差别视之其可"(《焚书·红拂》)。这些极有见地的观点,从文学思想内容、艺术形式和体裁诸方面对封建正统的文学观念提出了挑战,表达了当时社会发展对文学提出的新要求,成为明代后期新文学思潮的纲领,具有里程碑式的意义。李贽存诗三百多首,题材广泛,一般都比较短小精干,通俗浅显,不事雕琢,但寓意深刻,发人深省。

第六节　清代民族诗歌研究

一、中原民族诗歌研究

清代到康熙、雍正、乾隆三朝,"改土归流"大力推进,大部分地区的领主制被废除,由中央王朝委派的流官统治,地主经济得到了较快的发展,这也为民族文学的繁荣打下了一定的经济基础。在文化上,中央政权为维护自己的统治,继承历代王朝传统,认同并倡导中原文化,尊孔崇儒,大兴府州县学,读经释典,广开科举。以朴学的繁荣推动学术的昌盛,同时对文化采取一定的钳制手段。朴学反对明末的空谈学风,倡导经世致用,训诂、校勘、笺释、辨伪之风得以发展,从而推动了经学、史学、小学的研究,成绩斐然,超过了元明两代。因之,清代的文学取得了可观的成就,在诸体皆备的基础上,达到了"全面繁荣"。特别是少数民族的汉文诗词,可以说在清代才得到了全面均衡的发展。与此同时,用少数民族文字创作的作品层出不穷,成绩斐然。可以说,在清代少数民族古代诗歌达到一个高峰。

清初顺治、康熙、雍正三朝,满族诗人崛起,出现了纳兰性德这样清代首屈一指的词人。宗室中的岳端、博尔都、塞尔赫、文昭等,都是清初百年里比较著名的诗人。

岳端(?—1704),爱新觉罗氏,多罗安和亲王子。自幼受教于汉族名师,工诗画,风格飘逸超然。宗室诗人永璥评其诗:"山斗高名后辈钦,流传遗墨杳难寻。不因亲见铅华洗,那识浮云富贵心。"[①]但在清初的皇权争斗中,屡遭打击,看破尘世富贵和虚名,鄙薄浊世,在艺术中寻求"胆大如天"的世界。对岳端诗的这种风格,王士禛《带经堂诗话》说他"生于富贵,而其胸怀潇洒乃尔,亦奇"。《清诗纪事初编》赞他"是固一代宗潢之秀,后来无及之者,即较之江南耆宿,亦足自树一帜也"。评价均颇高。

[①] 《题红兰室墨绘牡丹》,见张菊玲著《清代满族作家文学概论》,中央民族学院出版社,1990年版,第72页。

纳兰性德（1654—1685），姓纳兰氏，字容若，号楞伽山人，世人亦称为成容若。生于北京，权相明珠长子。他虽然生于"乌衣门第"，但遵循清初贵胄规矩，"数岁即可骑射，稍长工文翰"[①]，"幼习科举业"（纳兰性德《与韩元少书》），18岁中举，22岁进士及第。他文武双全，纵骑弯弓百发百中，故得以"选授三等侍卫"（《纳兰君墓志铭》），扈从同龄人康熙皇帝出入，足迹遍及京郊、长白山、松花江及江淮，位极人臣。按常规，纳兰性德前程似锦，应是豪情满怀，但他短短的一生却充满了人生的忧患意识，诗词充满了感伤色彩，以致三十一岁患病，七日不汗而亡，词坛痛失一代天才。其感伤诗词随处可见："半世浮萍随逝水，一宵冷雨葬名花。魂似柳绵吹欲醉，绕天涯。"（《山花子》）据统计，他的三百多首词里用了90个"愁"字，65个"泪"字，39个"恨"字，其他如"凄凉""憔悴""悲凉"之类常见，[②]好友顾贞观评其词："容若词有一种凄惋处，令人不能卒读。"[③]这颇令人费解。其实仔细琢磨，也属必然。发妻卢氏猝亡，钟情于一少女，但相爱而不能相亲，其苦闷可知。况且纳兰待在权力中枢，朝廷内部你死我活的明争暗斗，时时让人心惊肉跳，他心灵中的无奈可想而知。这些难以明言的隐痛，当然会在其词作中化为愁字、恨字和泪字。但纳兰性德毕竟不是常人，而是一位能够跃马弯弓的皇帝侍从，胸中自有满族男子的豪气，在他描写朔方景物的名篇中，多有令人神旺的雄浑之作，有很高的功力。纳兰性德的词初结集为《侧帽词》，后改为《饮水集》。关于他的词的特殊风格和艺术成就，王国维的

[①] 清·徐乾学：《纳兰君墓志铭》。
[②] 张菊玲：《清代满族作家文学概论》，中央民族大学出版社，1990年版，第21页。
[③] 《榆园丛刊》本《纳兰词评》。

《人间词话》一语中的:"纳兰容若以自然之眼观物,以自然之舌言情。此由初入中原,未染汉人风气,故能真切如此。北宋以来,一人而已。"

纳兰性德弟揆叙(1674—1717),髫龄工赋,十三岁即"翩翩富词章","已在成人行"。① 著有《益戒堂集》《鸡肋集》《隙光亭杂识》等诗集辑有《历朝闺雅》。其诗表现了满族男子洒脱之态。徐倬在其诗集序中赞其"诗得力于浣花、昌黎、眉山",故"至其兴寄所托,尝游心物表,远出尘埃之外"。

塞尔赫(1676—1747),努尔哈赤弟穆尔哈齐之曾孙,官工部侍郎、大理寺卿等职。学诗精神可嘉,"遇能诗人,虽樵夫牧竖,必屈己下之,固以诗为性命者也"②。

铁保(1752—1824),生于武将之家,乾隆三十七年(1772)进士。他不仅是著名的诗人,同时也是文艺理论家、书法家和满族文学遗产的整理者。满族上层多诗文,惜未刊行,他辑各家精品成《白山诗介》,复在法式善及其门生协助下,完成多达134卷的《熙朝雅颂集》,收入满蒙汉八旗585名诗人作品7743首诗,为保存民族文化做出了杰出的贡献。铁保善诗,有《秀钟堂诗钞》《续刻梅庵诗钞》《恒益亭同年诗文集》《自编诗文集》等传世。其诗题材广泛,风格多样。这与他的经历密切相关,年轻时春风得意,诗意雄豪,风格雄浑粗犷。人赞其诗"如王子晋向月吹笙,声在云外,至其气韵宏深,如河流之发源天上"③。这和他的文艺思想有关,在清代的沈德潜"格调说"、

---

① 查慎行:《敬业堂诗集》卷十七。
② 清·沈德潜:《清诗别裁》。
③ 清·震钧:《国朝书人辑略》卷七《铁保》。

翁方纲的"肌理说"和袁枚的"性灵说"三家诗论中,他的理论近"性灵说",反对拟古倾向。他认为"不必以章句盗袭古人,亦不必以法度绳尺古人,而其发乎性情,见乎歌咏,自息息与古人相通"①。此论用于诗作,必发乎情而真挚自然。因之铁保与满族诗人百菊溪、蒙古族诗人法式善同被誉为北方三才子。

裕瑞(1771—1838),号思元,豫通亲王多铎五世孙。宦途不顺,工诗词,惟以吟咏消永日,有《姜香轩吟草》《樊学斋诗集》《清艳堂近稿》《眺松亭赋钞》《草檐即山集》《东行吟钞》《沈居集咏》《枣窗文稿》等众多诗文集存世。他的主要成就是在文艺评论方面,堪称是满族的文艺理论家,其《文采说》主张"夫文,质之宾也;文之有采,又宾中宾也","盖采因文斯彰,而文无采不华,虽腹笥万卷,记诵五车,夸淹博则得矣"。他把文与采分开,按质、文、采三个层次分述,有独到的见解。他对《红楼梦》多有评论,极为推崇,为后世红学提供了不少宝贵的材料。

梦麟(1728—1758)是清代蒙古族诗歌名家之一,早年颖异,七岁即习唐诗,十八岁中进士,是清代最年轻的进士之一。梦麟天才早熟,以诗闻名,沈德潜为其《大谷山堂集》作序云:"谢山梦先生穷诗之源而不沿其流者也。先生具轶伦之才,贯穿百家,其胸次足以包罗众有,其笔力足以摧挫古今,而能前矩是趋,志高格正。"可谓赞誉有加。《大谷山堂集》共六卷,收入三百多首诗歌,题材多样,"皆奉使于役,经中州、江左,成于登临校士;余者,凭吊古迹,悲闵哀鸿,勖励德造,惓惓三致意焉。准之六义,比兴居多,盖得乎风人之旨矣。至平日歌天宝,咏清庙,矢音《卷阿》,铺张宏休,扬历伟绩,应有与雅颂

---

① 清·铁保:《恒益亭同年诗文集序》。

相表里者。"①这段话概括了梦麟诗歌的内容。

继其之后的另一位著名蒙古族诗人是法式善（1753—1813），他原名运昌，式善之名系乾隆所赐，满语意为"勤勉上进"，能获此殊荣者寡。他无意仕途，勤于著述，工于诗词，名噪海内。他参加了《四库全书》的编纂，奉旨校阅八旗人诗，总纂《皇朝词林典故》，纂修《皇朝文颖》，总纂《全唐文》，阅览典册《永乐大典》六千多卷、释藏八千二百多卷、道藏四千六百多卷，以补唐文之遗漏，工程浩大。还撰有《清秘述闻》《槐厅载笔》《备遗杂录》《存素堂书目》《存素堂印簿》等书，为清代一著作大家。在翰林院及国子监期间，还刊刻了《同馆试律汇钞》等多种诗集一百多卷，以奖掖后学，数量之大为百年罕见。法式善诗作宏富，计有《存素堂诗初集录存》二十四卷，《存素堂诗二集》八卷，《存素堂诗续集》一卷，《存素堂诗稿》一卷，《存素堂试帖》一卷，达数千首之多。此外还有诗论《梧门诗话》十六卷、《八旗诗话》一卷。法式善阅历丰富，故其诗歌题材广泛，抒怀、纪行、交游、酬唱、即景、咏物、题画等等，应有尽有。

法式善的诗歌有古体、近体、歌行体等多种体裁，尤以五言最为出色。他能博采众长，独辟蹊径，"无一语旁沿前人及描摩名家人家诸气息"②。袁枚赞其诗"其笃嗜也，不以三公易一句；其深造也，能以万象入端倪"③。在他本人，主张性情为本，诗出于人的真情流露和宣泄，"不自知天籁与人籁感召而成诗"，故其诗"岩松林菊，彭泽之澹词也；海月石华，康乐之逸调也；香茅文杏，摩诘之雅制也；疏雨

---

① 清·沈德潜：《大谷山堂集序》。
② 清·洪亮吉：《存素堂诗集序》。
③ 清·袁枚：《存素堂诗初集序》。

微云,襄阳之俊语也。至若春潮带雨,秋浦生风,则又兼左司之怡适、柳州之疏峭焉。"①

二、北方民族诗歌研究

皇太极六子高塞(1637—1670),长期隐居于辽宁境内,他号国鼐,自称敬一道人,史称"性淡泊,如枯禅老衲,好读书,善弹琴,工诗画,精曲理,乐与闲士游处。常见其仿云林小幅,笔墨淡远,摆脱畦径,虽士大夫无以逾也"②。他之所以隐居,源于逃避宗室恶斗。著有《恭寿堂诗集》,其《立秋》蕴涵深意:"萧萧雨夜暑初收,清浅银河淡欲流。怀抱不堪闻落叶,相思何处是南楼?"从这首诗里,可以看出高塞惆怅落寞的心态。

三、西南民族诗歌研究

李于阳(1784—1826)是清代中后期白族一大诗家。先祖明初自山东迁大理太和县,久之成为该县白族望族。到他时,家道中落。两岁随父迁居昆明,自幼勤学,出五华书院诗人刘大绅门下,为"昆华五子"之一。无意宦途,着意诗文,遂名满昆华、苍洱。著有《苍华诗文集》《外集》《诗话》《诗余》《偶编》等,今仅传其《即园诗抄》十四卷,刘大绅序云:"其于骨肉朋友、天下国家、人品风化、山川草木、死生离和、治忽安危、贞奸贤佞、良枯灵蠢,一系之于诗。"可见创作题材之广。李于阳特关注民生之艰,有《祷雨叹》《泣牛谣》《卖儿叹》《食粥叹》《兵夫叹》《言矿害》《苦饥行》《米贵行》《邻妇叹》等众

---

① 清·杨芳灿:《存素堂诗集序》。
② 清·王士禛:《池北偶谈》。

多反映百姓疾苦的诗作。

彝族在清前中期以高𦶜映、那解元为代表。高𦶜映(1647—1707)幼聪慧,十四岁就考中秀才,十六岁袭姚安土同知,然疏于政事,在位十八年即将官印传给儿子,于结磷山上盖书院,辞官赋诗,冬夏不辍,经史子集,无不涉猎。藏书甚富,"古今书籍于'拂雪岩',编为十号,每号千数百卷,三姚缙绅之家,莫与为比"①。吟咏之余,每与樵夫猎户为友,扶危济困,自得其乐。高𦶜映是一位教育家,他的磷山学馆生员多达数百人,培养出47位乡举和22位进士,多出诗家。他不仅善诗,且酷爱历史,在文艺理论上也有论著,是清前期彝族大家。留下的著作多达91种,主要有《太极明辨》《理学粹》《鸡足山志》《清鉴》《备翰》等等,还有影响较大的《读瞿唐来夫子易注要说》《僰人说》等论文和文章。他在诗文理论上主张气格说,即为文意在"真""新""浑","真"即"叙事真切,无一虚响浮调"(《苦雨触怀有述》其一),主张"至情所发,不求工而自工"(《晚春堂》诗评);"新"即诗境新,诗有新意,将思想寓于形象之中,将艺术形象与生活哲理熔于一炉,使人诵之有新奇之感;"浑"即含蓄、朴素自然、雄浑,主张"古诗宜浑","冲淡而浑,浑可味,杜老真臆"(《课儿获稻》诗评),"排律务求浑雄,有冠裳气象,切不可作小家语,此诗真得法脉"(《夏日浴宜良温泉步韵》诗评)。正因为对创作有此见解,其诗别具一格。

四、华南民族诗歌研究

壮族诗人张鹏展(?—1841),字南崧,从曾祖父张鸿翮起,家族

---

① 《姚安县志》卷六十三第48页。

中屡出文才。家学渊源使张鹏展从小就受到良好的教育,乾隆五十四年(1789)进士,授翰林院修纂,复任御史。为官清正,刚正不阿,关心民瘼,敢陈为政得失,权贵侧目。愤而挂冠归里,授徒终生。张鹏展诗文娴熟,风格鲜明,一生著有《谷贻堂全集》《离骚经注》《读鉴释义》《女范》等著作,继承其祖崇尚理学为之释义的事业。作诗甚多,集为《兰音山房诗抄》,可惜散佚甚多,仅存七十多首。但他主持山东学政时所编的《国朝山左诗续抄》和花十年精力精心编选的《峤西诗抄》,惠及后人,影响甚大。任职山东时编选的《国朝山左诗续抄》多达32卷,收入千人诗歌;《峤西诗抄》保存了广西二百多名诗人的一千多首诗,对保存民族文化做出了很大的贡献,他也因此成为清代中期影响很大的壮族学者和诗人。张鹏展的诗歌理论主要表现为"三义",他在《〈山左诗续钞〉序》中说:"且夫诗有三义,曰志,曰承,曰技,岂惟是掠华敷藻,比偶谐声,剥陈缀琐云尔哉!涵咏之兴本于情性,情性之移积为风俗,风俗之成关于政治。"

壮族大诗人郑献甫(1810—1872),号小谷。广西象州人,道光十五年(1835)进士,授刑部主事。仅一年即辞职归里,游学湖广、齐鲁、江浙,获得广博知识。不惑之年,先后主掌或主讲广西桂林的德胜书院(在今宜山县德胜镇)、庆远书院;桂林榕湖书院、秀峰书院;象州台山书院及广东广州、顺德、东莞各书院,前后长达30年,声名遍及岭表,授徒甚多,门下多出高才。为人刚正不阿,对官场腐败的习气深恶痛绝,具有壮族知识分子通常所具有的坦诚、率直性格。他谙熟经史,才华横溢,被誉为壮族古典诗人中的巨擘。一生著作宏富,有《补学轩诗集》十六卷,收入30岁至晚年的诗歌二千八百多首,编为《鸦吟》《鹤唳》《鸡尾》《鸥闲》四集。另有青年时期的诗作《鸿爪集》。总数超过三千首。平生所作辨议、书状、序跋、述传等众多文章,时有新见解,集为《补学轩文集外编》四卷、《补学轩散骈文集》十二卷。郑献甫的诗重叙事,内容实在,以现实主义手法表现人生,感情真挚。徐世昌《晚晴簃诗汇》说其"诗直抒胸臆,无所依傍,骨韵甚秀。……清越之音,亦拔戟自成一队"。他又是诗歌理论家,其诗论主张近袁枚的"性灵说"。他提倡多读书,从杜甫、李白、苏轼等古代著名诗人那里吸取营养:"清空与淹贯,俱非徒手将。若不破万卷,安能凌八荒?"(《杂诗》)但他反对简单模拟古人,力主诗要缘情言志,不拟古,兼蓄各家之长,自由纵笔,认为"神明出变化,妙在各言志"(《暇日阅诸家诗戏作》)。"凡云酷似之,必是最劣处"(《杂感》其四),嘲笑效颦者"无端断舌作人语,何异借口为我鸣。效颦徒自增忸怩,学步未必能娉婷"(《感兴》)。他强调诗人的才情、学问和阅历:"夫诗不特有才情,当有学问,并有阅历。有才情而无学问,是李陵之张空拳也,可独战而不可众战;有学问而无才情,时三邑之拥大众也,可惧敌而不可胜敌。有才学而无阅历,是子房之坐谈兵也,可参军而不可行军。是故,卷阿从游,柏梁应制,朝廷之阅历也;青海射雕饮马,边塞之阅历也;浔阳商妇,新丰老翁,身世之阅历也;元和颂德,淮西记功,承平之阅历也;彭衙哀离,秦中讽谕,离乱之阅历也;夔府咏古,海外标奇,山水之阅历也;古人有如此之阅历,故能运如此之学问,而张如此之才情,造诣既深,边幅亦富。"(《答友人论诗书》)他认为:"学古能变古,据地狮子吼。学古但摹古,缘墙蜗牛走。光景人同观,兴象吾自取。独往独来间,安知肖某某。"(《杂诗六首》之三)至于如何"学古能变古",他主张:"成佛成仙都在我,学苏学黄无不可。"(《书沈眉波诗集》)要自由驰骋,但具体必须从锤炼词章开始:"词章如大冶,先聚铜铁钢。熔裁以为器,万丈生光芒。"(《杂诗》)他非常重视文字:"大地有生机,文字忌死句。摭拾与摹写,总无自得趣。风云胜星辰,舒卷百态生。江河胜山岳,浩荡万里行。一活而一呆,如出两般手。此骑天马飞,彼跨土牛走。"(《杂述》之八)他的这些诗论,对壮族地区的诗人产生了广泛而持续的影响。

岭南民歌的发展,引起了来岭南作官的中原文人的兴趣。先是睢阳人吴淇于顺治十五年(1658)到康熙四年(1665)之间到广西浔州(今广西桂平一带)做推官,与同僚数人搜集了几百首汉壮瑶民歌,辑为《粤风续九》,"其云续九者,屈原有《九章》《九歌》,拟以此续之也"①,惜此辑已佚。其后百年即乾隆年间,著名文学理论家、四川人李调元任广东学政,遂在《粤风续九》的基础上,经过精心选择、补充和注解,于乾隆四十三年(1778)到四十七年(1782)之间辑成《粤风》,于1884年刻印面世。李调元在《粤风》序中云:"百粤轸翼楚分,虽僻处南陲,然而江山所钟,流风所激,多有仿屈宋遗风,拾其芳草者焉。第战国以前,弗与中国通。秦始皇并百粤之地,以为桂林、象郡,其时者仅编户之民耳,而雕题凿齿之伦负固者犹故也。浔州介两粤之间,其居民之外,惟瑶人服化最早。至僮人之出,自元至正始也。伢人之戍,自明弘治始也。当其闭迹巉岩,老死与民不相往来,似尚不知有秦者,其不变化于今之流俗可知也。歌始刘三妹,见于《孙芳桂传》。其事颇诞,存而不论可也。余尝两至粤矣,浔江俗尚《摸鱼歌》,闻而绎之,曰:'此风之余也。'适友人以吴淇伯所辑粤歌四种见投,其词粤而古,益信深山穷谷之中,抱瑾握瑜之余波犹在也。遂总勒四卷,解释其词,颜曰《粤风》。古人云:'骚者,楚风之余也。'粤近于楚,而楚无风,风者所以补《三百篇》之遗乎。"说明了《粤风》的由来,并将其提到"补《三百篇》之遗"的高度。李调元在《粤

---

① 《四库全书总目提要》集部词曲类。

风》中有许多精彩的评论,如他评论"疍有三蠔疍、木疍、鱼疍。寓浔江者乃鱼疍,未详所始;或曰蛇种,故祀蛇子于神宫也。歌与民相类第。其人浮家泛宅,所赋不离江上耳。广东、广西皆有之。"对瑶族民歌《布刀歌》述评:"布刀者,峒人织具也。峒人不用高机,无筶无枝,以布刀兼之。刀用山木,形如刀,长于布之阔,锐其两端,背厚而擔,如弓之弧,刃如弦而薄,刳其背之腹以纳纬,而窆其锐而吐之以当梭,纬既吐则两手扳其两端以当筶也。峒人书歌于刀上,间以五彩花卉,明漆沐之,以赠相知云。""此歌见汉章所辑瑶人歌中,释详俱未审。余观其织作始得其解。程即布刀峡筶也,高机用筶,此以布刀代之,故不用。意着是黏着,言我今日黏着你,就如丝线黏着布刀一般。丝线黏着布刀,自然上紧,故不用筶。你我相黏,又何用媒哉?"《俍人扇歌》题解中评论:"扇歌,书于扇,赠所私者。白扇,一面花鸟一面歌。字如蝇头,其词借扇及扇面花鸟寓意。相连百十首,前后起止,皆有章法,有创作,有套本,词多不能悉载,姑取其佳者数首云。"又云:"自'便往……'至'各日度……'三章,皆以古人自比。首章万两、千金,现世夫妻也;龙师、火帝,前世夫妻也;山伯、英台,来世夫妻也。总即生生世世为夫妇意。而章法深浅,逼真《三百篇》兮。"评价很高。他还在《俍人担歌序》中说:"杜少陵曰:'夔俗坐男使女。'今粤俗亦然,故峒人多用木担聘女,或以赠所私者。式如常,以五采䶊作方段,䶊处文如鼎彝。然歌与花鸟相间,字亦如蝇头。文多,姑存其一,以备一体云。"《粤风》中有许多注解,这对于一个不谙民族语言的学者是很不容易的。

以上是对 20 世纪以前少数民族诗歌研究的简单回顾。从所述资料中可知,自秦汉以来,对民族诗歌的研究,一是搜集,如《白狼王歌》;二是翻译,如《越人歌》《敕勒歌》《木兰辞》;三是评论,主要是对诗人及其作品的评价;四是论著,即对诗歌创作的理论归纳。但是,这些研究主要是针对诗人个人及其作品的微观研究,比较零散,还缺乏对少数民族诗歌的整体研究,只有少量几部论著是对诗歌创作的一般探讨。虽然如此,这些探讨还是为20世纪的研究奠定了基础。真正将少数民族诗歌作为有别于中国主流文学的特殊文学样式来进行细致而深入的研究,并明确提出"少数民族诗歌"的概念的,是新中国成立以后。

第二章 民族诗歌研究的萌动阶段

第一节 "五四"运动的推动

中国少数民族诗歌的研究,历史上是比较零散的,其研究也缺乏民族的情结,故而流于一般化。真正的研究是在20世纪,主要是新中国成立之后。民国时期,是中国少数民族诗歌研究的萌动阶段,始于"五四"运动,直至抗日战争之前。以搜集民间文学和对《粤风》的探讨为其标志。1918年2月,北大教授刘半农、钱玄同、沈尹默、周作人、沈兼士等人在北大校长蔡元培的支持下,发起搜集民歌的倡议,成立了"歌谣征集处",发出"北京大学征集全国近世歌谣简章",号召各学校师生广泛搜集民歌。1920年12月19日成立了"北大歌谣研究会",1922年12月17日创立了《歌谣周刊》。仅两年半时间,就出了97期之多,搜集到近四万首歌谣。先后出版的以搜集少数民族歌谣为目的的刊物和集子的还有《民俗》《教育旬刊》《广西特种部族歌谣》等。当时搜集的歌谣中,大部分是汉族民歌,但有识之士已经注意到少数民族歌谣,如《广州儿歌集》中就有华南少数民族民歌。1927—1930年由中山大学创办的《民俗》周刊,上面就刊登了众多壮、瑶、苗、毛南、彝等各族民歌。在搜集、刊登民歌的同时,搜集者还做了初步的研究,即用简短的注释,对某一首歌谣的内容、特点,所反映的民风等做了探讨。例如北京大学《歌谣周刊》刊登的广西象州的一首壮族歌谣《轧槟榔》中,有"一颗槟榔轧作四,四颗槟榔四点Lu。大哥食颗可买笼,二哥食颗可买箱"四句,搜集者注释:"Lu,系一种植物,产于热带之地,以其叶和槟榔及少许石灰共食,味颇香甘。"这是涉及壮族等南方民族一种久远的民俗的一首民歌。Lu是蒌,一种多年生草本植物,叶互生,羽状分裂,可做艾的代用品。《岭外代答·食用门》载:"自福建下四川,与广东、西路,皆食槟榔者。""其法斫而瓜分之,水调蚬灰一铢许于蒌叶,上裹槟榔咀嚼,先吐赤水一口,而后啖其余汁,少焉面脸潮红,故诗人有'醉槟榔'之句。"这是华南越人的习俗,用以防病,壮族流传很久。《广西特种部族歌谣》中一首百色蓝靛瑶歌唱道:"(一)哥放媒去问,问到父坐高桌也答应,问到母坐低桌也许可。妹讲来讲去,假使妹不要也罢,哥田不地,牛不马。(二)若是你嫁去别家,到途中必定山崩,到家时不死妇也死夫。当家自然败,二来两人死堂红,死塘江。"这首歌有些方言,"哥田不地,牛不马"意思是没有田地;"死堂红"意为烧死,"死塘江"意为落水死。原注是:"此歌为男家父母向女家求婚,得到女方家长允许,然而女子嫌男穷而拒绝,青年歌此咒骂她。"这反映了岭西过去反对女子嫌贫爱富的意识。这样的研究在当时刊登的少数民族民歌中不少。

即使由于人们投身于国内革命战争、抗日战争和解放战争,在战火间隙,仍有一些学者对少数民族诗歌进行研究。例如上世纪30年代,抗战爆发,北京等地的北方高校师生在向西南转移到西南联大的过程中,就一路搜集民歌。到了云南,教师们还派一些青年学生到彝族中搜集民歌,后集为《西南采风录》,闻一多为该书写了序言,盛赞这些佳作的高妙艺术和重要价值。闻一多偏爱少数民族民间文学,

1938年,他与"湘黔滇旅行团"徒步经湘西前往西南联大,由马学良做助手,一路采风问俗,收集少数民族山歌、民谣和民间传说。马学良在《记闻一多先生在湘西采风二三事》中回忆道:"湘西是少数民族聚居的地区。这里各兄弟民族的习俗、语言、服装,以至于他们的山歌、民谣、民间传说都使闻先生兴致盎然。每到一处山寨,他顾不得安顿住处,也顾不得旅途的疲劳,一到宿营地就带着我们几个年轻人走家串户,采风问俗。"就是在这样艰苦的条件下,闻一多与马学良搜集了许多宝贵的苗族民间文学材料,后来闻一多用这些调查得来的材料与史料相印证,撰写了《伏羲考》《龙凤》《说鱼》《端午考》《什么是九歌》《"九歌"古歌舞剧悬解》等众多精彩的学术论文。在《伏羲考》一文的表一中,闻一多列举了吴良佐搜集的《傩公傩母歌》、苗族人石启贵收录的《傩神起源歌》、佚名搜集的《黑苗洪水歌》、贵州的《生苗洪水造人歌》和《生苗起源歌》(三部)、贵州的《侗人洪水歌》、广西西隆的《徭苗洪水横流歌》、佚名《葫芦晓歌》、广西三江《板瑶五谷歌》、广西象县(今象州县)的《板瑶盘王歌》等12部民间长诗。在论文里,闻一多论述了伏羲、女娲与这些民间长诗中的葫芦和盘瓠的关系,指出:"盘瓠与包羲字异而音义同。在初本系一人为二民族共同之祖,同祖故同姓。"①这实际论证了中华各民族的血肉关系。

在《说鱼》一文里,闻一多一口气引用了二十多首少数民族民歌,包括《黑苗情歌》《侬瑶情歌》《海丰疍歌》《榕江板瑶情游歌》《榕江板瑶情歌》《贺县盘瑶情歌》《凌云背笼瑶恋爱歌》《三江僮人情歌》《桂平板瑶情歌》《平治盘瑶恋爱歌》《都安陇瑶对歌》《仲家情

---

① 闻一多:《神话与诗·伏羲考》,古籍出版社,1957年版,第61页。

歌》《黑苗情歌》《镇边黑衣恋爱歌》《三江僮人情重歌》《榕江板瑶情歌》《平治白瑶恋爱歌》《青苗情歌》《忻城盘瑶风流歌》等,用以说明鱼是情恋的隐喻。如:"一林竹子砍一棵,不钓深滩钓黄河。深滩黄河哥不钓,单钓城里小幺婆。"(《青苗情歌》)"有情有意跟花去,看花落在哪滩头。一条河水去悠悠,金鱼鲜鱼水上浮。"(《镇边黑衣恋爱歌》)"壁上画马求麒麟,漂亮情妹邪死人。好似鲤鱼浮水面,邪死一河两岸人。"(《桂平板瑶情歌》)……闻一多通过对这些民歌的分析,证明了鱼与情恋的关系。这个时期芮逸夫也在湘西做调查,得到了44首歌谣、23篇神话、12则传说、15个寓言、11个趣事(故事),都是经典性的少数民族民间文学资料。

1940年9月,商务印书馆出版了李方桂《龙州土语》一书,1970年秋,台北又出版了他对1935年在广西收集到的天保(今天等、德保一带)壮族民歌的分析论文《天保土歌——附音系》。《龙州土语》分导论、故事及歌、字汇三个部分,作者用国际音标记录了一共16段故事及民歌,逐字注汉字,又译为汉文和英文,加上2000条字汇,用以构拟出龙州壮语的音系,开创了用壮族民歌研究语言之先河。《天保土歌——附音系》一文不仅通过天保壮歌研究了民歌格式及韵律,而且保存了古壮字原文,并与台语支(壮侗语族)各族民歌作对比,揭示这些民歌的规律。这是对少数民族民间文学价值的一次扩展,意义重大,为他1977年在夏威夷出版《台语比较手册》奠定了基础。该手册通过民间文学将云南剥隘壮话、龙州壮话与泰国泰语比较,研究原始台语,是20世纪以来研究侗台(壮侗)语族的重要著作。

这个时期赫哲族民间文学的搜集与整理也取得了令人可喜的成绩,学者凌纯声于1930年到黑龙江省松花江流域赫哲族的生活地区进行考察,深入到赫哲族起居的土房、渔船上,去挖掘、采集赫哲族民间流传的口承文学,掌握了赫哲族历史、语言、民俗、民间文学等方面的大量的第一手资料,撰写出《松花江下游的赫哲族》一书,是中国满——通古斯语族诸民族民间文学研究的先河之作。其中通过赫哲族的民间故事和民歌,研究了这个民族的历史文化。

第二节 史诗搜集研究

民国期间,少数民族史诗也引起了各方面学者的关注。在北方文化圈,1938年到1939年间,内蒙古就搜集了《查哈贝勒》和《哈拉尔民怨歌》两篇现代民间叙事诗,但一直到1949年才刊登在大众书店出版的《蒙古歌集》里。歌集的封里有一个说明:"敬献给一九三八——三九年一同在(内)蒙古工作的抗日文艺队十六位亲爱的同志。"这说明,这首长诗是1938到1939年在抗日中搜集的。与此同时,投入解放战争的安波、许直、胡尔查、赛西、陈清漳等人还在战斗间隙搜集到了《嘎达梅林》《龙梅》《金珠尔》《达那巴拉》等现代民间叙事诗。1949年《嘎达梅林》刊登在《人民文学》第3期上,享誉海内外。

对西北文化区的《玛纳斯》,国外的研究比国内早,如1862年,俄国人拉德罗夫就搜集《玛纳斯》,并进行了评介。以后又有多个学者参与研究。1934年,土耳其阿布杜勒卡德尔,阿·伊南就在刊物上发表《柯尔克孜语言的纪念碑——〈玛纳斯〉》一文,后又翻译了其中的片段,刊登在《道路》上。在国内,直到1946年才在《东方杂志》的第三期上刊登《〈玛纳斯〉的诞生》;1947年在《新疆论丛》上刊登了译自俄国人马卓力柯夫的《柯尔克孜史诗〈玛纳斯〉序》;1949年1

月7日《新疆日报》刊登了《概论柯族史诗"玛纳斯汗"》,国内始知这部长篇史诗。

在西南,上世纪30年代四川大学教授任乃强曾经到西康调查,发现了《格萨尔》。他把《格萨尔》称之为《藏三国》,发表了两篇文章介绍,这是国内最早介绍《格萨尔》的文章。他兴奋地说:"余民国十七年入康区考察时,即沃闻《藏三国》为蕃人家弦户诵之书。""此书在藏族社会中,脍炙人口,任何人皆能道一二,有似《三国演义》在汉族社会中之成为普遍读物。""藏族僧民,以致任何使用藏文,或信奉喇嘛教之民族,脑海中都莫不有唯一超胜的英雄——格萨。""藏语曰格萨朗特,译为《格萨传》。或译《格萨史诗》,因其全部都用诗歌叙述。"[1]这篇文章当时是刊登在《边政公论》和《康导月刊》上,让国内的人们首次知道了史诗《格萨尔》。

第三节 《粤风》研究

"五四"推动的民间文学搜集研究的热潮中,最为红火的是对中国历史上首部多民族民歌集《粤风》研究的小热潮。《粤风》是清代李调元在吴淇《粤风续九》的基础上辑解而成的。《粤风续九》今已不存,仅在王士禛《池北偶谈》等古籍中有少量辑录。《粤风》辑解者是四川的李调元(1734—?),字雨村,乾隆年间进士,清代著名文学家,戏曲理论家,著有《雨村曲话》等多种著作。他在乾隆年间任职岭南,被这里优美动人的民歌所感动。他在《粤风》序里说:"余尝两

---

[1] 《四川民间文学论丛——〈格萨尔王传〉资料小辑》第一辑,中国民间文艺研究会四川分会编印。

至粤矣。"因酷爱岭南民歌,遂在《粤风续九》的基础上扩充,"总勒四卷,解释其词,颜曰《粤风》。"这是中国历史上第一部多民族民歌集,它包括汉语民歌53首,瑶歌21首,俍歌29首,僮歌8首,总计111首。《粤风》收在丛书《函海》里,《函海》卷首署名"川西李雨村编"。其中的俍歌和僮歌都是壮族民歌,僮原作撞,是宋代对壮族的称谓;到了明代,因壮族中的俍部善战,朝廷屡屡征调,便被扩大为壮族的称谓。但僮的称谓范围最大,清以后仍称为僮的多。新中国成立以后经过协商,统称为僮族。因为僮有歧义,1965年周恩来总理建议改为壮族。所以《粤风》卜写有粤歌、瑶歌、俍歌、僮歌四种,实际是汉族、瑶族、壮族三个民族的民歌。而粤歌里也不全是汉族唱的民歌,经笔者鉴别,其中23首是壮族人用汉语唱的壮族民歌,笔者将这23首和俍歌、僮歌合为一体,辑成《〈粤风·壮歌〉译注》一书,于2010年出版。此书已经进入向全国推荐的100种优秀民族图书行列。

《函海》是一部总集,总序是李调元写的,署名"赐进士出身中宪大夫分巡直隶通永遵等处地方兼管北运河道加三级绵州李调元雨村撰",时为乾隆四十七年十二月六日(1782)。《粤风》在两个方面高于《粤风续九》。首先,《粤风》所辑解的民歌数量比《粤风续九》要多得多,也完整得多;其次,也是最重要的,吴淇在《粤风续九》中是把少数民族的民歌放在附录里的,而《粤风》将其扶"正",放在与粤歌平等的地位,这在充满民族歧视的封建社会,是难能可贵的,表明李调元具有民主的思想。不仅如此,李调元对少数民族民歌倾注了更多的热情。他大约认为粤歌比较好理解,只作了三条注解,而瑶歌是14条,壮族民歌的注解更多,达96条,译义4处,题解6处。僮歌8首,每首之后都有评注,其中最长的两处分别为之一的272字,之七的258字。对伖人扇歌的评介,禁不住击节赞赏:"章法深浅,逼真《三百篇》矣!"中国古代把《诗经》视为最高典范,故"逼真《三百篇》"是最高的赞誉。他在另一个地方还说伖歌、僮歌"可以补《三百篇》之遗"。《诗经》里有周南、召南、邶风、卫风、郑风、魏风、秦风、陈风、曹风、豳风等15国风,独缺四隅之风,也缺岭南之风,李调元把《粤风》提高到了给《诗经》补缺的地位,足见他对这些民歌的喜爱程度,也说明这些作品艺术的高超。明清时代,在刘三姐歌谣的推动下,岭南壮、汉、瑶民歌犹如千流入海,渐趋靠拢,汇为歌海,形成了地域性的民歌之风——粤风。粤风以粤文化为底蕴,粤文化成长的土壤是岭南山水,而以稻作文化为其核心,故《粤风》实为岭南壮、汉、瑶等多民族融合而成的地域性民歌风格的总称。《粤风》的可贵在于,它是中国第一部多民族民歌集;再就是《粤风》与先前诗歌集不同,它的瑶歌、伖歌、僮歌记录的是原文。具体来说,瑶歌采用汉字来记瑶音,保持了瑶族民歌的原貌,并做了较为翔实的注解。伖歌、僮歌则保持古壮字原文,也尽量做了翔实的解释,这就使我们能够看到清代早期原汁原味的壮歌和瑶歌,十分珍贵,一般民歌集是不能与之相比的。正因为如此,《粤风》在中国文学史上占有重要的地位。正如《〈粤风〉序》中说的,这是"被圣贤文化压迫了一百多年的宝贵的书",它使"二千年来的乌烟瘴气"为之"一洗"。

《粤风》给人的第一印象之所以有特殊的感受,在于其语言所具有的新鲜感。其新奇的用语,独特的构思,特殊的韵味和表达习惯,犹如一股南国清新之风扑面而来,把人深深地吸引住。"旧日藕,罗带穿钱旧日铜。妹是旧人讲旧话,新人讲话不相同。""旧日藕"即"旧日偶",与"旧人"都是指相恋已久的情人。"旧话",两人都熟悉的情话。"铜"即"同"——情侣的代称。这些语言,在岭南以外的其他地方是很难见到的,给人以特别的新鲜感。

《粤风》里许多歌的意境很美,有特别的艺术魅力。"妹相思,妹有真心弟也知。蜘蛛结网三江口,水推不断是真丝。"桂平处于浔江、郁江、黔江交汇处,所以说三江口,这里水面宽阔,不可能结网,诗中却给人们营造了一个含盖三江口的大网,而且水推不断。这分明是一个涵盖三江的情网,是水所不可能推断的。这个情网使人联想到江水滔滔的三江口,心中不觉涌起恋情的波涛。意境空阔,迷蒙而又空灵可感。壮歌中的一首给人们营造了一场歌圩的盛大场面,一个狭长的山谷,桃李芬芳,花浪如海。花下,俊秀的小伙子们寻寻觅觅,在如花似玉的姑娘们里寻找自己的心上人,这是多么富于诗意。

《粤风》的艺术手法多样,精妙,比喻、复沓、排比、谐音、对偶、拈连、双关、夸张等交叉使用。比喻又用明比、暗比和借喻。谐音用得比较多。这些手法,都使诗行多变,极富艺术吸引力。加上其质朴率真、纤柔淡雅、轻灵风趣的风格,表现了南国少男少女的聪明灵巧,这就使得《粤风》脍炙人口,魅力不衰。

李调元不懂得壮语和瑶语,但他不耻下问,一个词一个词地去理解,一句一句地去琢磨、解释和翻译,不少壮语词和瑶语词都注解得比较准确,这不下大工夫是做不到的。这种做学问的刻苦和求实精神,值得后人效仿。

所有这些,都使《粤风》出世以后就一直引起文人墨客的关注,好评如潮。早在《粤风》的前身《粤风续九》付梓后,清代诗坛泰斗王士禛、与王齐名的诗人朱彝尊、名士陆次云等就都给了很高的评价。陆次云在《峒溪纤志》中赞云:"天机所触,虽未尝目接诗书,白口唱和,自然合韵。""其语也古节,与乐府歌辞差近。"王士禛在《池北偶谈》中称其"颇有乐府清商、《子夜》、《读曲》之遗"。到《粤风》面世，李调元更是赞叹：岭南"深山穷谷之中，抱瑾握瑜之余波犹在也"，《粤风》更是被提到了《诗经》补遗的高度。正因为如此，《粤风》一版再版。先是李调元在乾隆四十三年（1778）到四十七年（1782）之间刻印《函海》，将《粤风》收入其中。嘉庆十四年（1809）其弟李鼎元重新校印《函海》，但有缺失。道光五年（1825）其子李朝夔补齐重印。光绪七年（1881）到八年（1882）乐道斋重刻《函海》。

"五四"运动以后，中国掀起了歌谣学热潮，《粤风》成了众多专家追寻、研讨的明星。从1927年到1937年，《粤风》热长达十年之久。先是1927—1930年间，钟敬文在岭南大学，把《粤风》中的粤歌和瑶歌重加标点和注释，由顾颉刚介绍给北京的出版社出版。之后，他又与岭南大学附中国文教员刘乾初将俍歌和僮歌（均为壮歌）翻译为无韵新诗，以《俍僮情歌》之名于1927年夏作为中山大学民俗学会丛书之一在广州刊行。1936年商务印书馆的《丛书集成初编》中收入《粤风》。

研究《粤风》的文章因之迭起，先是顾颉刚在《小说月报》以惊喜的心情，介绍了这部"重要的民谣集"。以后一发而不可收，文章主要有：左天锡的《刘三姐故事与〈粤风续九〉及〈粤风〉》一文，刊登于北京大学研究所《同学们月刊》；钟敬文的《再编〈粤风〉引言》，刊登于1927年8月《文艺周刊》；顾颉刚的《〈粤风〉序》，刊登于《南洋日报》六周年纪念特刊《椰子集》；叶德均的《歌谣拾零》，刊于1928年10月17日出版的《民俗》第29、30期合刊；左天锡的《标点〈粤风〉后记》，刊于1929年1月的《南国月刊》创刊号；钟敬文的《钟敬文致容元胎信》，刊于1929年10月23日的《民俗》第83期；顾颉刚的《〈粤风〉的前身》，刊于1933年8月《民间月刊》；王鞠侯的《关于〈粤风〉

的前身》,刊于 1933 年 9 月的《民间月刊》;王菊侯的《再说〈粤风〉的前身》,刊于 1934 年 4 月《民间月刊》第 10、11 期合刊;容肇祖的《关于〈粤风续九〉》,刊于 1934 年 4 月《民间月刊》第 10、11 期合刊;乐嗣炳的《〈粤风〉之地理考察》,刊于 1934 年 6 月 1 日的《文学》;黄之岗的《〈粤风〉与刘三妹的传说》,刊于 1937 年夏的中山文化教育馆《季刊》……抗战爆发,研究中止。这些文章研究的第一个方面是《粤风》的来历,探讨其与《粤风续九》的关系,一种意见认为,《粤风》就是《粤风续九》;但多数认为,《粤风》源于《粤风续九》的启示,不少民歌来自《粤风续九》,但是,《粤风》不等于《粤风续九》,其中增补了大量的民歌,并且做了比较详尽的注解和题解,堪为新作。第二个方面是热情赞扬了吴淇和李调元,如顾颉刚认为,这是不为传统观念禁锢的"极大胆的创举","很可给予读者一种看歌谣的正面眼光"。第三个方面是对"粤"的考证,辨析"粤"到底是粤东还是粤西?有认为是粤东的,以钟敬文为代表;钟敬文为粤东人,热爱《粤风》可以理解。另一种观点认为,从粤歌多提到浔州来看,加上俍歌、僮歌主要来自粤西,故"粤"应指粤西。两派均有偏颇,其中的粤歌、俍歌和僮歌,主要是来自粤西,但"粤风"指的是岭南壮、汉、瑶等多民族文化融合而成的地域风格,是包括了粤东和粤西的,没有绝对的地域分割。第四个方面是对《粤风》价值的研究,这是主要的成果。顾颉刚认为《粤风》是"沙漠里的绿州,荒原中的芳草",这种"被圣贤文化压迫了一百多年的宝贵的书",打破了文学"十分之九沉溺在摹古之中的蜂起",并使人们看到少数民族文化的"面貌"。钟敬文认为,《粤风》的民歌"是一种稀有的珍宝"。叶德均肯定了编者对少数民族文化的关注。第五个方面是对《粤风》的民族民歌的艺术特色的探讨。上述探讨也有局限,如有的将俍歌视为苗歌,对少数民族使用有侮辱的族称；但成果还是主要的。

第四节 红色歌谣的兴起和搜集

十年土地革命时期，在广西左右江、湘西建立了革命根据地。红军长征以后，又在陕甘宁建立新的根据地。这些根据地的群众都创作了许多红色歌谣，这引起了根据地红色政权和红军宣传部门的注意，有意收集这些歌谣，加以鉴别和取舍，用来宣传革命道理，收到奇效。

在广西右江革命根据地，右江农民运动领袖、红七军独立师师长、壮族革命烈士韦拔群（1993—1932）由于熟知壮族人民喜欢民歌，就专门组织了宣传队，队中有一批谙熟壮族民歌的高手，他们的任务是搜集红色歌谣，给予研究和选择，将其中优秀的作品作为宣传队的材料；同时自己也根据壮族民歌的韵律结构，创作红色歌谣。韦拔群自己也带头用壮族民歌的形式进行创作，他创作的红色壮歌很多，新中国成立后还有 79 首流传，后经人搜集，总辑为《Fwen Bazgoh》，汉译《拔哥壮歌》①，于 1981 年由广西民族出版社出版。这些歌词都是一首首优美的壮族诗歌，记录了右江农民运动和邓小平 1929 年领导百色起义的光荣历史，十分珍贵。如其中的《Gwzming funghcauz gizgiz miz》（《革命风潮处处起》）《Gwzming chi vah hai hoengz doengh》（《革命之花红满峒》），反映了广西左右江 20 多个县农民运动如火如荼的情形。《Lezningz gwzming hengz ndaej baenz》（《遵列宁革命定成功》），反映了壮、瑶人民坚强的革命意志。《Bae dawz

---

① "拔哥"是壮族、瑶族、汉族群众对韦拔群的亲切称呼。

Lungzbuj mbat ndeu gonq》(《抓他龙甫这一回》)中的 Lungzbuj 即韦龙甫,东兰县首霸,时任东兰县民团团长,血债累累,后被惩处。《Baen naz baen reih hawj bouxhoj》(《分田分地给穷人》)和《Dujdi baen bingzginh》(《公平分田地》)反映了邓小平在百色起义以后在东兰打土豪、分田地的革命活动。

韦拔群为了广泛发动群众,将搜集和创作的壮族民歌用古壮字编印成册,交给宣传队研究其中的优秀作品的艺术手法,然后创作出新的作品,大家背诵优秀作品后,依照壮族传统的歌圩举行大型的歌会,在歌会上传唱和对歌,人人活跃了气氛,达到了鼓劲的目的。几乎每次行动之前,尤其是打大仗之前,都举行歌会,动员群众,鼓舞士气。

韦拔群的宣传方法,很快得到推广,各地纷纷效法,一时产生了许多红色诗歌。例如广西右江苏维埃政府附近的百谷红军村,1927年正月初十成立农民协会时,韦拔群亲自到会讲话,同时带来了两首红色歌谣《我们要联合》《苏维埃一定要胜利》。《我们要联合》中唱道:"我们有土枪,我们要革命","我们要联合,如果我们不联合起来,不知受压迫多少久。我们要联合起来,打倒土豪劣绅,生活才好过。"在会上影响很大。百谷后来就沿用这种方法宣传革命,百谷红军战士苏信明就创作了三首壮语歌词《消灭恶霸解仇恨》《恨、恨、恨》《谁养活谁》,用壮族民歌调传唱。1929 年 12 月 11 日百色起义次日,在田东举行右江工农民主政府成立大会时,百谷农军齐唱了他们创作的《谁是革命主力军》。百谷红军村后来建立了"普化学校",普及文化知识和革命道理,壮族红色歌谣成了该校的研究对象,并以之作为重要的教育内容。百谷红军村后来有 69 名赤卫队员参加了红七军;还在 1930 年 4 月派出十多位百谷红军战士护送邓小平前往东兰;后来出了朱鹤云少将(南京军区装甲兵司令员)等一批英雄,这和红色歌谣的影响有一定的关系。① 为继承这份遗产,百谷红军村在2004年由老赤卫队队员和红军后代组成了"百谷红军村老年合唱团",胡锦涛、吴邦国等党和国家领导人都接见过他们。他们常唱的红色歌曲主要有《红军歌》《谁是革命主力军》《红军主力歌》《红军为人民》等。《谁是革命主力军》原文是用古壮字和汉字来记壮音:"甫黎声京特甫兵,鸡楼工农兵,工农依民兵,原来浸对比娘楼,啃暗细则美,楼里乌兰夏,想斗真烦心四凉,鸡楼浸对,狠头角土地革命,声京包动亩用成,亩系债亩赔呢,打阿倒布恶霸,豪绅与地主,帝国主义者,鸣楼一定欧扫平,工人未算各,农民咪厚啃,当兵陶兰咪那黎,革命学奔功。"汉译文是:"谁是革命主力军?我们工农兵,工农和士兵,原来都是一家人,自由被剥夺,血汗被吸尽,想来真烦心凄凉。起来做土地革命,团结前进,向前与敌人拼命,不怕流血与牺牲。打倒恶霸、豪绅与地主、帝国主义者,我们一定要扫平。工人有工做,农民有饭吃,当兵回家有田耕,革命才成功。"

当时革命根据地对民间诗歌的研究,主要是搜集、筛选、整理、翻译、宣传推广五个环节,使部分宝贵的红色歌谣得以流传下来,如壮族的《打倒军阀》《打破旧制度》《农民革命歌》《联合起来成团体》《民国丁卯年》②《三枪定长岸》③《哪怕风雨雪》《红军歌》《打倒帝国主义》《反剥削歌》《有了共产党》《凤山革命铁血歌》……单是收在

---

① 中国人民政协广西田东县委员会:《田东文史》第六辑,2009年版,第171页。《谁是革命主力军》汉译文对歌词的内容有所调整。
② 即1927年,此歌抨击蒋介石发动"4·12"政变。
③ 记百色起义的一次决定性战斗。长岸即田阳。

《僮族民间歌谣资料》①中就有188首之多。宝贵的是,流传下来的还有《东兰革命史歌》这部难得的长诗。流传下来的还有瑶族红色歌谣《擒贼先擒王》②《生死都要当红军》《壮瑶同心干革命》《今年革命高过天》《瑶家来了红七军》《西山闹革命》等。

类似的对红色歌谣的搜集、筛选、整理、翻译、宣传推广,在各个革命根据地都进行过,因而各根据地都流传下来部分红色歌谣。如中央革命根据地,就流传畲族的《送郎当红军》;湘鄂西革命根据地的苗歌《苗家的救星》《苗家天天盼红军》……红军长征时,沿路产生了《朱毛过瑶山》《红军过路七朝夜》(瑶族);《红军草》《穷人盼望老红军》(彝族);《贺龙敲石鼓》(纳西族);《路过老红军》《参加红军打敌兵》(白族)等红色歌谣。红军到达延安,回族兴奋地唱出了《只盼红军坐江山》《投南梁》《凶不过马步芳匪帮》等歌谣。

搜集、筛选、整理、翻译、宣传推广少数民族歌谣形成了定例,一直延续到抗日战争和解放战争。

---

① 《僮族民间歌谣资料》共三集,广西僮族自治区科学委员会、僮族文学史编辑室编,1959年内部铅印本。当时的"壮"字仍用"僮"。

② 自此以下各首引自马学良、梁庭望、张公瑾主编的《中国少数民族文学中》,中央民族大学出版社,2000年再版,第二章。

第三章 民族诗歌研究的崛起阶段

新中国成立,少数民族文学才第一次有了名位。"少数民族文学"是1949年提出来的。1949年9月,在筹办《人民文学》的过程中,由茅盾起草的发刊词中首次使用了"少数民族文学"这一概念,10月25日,《人民文学》首刊发行,正式宣告"少数民族文学"概念的诞生。但当时这一概念的使用还不确定,因为发刊词中还同时使用"兄弟民族文学"一词。

第一节 民族民间诗歌的研究

20世纪50年代至60年代,少数民族诗歌的研究首先从田野调查开始,当时在全国范围内开展的中国少数民族民间文学调查,其规模之大,调查搜集到的材料之丰富,是空前的。1950年3月,刚成立才半年的新中国百废待举,党和政府即在北京成立了中国民间文艺研究会,郭沫若任第一届理事长。各省区也建立了分会(台湾暂缺)。宗旨是:"搜集、整理和研究中国民间文学、艺术,增进对人民的文学艺术遗产的尊重和了解,并吸取和发扬它的优秀部分,批判和抛弃它的落后部分,使之有助于新民主主义文化的建设。"

20世纪50年代前期,是中国社会发生重大变革的时期。在这个时期民族地区的社会面貌发生急速变化。如何把他们正在变革和消失的传统精神文化财产记录和保存下来,是摆在有关地区党政部门和民族文学研究工作者面前的紧迫任务。基于这种情况,1956年3月,毛泽东在一次会议上指出要在全国范围内开展少数民族社会历史调查。1956年4月,全国人民代表大会民族委员会制定出《关于在少数民族地区进行各民族社会历史情况调查研究工作的初步规划》。民族诗歌的搜集同时展开。调查目的大致有两种:一是以少数民族社会形态、民族识别为核心,以民间文学为辅助的调查;二是以少数民族民间文学专题为中心的调查。从调查形式来讲也有两种:一是全国范围的调查;二是区域范围的调查。从调查组织方式来说,有政府性的专门学术机构组成的调查团,也有地方文化部门、大专院校组成的专题调查队。这些不同目的、不同形式的调查机构,从不同的角度对新中国成立初期的少数民族民间文学进行有目的、有组织、有学术规范的调查,搜集到大量第一手材料。这些调查任务的开展,我们分别从以下两个方面进行总结。

一、以少数民族民间文学专题为核心的调查

搜集整理工作是伴随着少数民族识别工作开始的。国家民族事务委员会提出的宗旨是:"搜集、整理和研究中国民间文学、艺术,增进对人民的文学艺术遗产的尊重和了解,并吸取和发扬它的优秀部分,批判和抛弃它的落后部分,使之有助于新民主主义文化的建设。"上世纪50年代初期,国家处于经济恢复时期,政府在财政紧张的情况下,毅然拨出专款,组织大规模的少数民族民间文学搜集工作。由中国民间文艺研究会及各省区分会作为主力和组织者,各县(旗)文化馆、乡(社)文化站组织力量配合。调查组深入民族地区边远村寨,寻访民间歌手、歌师、歌工、毕摩、阿肯等艺人,用国际音标、

民族文字或汉字记录民间口头作品,搜集拓片、手抄本、孤本、残本、异文、碑文,获得了大量的极其宝贵的材料。这一时期还成立了专题调查小组,如,《格萨尔》组、《玛纳斯》组、《阿诗玛》组、《创世纪》组、《刘三姐》组,等等,搜集了大批相关文学资料。

中央民族学院(中央民族大学前身)搜集了大批民族文学材料,其中分量最大的是民间诗歌,为语文系各专业的教学和研究提供了丰富的资料。用这些资料编写了大量教材,培养了一大批专家学者。

在北方文化圈,1960年蒙古语言文学研究所就搜集出版了《英雄史诗集》[①]中的5部小型史诗。几年后,又内部铅印了《英雄史诗》(一)和《英雄史诗》(二),收入十多部史诗。1962年是巴尔虎英雄史诗搜集的黄金年,搜集到11部史诗的4种异文。1956年,中华书局出版了《蒙古秘史》;内蒙古人民出版社先后出版《英雄古那干》(1956年,蒙古文)、《宝玛额尔德尼》(1956年,蒙古文)、《骑牛的狼》(1959年,蒙古文)、《英雄史诗集》(1960年,蒙古文)、《汗哈冉贵传》(1962年,蒙古文)、《英雄仁沁莫尔根》(1962年,蒙古文),收获巨大。

1957年,在西北文化区,就开始零星搜集《玛纳斯》。1960年,新疆文学刊物《天山》《塔里木》的编辑在南疆乌恰县发现两位天才的玛纳斯奇(演唱艺人),录得《玛纳斯》第二部《赛麦台依》中的《赛麦台依与阿依曲莱克》,将其译为维吾尔文和汉文发表。其精彩的语言艺术,引起广泛关注。1961年大规模搜集这部作品时,中央民族学院柯尔克孜语班的学生是其中的主力(其中多数人后来终生从

---

① 仁钦道尔吉:《蒙古英雄史诗源流》,内蒙古大学出版社,2001年版,第16—18页。

事《玛纳斯》的搜集、翻译和研究)。他们从被誉为"当代荷马"的居素甫·玛玛依那里录下《玛纳斯》中的5部,并将其中的第一部译为汉文。整个考察,获得了6万行诗。1964年,又一次组织大规模调查,寻访了二十多位玛纳斯奇,获得了12.3万行。经过两年的努力,将其中部分内容译为汉文。柯尔克孜族阿肯的1961年唱本、1964年补唱本以及1979年的唱本,是研究《玛纳斯》最重要的资料。经过三十多年的努力,现在该史诗8部二十多万行已全部记录完毕,加上异文资料,总数达六十多万行,为世界上最完备的《玛纳斯》资料。

在西南高原文化圈,《格萨尔》的搜集几乎动员了几个省区的相关力量,至今搜集到的资料达二百多万行。这些专题搜集工作一直持续不断,到1958年达到高潮。虽然这个时期的少数民族民间文学搜集是伴随着民族识别工作进行,但是同时也为中国少数民族文学积累了宝贵的材料。

在云南,1953年云南省文联就组织了多人下乡调查民间文学。1956年,作家协会云南分会又组织了三个小组下乡。1958年9月再组织一百一十多人组成7个调查队下乡。1960年又组织一百多人的调查队。1963年再派出四十多人的调查队。4000千米的边境线几乎都留下了调查队的足迹,搜集到了八百多万字的材料,民歌在其中占了很大的比重。

在江南稻作文化圈,中南民族学院(中南民族大学前身)师生67人与武汉大学中文系师生12人,组成"土家族文艺调查队",于1958年12月到湘西土家族地区进行大规模搜集工作,三个月内搜集民间文学资料十多万件。1959年7月编写出40万字的《土家族文学艺术史》初稿,编辑出版了《哭嫁歌》《土家族歌谣选》《土家族传说故事选》。还在《湖北日报》组织编辑了土家族文学艺术专页,为上海

《民间文艺集刊》编辑了专辑,扩大了土家族民间文学的影响。

广西壮族自治区自上世纪50年代初就委派文艺干部下乡搜集壮族民歌,从中选出部分精品,正式出版了《壮族民歌选集》,其中有《文龙》和《达稳之歌》两部长诗。1958年全国掀起一个新的民歌采风热潮。同年召开的第一次全国民间文学工作者代表大会,会上提出了"全面搜集、重点整理、大力推广、加强研究"的民间文学工作方针。《人民日报》也发表了《大规模地收集全国民歌》的社论。民族地区的文化部门的干部和广大业余作者纷纷深入农村,广泛搜集整理民歌。壮族文学史编辑室于同年组织了一批文艺骨干和广西师范大学师生六十多人,深入32个县搜集了三百多万字的壮族民间文学材料,其中有数万行壮族传统民间诗歌,从中选出部分精品,编印了《僮族民间歌谣资料》三集,其中民间长诗64部,短歌373首,歌剧2部,调查报告16篇。1963年,又组织瑶族民间文学普查队,搜集到三百多万字材料,内部编印成13册《瑶族文学资料》,其中民歌比重很大。其他如仫佬族、毛南族、苗族、侗族的文学资料也得到了搜集,编印成册。

同年,中共中央宣传部提出要编写"三选一史"(民间故事选、民间叙事长诗选、民间歌谣选、少数民族文学史)。从现代学科意义上讲,针对少数民族民间文学传统的资料梳理和学术归纳,开始于20世纪60年代第一批少数民族文学史专著。如《苗族文学史》《白族文学史》《纳西族文学史》和《藏族文学史简编》等一经问世,一些研究机构和大专院校的学者、师生为此纷纷到民族地区进行调查。20世纪60年代初,部分省区成立了少数民族文学工作委员会。如湖南省成立了"少数民族文学工作委员会",组织了民间文学调查团,由省民族宗教事务委员会领导和湘西自治州领导带领五十余名工作人员,深入土家族、苗族地区,进行了为期三年的民间文学普查和重点复查,共搜集民间故事、歌谣等民间文学资料一千六百余万字,油印六十多集,计九百多万字。经过加工整理,编印了《湘西土家族苗族自治州诗歌选》《湘西土家族苗族自治州民歌选》《湘西苗族民间故事与传说》《湘西土家族民间故事与传说》《湘西苗族艺术调查报告》《湘西土家族艺术调查报告》等。这一时期,长篇叙事诗引起了高度重视,得到进一步的发掘和整理,对具有民族特色的重点作品如土家族的《哭嫁歌》《摆手歌》和苗族的《古老话》等进行了重点搜集和翻译。这是有史以来,湘西民间文学作品首次得到有组织、有领导的普查,发掘了长篇叙事诗,引起了专家的关注与重视。

二、以民族社会历史调查为核心的少数民族民间文学调查

1956年4月《关于在少数民族地区进行各民族社会历史情况调查研究工作的初步规划》报经中央批准后,到1956年8月已组成内蒙古、东北、新疆、四川、西藏、云南、贵州、广西、广东等8个调查组,成员共计221人。1958年增加到16个组。成员最多时达到一千多人,加上地方各级工作人员达到二千多人。这是中国历史上第一次也是规模最大的少数民族社会历史调查,基本确定了今天的汉族和55个少数民族格局。从1956年8月到1964年6月,历经8年,少数民族社会历史调查队共写出资料三百四十多种,二千九百多万字,档案及文献摘录　百多种,　千五百多万字。在这些调查成果中,包含有民歌、民谣、民间长诗和神话、传说、故事等民间文学。

如《鄂温克族社会历史调查报告》中共记载了部分民歌和《牧童的故事》《猎手和汗的姑娘》等14篇神话、传说、故事。鄂伦春族社会历史调查1956年至1963年分别进行了12次,编写调查报告13

册,其中文学艺术作品占5%,主要收入《鄂伦春族小唱》《清清的沾河》《鄂伦春族姑娘》《呼玛河水清又清》等民歌、谚语、谜语和二十余篇神话传说故事。赫哲族民间文学的搜集整理工作重点放在说唱文学"伊玛堪"上,1957年由赫哲族歌手吴进才讲唱、尤志贤翻译整理的《安徒莫日根》,是第一次较完整的说唱文学"伊玛堪"的记录本,它保存了33个诗体唱段。

总之,这一时期的民族民歌调查工作成绩很大,为我们今天的科学研究积累了丰富的材料,有的现在已经没有人讲唱,因此十分珍贵。但调查还不够全面和深入,有的音记录的不大准确,有的当场就被译为汉文,却没有保存原文,无法核对。

三、民族民间诗歌的翻译整理和推广

翻译整理属于民族诗歌研究的第二阶段。早在调查期间,翻译工作就基本已经开始,有的甚至是现场就被翻译的,虽然比较粗糙。由于大部分民族诗歌主要是民间作品,是用民族语言或者是方言来进行创作的,要普及推广,必然要翻译成汉文。如何翻译?钟敬文(1903—2002)主张为了研究的目的,有必要在书面转录过程中,尽可能地保持口头传承资料的原初面目。马学良认为:"少数民族口头文学的翻译,比一般的文字翻译更困难。文字翻译大都有原文可循,并且有各种词典作为辅助工具。而口头文学用文字记录下来的是极少数的。必须先通过文字记录下来,作为整理翻译的依据。所以,忠实的记录是少数民族文学翻译的重要步骤。"都十分强调忠实记录,力图保持少数民族文学艺术的原汁原味。但人们对记录、整理、改编、创作的界限分不清楚,不了解民间文学的集体性,有的就随便加工改动,任意加减;也有的当场记不下来,回去再回忆补充,结果

漏去了许多宝贵的东西。后来在中央民族大学的教学当中,强调"信、达、雅",马学良认为:"翻译是从一种语言译成另一种语言,必须准确而完全地表达原作的内容与形式。这与重述与改编不同。原作是表现,翻译是再现,不论采取直译或意译,主要看能否不失原意,真实地再现原作。翻译少数民族口头文学不但要忠实原意,还要忠实于语言。只有在忠实语言的前提下,翻译才能做到忠实原意。"信即忠于原作;达即行文畅达;雅即传导出原文的美。为了正确翻译,中央民族大学语文系开设了《翻译理论与实践》课程。经过理论的导航,民族诗歌的翻译取得了较大的成就。

北方文化圈是我国的英雄史诗带,仅蒙古族就有五百多部英雄史诗,柯尔克孜族也有十多部。它们都是用民族文字创作的,要向全国推广就必须经过翻译。产生于新疆卫拉特的我国三大史诗之一的蒙古族的《江格尔》,俄国早在1854年就有两种异文翻译,并以俄文出版,在我国则比较晚。1958年,边垣编写的《洪古尔》由上海商务印书馆出版,这是《江格尔》中的一部首次以汉译文面世。但此书实际也不是严谨的译文,而是边垣在新疆被军阀逮捕入狱时,同狱难友蒙古族满金唱《江格尔》鼓舞士气,他出狱后凭记忆编写的。

三大史诗之一的柯尔克孜族史诗《玛纳斯》,上世纪60年代初就开始翻译。那时贾芝成立了采录组,成员有新疆作家协会的刘发俊,柯尔克孜族同志玉山阿里(柯尔克孜自治州)、帕孜力、阿不都卡德尔和居素甫·玛玛依,中国民间文艺研究会的陶阳和郎樱,中央民族学院柯尔克孜族语专业的萨坎·吾买尔、赵潜德和尚锡静,阵容强大。该组成员深入牧区搜集资料,天才诗人居素甫·玛玛依就为采录组演唱了六部。采录组开始进行翻译,到"文化大革命"前,大部分已经译完。1965年,部分汉译文得以出版。

在西南文化圈,整理翻译大规模进行,成绩突出。先后翻译出版的主要有傣族《娥并与桑洛》《召树屯》,彝族《梅葛》《阿细的先基》,纳西族的《逃婚调》《相逢调》《玉龙第三国》,撒尼人的《逃到甜蜜的地方》《阿诗玛》等民间长诗。特别是《阿诗玛》,是云南省文工团圭山工作组经过几个月的全面搜集,得到原始资料二十多份,经过整理,于1954年出版,并轰动一时,被翻译成八种外文,影响巨大。不过《阿诗玛》这部长诗并不是原原本本的面貌,而是从二十多种材料中剪接的,实际带有创作的性质。这一做法曾经引起争议。后来国际上对标有"整理"的中国民间作品,多持谨慎态度。《阿诗玛》后改编为电影,从情节的安排到人物的塑造,甚为成功,红极一时,其音乐也很流行。研究文章甚众,例如两位主角有情人和兄妹两说,到底谁是?电影采取了情人说,观众欣然接受。

在稻作文化圈的华南广西,翻译工作在加紧进行,到"文革"前,先后出版了《广西民歌》《广西情歌散辑》《大苗山情歌集》《广西童谣集》《鱼峰山下恋歌》《柳州宜山山歌选》《壮族民歌集》《红旗出山林》等散歌集,以及苗族《哈迈》、壮族《布伯》等长诗。广西最轰动的搜集工作是对"刘三姐"的民间调查和戏剧、电影《刘三姐》的创编。关于"刘三姐",《宜山县志》载为"唐时下涧村僮(壮)女";南宋王象之的《舆地纪胜》说:"刘三妹,春州人。"明末孙芳桂说她"生于唐中宗神龙五年己酉"。其实神龙仅三年,己酉为景龙三年,即709年。对"刘三姐"的研究,首先是下乡搜集有关她的民歌,先后收到九万多首。其次是研究她的民族成分和她的家乡,因岭南汉、壮、瑶族都热爱她,都说她属于自己的民族,她的家乡也有好多处。最后论定她是唐时壮女,家乡在宜州下涧村。再就是研究她的行藏,对她的传说进行筛选,而后进行创作。先是1953年邓昌龄创作了彩调剧《刘三姐》,分为田野、河堤、村舍、庭院和山林,中有刘兄反对对歌、御史莫云抢亲、八仙女接三姐上天成仙等情节。1957年,宜山人民桂剧院根据肖甘牛提供的故事情节改编为桂剧《刘三姐》,分为歌场对歌、纨绔子弟调戏、怒斥媒婆、刘兄为难三姐、百兽助三姐对付财主、败广东歌王、避财主、跳龙潭、成仙等八场。1958年,柳州彩调团根据以上二剧,改编为彩调《刘三姐》,分为对歌、逼债、说媒、对歌、禁歌、离家、成仙七场。核心仍是对歌、逼亲、成仙。之后广西各地文艺团体都改编为本地戏剧《刘三姐》,一时百花齐放,全区举行了会演,各展奇招。自治区彩调团汇集各家特色,以柳州彩调团第三方案为基础,改编成具有代表性的《刘三姐》,到北京和全国各省区巡回演出。在北京怀仁堂演出时,毛泽东、周恩来等党和国家领导人出席观看,使《刘三姐》名声鹊起,成为当时最红火的剧目。1960年,长春电影制片厂导演苏里、编剧乔羽、作曲家雷振邦在观看了演出之后,决定改编为电影,并决定由年仅17岁的桂林桂剧演员黄婉秋担纲。广西派遣了歌王黄勇刹等作家诗人协助下乡调查,搜集民歌曲调,从浩如烟海的号称刘三姐民歌中进行筛选。在刘三姐家乡下涧村考察时,苏里等为那里淳朴的民风和仙境般的风光倾倒。老艺人黄文祥为他们演唱了十多首民歌,后来大多都被影片采用。影片里刘三姐痛骂莫财主的两句歌"塘边洗手鱼也死,路过青山树也枯"来自南丹县,一位麻脸男了向一位壮族寡妇求婚,寡妇嫌他麻脸,用这两句唱词骂他。他还歌道:"莫看波萝样子丑,外面丁巴里面甜。"寡妇噗嗤一笑,觉得这人有才,心肠好,遂嫁给他。影片的音乐素材来自壮族和汉族民间音乐,经雷振邦高手略为改编,悦耳动听,脍炙人口,一时风靡全国,北京城小巷里也时不时传来影片《刘三姐》的歌声。这部歌剧片由于情节起伏,外景如画,唱词精彩,音乐迷人,主演才华横溢,美丽动人,有特殊的艺术魅力,是新中国最有艺术生命力的影片之一,半个世纪以来长演不衰,在东南亚也倾倒不少观众。

十多年里,全国各省区在搜集、整理、翻译、改编民族民间诗歌方面,都做了大量的工作,为中国建立文化强国打下了坚实的基础。其中虽然也有波折和不足,但其历史性的成果是不容置疑的。

四、民族民间诗歌的理论探索

(一)民族民间诗歌的价值

新中国刚刚成立,对民间文学价值的探索就提上日程。1950年3月29日,新中国成立才五个多月,百废待举,就成立了中国民间文艺研究会。周扬在开幕词中指出:"城里面叫文艺研究会是为了接受中国过去的民间文艺遗产。民间文艺是一个广阔的富矿,它需要我们有系统的有计划的来发掘。"这是给新成立的民间文艺研究会定的当前任务。第一届会长郭沫若在成立大会上作了《我们研究民间文艺的目的》的报告,他指出:"中国文学遗产中最基本、最生动、最丰富的就是民间文艺或经过加工的民间文艺的作品。"他以《诗经》为例,肯定"民间文学的价值远超过贵族化的宗庙文学、宫廷文学"。① 他对民间文艺研究会提出了五项任务:一是"保存珍贵的文学遗产并加以传播";二是"学习民间文艺的优点";三是"从民间文艺里接受民间的批评与自我批评";四是"给历史家提供最正确的史料";五是"发展民间文艺"。他指出,民间文艺的价值在于其"立场是人民,对象是人民,态度是为人民服务",故"凡是爱人民的即爱护

---

① 贾芝主编:《新中国民间文学五十年》,大众文艺出版社,2004年版,第3—5页。

之"。"在诗歌,要学习它表现人们情感的手法、语法,学习他的韵律、音节"。其中除第四点将民间文艺与最正确的史料等同的论点可商榷,其他今天看来都是基本正确的,也适用于对少数民族民间诗歌的评价。老舍在讲话中用"老百姓的创造力是惊人的"来评价民间文艺,强调要好好搜集,指出:"搜集民间文艺中的戏曲和歌谣,应注重录音。"要求保存原生态的文学艺术作品。

1958年1月,《红旗》杂志刊登了周扬的《新民歌开拓了诗歌的新道路》一文,其中对新民歌的估价有的值得商榷,但对民歌价值的总体评估是正确的,他指出:"民歌是文学的源头,它像深山的泉水一样静静地、无穷无尽地流着,赋予了各个时代的诗歌以新的生命,抚育了历代杰出的诗人。"因此,"全面搜集民歌及其他民间文学艺术,是一件全党全民动手的工作,同时必须动员和吸引全体文艺工作者来参加这个工作"。

1958年4月14日,《人民日报》刊登了郭沫若《关于大规模收集民歌问题答〈民间文学〉编辑部问》,肯定了收集民歌的重要意义。他指出:"少数民族的民歌应该注意。像'国风'那样的东西,在少数民族的民歌中很多。"

此后许多学者都写了文章,充分论述民歌的价值,说明搜集工作的必要性和紧迫性。如钟敬文连续在《文艺报》《光明日报》《新建设》等刊物上发表文章,评述民间文学作为社会文化现象的社会政治功能,对其价值给予充分的肯定,要求各省区民间文艺研究会分会组织人力深入民间,广泛搜集民间文学作品。由于对民间文艺价值的认识提高,各省区都积极组织力量,开展了相当规模的搜集工作。

(二)民族民间诗歌的搜集、整理和翻译问题

对民族民间诗歌价值的正确认识体现在各地积极的搜集行动

上,但一开始也发生了一些混乱,如随意记录,片段记录,随听随译,丢掉原文。又如记录时,部分词汇没有问清,过后材料无法破解应用,有的甚至变为废品……针对这些问题,急需有理论的指导。

1964年4月16日,胡乔木在中南海约见了贾芝,对他说:"主席对民间文学很感兴趣,但他要求比较严格。他能背诵一些民歌(汉族的),对歌颂他的,他不看。""主席欣赏的水平很高,不是名字叫民歌就满足了。他认为《红旗歌谣》选的不精,水分太多。"这可以说是传达了中央领导对编选民歌的指示。

在搜集、整理、翻译、编选民间文艺的过程中,遇到许多复杂的情况。特别是口传民歌和长诗,变异性比较大,往往有多个版本,有的又是残本或片段,这就必须慎重研究,小心整理,有的还要剪接。例如上世纪50年代在搜集整理纳西族《创世纪》的过程中,发现在六类经文中都有完整记载,在民间也广为流传,但它"流传广,变异性较大;而东巴经之所以把它记载在东巴经上,乃是为了宣传东巴经教义……就必然对《创世纪》进行篡改和歪曲。而这,就向整理者提出了如何分辨精华与糟粕和如何去伪存真的问题"[①]。又如王松在整理傣族民间长诗《召树屯》当中,发现主要本子在召树屯和情人南诺娜之间横着一个猎人,他的作用又不大,而其他本子没有,后来就把这个猎人去掉了。又,一种本子里有和尚做媒的情节,而在傣族实际生活中和尚是不能够接触女人的,这个情节也去掉了。[②] 当时许多调查队都遇到需要研究的问题,对于如何正确处理搜集、整理、翻译、

[①] 云南省民族民间文学丽江调查队:《创世纪》后记,云南人民出版社,1960年版。

[②] 王松:《民间文学论·召树屯前记》,云南省社会科学院民族文学研究所编,1999年版。

编选,当时学者和文艺工作者展开了热烈的讨论,进行了比较深入的研究。为了正确指引搜集整理翻译工作,在上述分头研究的基础上,1958年全国民间文学工作者大会期间,中共中央宣传部召集有关少数民族分布省区部分代表和北京有关单位学者的座谈会,对搜集、整理、翻译、编选工作中遇到的问题进行研讨。1960年8月全国文学文艺工作者代表大会期间,又召开了15省区和中国科学院文学研究所、国家民族委员会、中央民族学院、中国民间文艺研究会代表座谈会,继续研讨搜集、整理、翻译、编选工作中遇到的问题。1961年,中国科学院文学研究所根据各地的研讨和两次座谈会的研究成果,制定了《中国各民族文学作品整理、翻译、编选和出版计划(草案)》,整理部分规定:"1.整理工作应当以忠实记录和可靠版本为基础,力求保持作品的原来的面目、生动的语言、叙述方式、结构和艺术风格。2.整理可以根据具体情况采取不同的方法:(1)选取一种比较完整的记录和版本,加以整理。(2)以一种记录或版本为主,接受同一民族或同一地区其他记录或版本的某些部分,整理成内容和形式较为完美的作品。(3)内容基本相同、情节差别较大的作品,可以整理为两种以上的不同本子,不可勉强综合为一个作品。3.整理和改编、再创作应加以区别……4.对古代作品,应当看它们的时代和阶级局限性,不应以今天的标准来要求;但内容有显著毒素,不利于社会主义和民族团结者,必须加以删节。5.作品的作者、讲述人、记录者、整理者,作品的流传地区,整理所依据的记录或版本的出处,整理时所做的删节,以及作品中的方言土语,风俗习惯、历史事实或一般读者不易理解的地方,均应尽可能在整理稿中加以说明和注释。"

关于翻译:"1.译文力求忠于原作的内容和风格。诗歌作品原为格律诗者,译文最好用适当的汉文歌律诗翻译;如有困难,可以不拘格律,但原文的格律应在译文或注释中说明。2. 在目前少数民族翻译干部比较缺乏的情况下,除积极培养翻译干部而外,应当提倡少数民族干部与汉族干部翻译,使译文水平尽可能达到较好的水平。"

关于编选:"1. 选入各民族作品选集的作品,或以单行本形式出版的作品,都要求内容和艺术都较好,有一定的代表性,并适当照顾到各个时代,各个地区和各种体裁。2. 各民族的作品选集,选到1959年国庆节为止。3. 各民族作品选集都应有序文。单行本写序文或后记均可。4. 凡选用的作品,应保留整理稿中的说明和注释。"

这些带有文件性质的规定,对搜集、整理、翻译、编选工作的顺利开展,意义重大。但也必须指出,由于受"左"的影响,在实际工作中有的也出现了偏离,如按照当时搜集者的思维任意加减,硬加阶级矛盾,主角形象拔高等。

(三)民族民间诗歌的艺术特色研究

对搜集、整理、翻译、改编的民间诗歌,开始对其艺术特点进行研究。虽然在上世纪50、60年代这种研究还比较薄弱,但却为新中国的民族民间诗歌研究奠定了基础。研究的首要问题是作品的断代和时代背景,两者紧密相连。例如"刘三姐"是否真有其人?她是哪个朝代的人?都必须基本弄清。关于作品的民族身份,有的判定起来也比较困难,如《格萨尔》不仅在藏族中流传,也在青海、甘肃、云南的蒙古族、保安族、土族、裕固族、白族、纳西族等民族中流传,甚至还流传到尼泊尔,这就需要把产生它的民族藏族和其他流传民族分开。异文比较也是必须要过的关口,一部史诗,往往有多种异文,哪种具有代表性,都需要作深入的对比。所以我们现在看到的整理本子,有的是一种本子的完整译文,这多是比较完整的民间手抄本;有的是以一种为主,吸收异文的精彩部分;有的是几种本子融合而成,带有创作的成分。一部长诗,不同艺人的演唱常常不同,甚至即使是同一个艺人演唱,每次还都有一些差别,这些都需要鉴别。有的本子比较古老,用语艰深,古词语比较多,还需要先破解词语。对民间诗歌的深入的研究,涉及的是作品的情节结构、人物塑造、语言艺术、艺术风格、社会功能和作品的价值等。

在北方文化圈,重点是对英雄史诗的研究。上世纪60年代,国内外对柯尔克孜族史诗《玛纳斯》的研究内外呼应。1960年,莫斯科出版了《玛纳斯》俄义节译本,产生了一批研究者。前苏联学者热依萨·克德尔巴耶娃现在是吉尔吉斯斯坦著名的《玛纳斯》专家,有《〈玛纳斯〉的根》《〈玛纳斯〉的各种变体》等四部专著出版。吉尔吉斯斯坦另一位专家艾山艾里·阿布都里达耶夫的专著《〈玛纳斯〉与阿尔泰史诗叙事的共性》发表于1966年。土耳其的学者早在1934年就有《柯尔克孜语言的纪念碑——〈玛纳斯〉》一文的发表。1936年、1972年、1976年又先后有文章面世。英法等国也都有人研究。新中国成立前国内介绍很少,仅1946年第三期《东方杂志》刊登了《〈玛纳斯〉的诞生》,1947年、1949年《新疆论丛》刊登了苏联专家的两篇译文。新中国成立以后,搜集者认识到《玛纳斯》的重要价值,发表了许多评介文章。如1962年4月,《文学评论》发表了刘发俊的《柯尔克孜英雄史诗》;1962年5月,《民间文学》发表了胡振华《英雄史诗〈玛纳斯〉》;1964年,居素甫·玛玛依的《我是怎样开始学唱〈玛纳斯〉史诗的》译文刊登在新疆人民出版社的《玛纳斯研究》上。《玛纳斯研究》一书收入了上世纪50年代以来的研究文章,对这部史诗的历史背景、全书结构、情节、语言、柯尔克孜族历史、民族风情等都做了比较集中的研究。关于史诗的传承,居素甫·玛玛依的文章提供了一个重要信息,他在十四岁时,哥哥慎重地将这部英雄史诗传给他,其演唱有一个庄重的仪式,使我们知道了北方史诗口头传承的格式。①

蒙古族《江格尔》《格斯尔》等英雄史诗,其研究者多达五十多人,其中布林贝赫、梁以儒、仁钦道尔吉等是佼佼者。专著十多部,文章数百篇。其中仁钦道尔吉就发表了二十多篇论文,他于1962年在巴尔虎调查民间文学时写的调查报告中,就论述了巴尔虎英雄史诗的产生、发展和演变,相关论文于1980年在德国波恩举行的国际蒙古英雄史诗学术研究会上宣读。所出版的专著和发表的论文中,最重要的成果是分析了蒙古族英雄史诗的分布,发现了卫拉特、巴尔虎——喀尔喀、布里亚特的三个体系史诗及各个体系史诗的蕴藏量;研究了这些史诗产生的历史社会背景和流变规律,总结出征战型、婚事型、家庭斗争型等类型史诗,并发现史诗与萨满教,与氏族、部落之间的战争有密切的关系。

维吾尔族的《福乐智慧》也是研究的热点。

在西南高原文化圈,民间长诗研究涉及藏族的英雄史诗《格萨尔》,傣族的众多英雄史诗和民间叙事诗,彝族、纳西族和白族的创世史诗。《格萨尔》是在新中国成立以后才得到政府重视的。新中国成立前,在政教合一的藏族地区,"上层统治阶级和僧侣贵族对包括《格萨尔》在内的民间文化采取歧视、压制和反对的态度。因此,在藏族历史上,《格萨尔》从来也没有由官方或有权威的文化部门有意识、有计划地进行搜集整理,这与荷马史诗、印度史诗和其他一些

---

① 郎樱:《玛纳斯论》上编第一章《绪论》,内蒙古大学出版社,1999年版。

民族史诗在他们民族文化领域的地位,形成强烈的反差"①。1950年,新中国刚成立,就开始进行大规模的搜集整理和研究。在这个过程中,发现了二十多位被称为"雪域国宝"的《格萨尔》说唱艺人。在广为搜集的过程中,还发现《格萨尔》在甘、青、川、滇都有流传,例如和建华在云南1959年第四期《山茶》上发表《关于普米族〈冲格萨尔〉的调查》一文,引起重视,后还在云南发现白族、纳西族中派生出《金鸡格萨尔》等异文。这就有必要首先确定格萨尔的身份,经过研究,最后肯定是藏族史诗,其他民族的异文是派生的。

《阿诗玛》的研究成绩斐然,此整理本发表于1954年,同年中国青年出版社出版单行本。整理采取了综合的方法,因为收集到的异文多达20份,还有三百多首民歌和多份民间传说,材料丰富,无法选一个唯一的本子,只能进行综合加工。为此重点讨论了故事的演变过程、主题思想、人物形象、传说特点、正负面剖析、语言、表现方法、文本结构和艺术风格等。当时要处理的关键问题,是既不违背彝族、撒尼族人民的愿望,离开其生活真实,以整理者的偏好代之;又能够使作品得到出色的艺术再现。这种整理方法也是不得已,因为在剪辑过程中,已在相当程度上类似创作,文字也是汉文,只不过比较忠于原作而已。

纳西族的《创世纪》的整理类似《阿诗玛》,也是将六个本子综合,时为1958年9月。一方面,在后记中给予很高的评价,认为它是"一部优美的史诗。千百年来经过纳西族人民不断的加工、提炼和丰富,使它逐渐成为一部脍炙人口、家喻户晓的好作品";另一方面又批评其中一些细节是"东巴宣传封建迷信思想麻醉人民的最露骨

---

① 降边嘉措:《格萨尔论》,内蒙古大学出版社,1999年版,第57页。

的表现",这一负面评价显然过分了,带有那个时代阶级斗争扩大化的色彩。后记比较详细地阐述了整理过程中对情节的取舍,如洪水滔天的内容,有的本子没有,有的本子则认为是兄弟犁地得罪天神招致报复,整理者取此情节。这符合高原农牧文化圈开发高原农业的艰辛,生态平衡失调招致的自然报复。参加《创世纪》搜集整理的多达22人,参加翻译的10多人,可见翻译整理的艰辛。

傣族民间长诗的搜集整理红极一时。傣族的长诗多达550部,1953年开始搜集工作,搜集到《召树屯》《葫芦信》《娥并与桑洛》《十二头魔王》等一百多部,搜集到的目录多达三百多部。傣族有"三大诗王"(指民间长诗《吾沙麻罗》《沽巴西顿》《十二头魔王》)和"五大诗王"(上面三部加上《巴塔麻嘎捧尚罗》《粘响》)。傣族长诗的搜集整理是在云南省委宣传部的领导下进行的,调查队成员以作家协会昆明分会和云南大学中文系的师生为主,于1958年9月开赴西双版纳和德宏,用当时常用的"三同"方式进行。《娥并与桑洛》和《召树屯》是搜集整理的重点。对《娥并与桑洛》艺术特色的评价,代序中指出:"《娥并与桑洛》在艺术上的成就,也是很高的。首先在于它的内容和形式的高度统一;也在于成功地运用了傣族文学的独特的表现方法,以傣族民间朴素的形式,表现了反封建的内容。《娥并与桑洛》中的人物形象是突出而鲜明的,尝试大量采用了比喻、夸张、对比、陪衬等等手法,特别是对人物的描写巧妙的运用了侧面的对比和烘托。它继承了傣族文学抒情与叙事交融的特点,用个性化的语言成功的刻画了桑洛和娥并、桑洛的母亲和阿扁这一群生动的人物形象。"[1]

---

[1] 云南省民族民间文学德宏调查队:《娥并与桑洛》(代序),云南人民出版社,1960年版,第3—4页。

代序还指出,桑洛在外出做生意当中和娥并自由相恋,他是幸福的。但反对他们相恋的桑洛母亲,暗藏竹签扎死了娥并,桑洛却保护不了她,表现出软弱,这表现了时代的局限性。这个分析值得商榷,原诗这样叙述,正是表现了封建包办婚姻势力的强大,为悲剧结局做好了铺垫。《召树屯》是羽衣型长诗,内容与《搜神记》中的《毛衣人》近似。但印度的类似故事比《搜神记》略早,有人认为题材来自印度。整理者经过对其情节的剖析,认为它源于本土。对《召树屯》的研究文章甚众,而以云南民族民间文学研究所所长王松为最,他在1957年8月的《〈召树屯〉前记》和1959年3月的《关于〈召树屯〉》的文章中明确指出:"《召树屯》是傣族信仰多神教时的故事",与佛教后来传入傣族中无关,所以"勐海的都比龙(大佛爷),勐遮的古巴(长老),以及宣威街的古巴勐(管理全勐佛教的人)对《召树屯》故事都避而不谈"[①]。而王子出征,国王听信南诺娜是魔鬼的化身的谗言,要处死南诺娜,她腾空而去。王子凯旋找回爱妃,夫妻团圆,表达了多神教与后来进入傣族中的佛教的斗争。其实粤(一作越)人在商周时代就崇拜鸟,而傣族乃是粤人后裔。召树屯是云南特有的森林之国的王子,而他所爱的南诺娜是一只孔雀的化身,孔雀是傣族图腾,这就不可能是外来的。《召树屯》因其昂扬的主题、曲折的情节和精彩的语言,被推举为新中国成立十周年的佳作。

在华南文化区,对"刘三姐"的研究红火一时。2007年广西人民出版社出版的河池学院编的《刘三姐研究资料集》中,研究文章达到二百七十多篇之多。这些文章涉及刘三姐的身份、产生年代、籍贯、

[①] 王松:《民间文学论》,云南社会科学院民族文学研究所,1998年版,第145页。

传歌事迹、故事情节、歌剧《刘三姐》和电影《刘三姐》的评论和报道，还收入了部分"文革"中对《刘三姐》的攻击。这些文章大部分都是上世纪50、60年代的。关于"刘三姐"是否实有其人，她是何时人？南宋王象之《舆地纪胜》说："刘三妹，春州人。"（今广东阳春）民国《宜山县志》说她"相传唐时下涧村僮（壮）女。"《肇庆府志》卷二十载："刘三妹，新兴人，生于唐中宗时，年十二善为歌、游戏。"《阳春县志》载："铜石岩一名通真岩……相传唐时有刘三妹于此飞升。……刘仙不产于阳春，仙经所称白石山女仙刘三妹为粤西贵县人，以歌善化粤俗，瑶人至今祀之，以为歌仙。景隆（景龙）尝与朗宁白鹤书生张伟望歌而善同声，遂缔仙侣，亦灵仙而尤者情也。"明人孙芳桂的《刘三妹传》载："少女三妹，生于唐中宗神龙五年己酉。"神龙为705年到706年间唐中宗的年号，707年起改为景龙，己酉为709年。诸文基本肯定为唐朝神龙到景龙年间壮女，关于其家乡，有宜州下涧村、贵县（今贵港）、扶绥多种传说。其事迹后流传到广东。她其实是壮族歌圩众多女歌王的化身，也可能有一女歌王为原型。壮族民间诗人称号分别为歌手、歌师、歌王三级，歌仙为最高级别，仅刘三姐而已。对比"刘三姐"的故事，其基本情节大致相同，这就是对歌高手、兄长阻拦、外出传歌、迫害致死、成仙。据此提炼编就的彩调剧《刘三姐》，红遍广西，据统计，1960年1月以前，全广西有65个县文工团演《刘三姐》。1959年下半年到1960年元月，"刘三姐"家乡柳州专区专业和业余剧团演出了五百二十多场。同期玉林地区县及乡镇58个剧团一齐上阵，演出四百九十多场。演出好评如潮，《广西日报》等新闻媒体上充满了"光艳夺目，人人称赞""'歌仙'如云集，歌海逐浪高""百花园里更添香""南国奇葩更加艳丽""花满枝头""《刘三姐》汇演繁花满枝"等等这样的赞誉。乔羽在1960年4月初看了彩调《刘三姐》以后,在《广西日报》上发表了《高声赞美"刘三姐"》一文,文中说:"一朵好花千里香,一首好歌万人唱","'刘三姐'的成功,我认为在于舞台上的刘三姐正是劳动人民心目中的刘三姐。"彩调《刘三姐》是集体创作成功的范例,它"使得刘三姐这个形象更趋于深刻,更趋于完美,因而获得成功,这是值得高声赞美的!"谈到刘三姐的形象,文中认为:"广大人民用自己的喜怒哀乐编成了山歌。过去用山歌揭露统治者,现在,用山歌歌颂新生活。……刘三姐这个光辉夺目的形象,便是这种社会生活现象的概括。""她是那样智慧,那样勤劳,那样深情,那样锐利。"

对电影《刘三姐》,更是赞誉有加。人们最陶醉的,是电影里脍炙人口的歌词,优美醉人的音乐,仙境一般的画面,美丽动人、细腻传神的黄婉秋。电影使《刘三姐》飞往五洲四海,至今魅力犹存,这在新中国的影片中不多见。贾芝在1962年《上海电影》第三期上发表《搬上银幕的刘三姐》:"看银幕上的《刘三姐》,心情是轻松愉快的。影片吸引人的,首先是一幅又一幅秀丽媚人的桂林山水,确是'水似青罗带,山如碧玉簪'。我们观赏刘三姐的神奇传说,听她的迷人的歌声,能同时看到广西壮族自治区特有的山光水色,这当然会使人感到很大的愉快。"但他也担心刘三姐过于"现代化",有点像土改后的共青团员。1962年《大众电影》第一期上刊登徐敬国的文章认为,"现代化"的批评"不免有些偏颇"。后来长期的放映表明,贾老的担心多余了。众多评论高度评价了黄婉秋的表演,认为灵巧智慧,真实自然,激情奔涌,分寸适当。后来的电视连续剧《刘三姐》,就没有这样的长久魅力了。

《刘三姐》无论是戏剧还是电影,其核心都是精彩纷呈的壮族民间诗歌。对这些民间诗歌,好评如潮。1960年全国一千二百多个专业和业余文艺团体演出《刘三姐》，《文艺报》在第21期评论其歌令人"耳目一新"，评论认为："离开了那些引人入胜的歌，刘三姐这个人物就会失掉她的一切光彩，不再存在了。"该报2月7日用"歌的威力"来赞誉。8月2日该报头版《广西歌舞剧〈刘三姐〉载誉首都》，副标题是"民歌走上舞台显示了强烈的战斗作用；全剧充满了生动的语言"。1961年1月26日，《文汇报》发表了《从"刘三姐"谈唱词》一文，专门论述歌词："它的贯穿始终的绝大部分的唱词，都是准确、生动、优美、朴素、真挚的诗句，民歌和彩调的相互结合、相互融化的结晶。"认为其歌是"锋利如匕首、迅猛似雷电的诗歌"。1961年4月20日，《人民日报》发表了诗人闻捷的文章，以赞誉其歌词《红装素裹》为题，他认为其歌词是"爱憎强烈、色彩鲜明的抒情诗"，情不自禁地说："朗诵这些诗句，有如雨过天晴，登上景山，透过碧波万顷的树海，远眺雄浑的天坛、挺拔的民族宫、辉煌的人民大会堂，那景色朴素而又瑰丽。吟哦这些诗句，又像迎着瑞雪，走过昆明湖畔，仰望万寿山气势磅礴的轮廓，以及若隐若现的玉石栏杆和琉璃瓦覆盖的楼台亭阁，那情调明朗而又含蓄。""总的看来，《刘三姐》歌词的特点是：朴素而不单调，瑰丽而不雕砌，明朗而不浅露，含蓄而不晦涩。"同年1月27日，《文汇报》刊登了梅兰芳的《歌刘三姐》绝句四首，其三赞道："情深何日不高歌，摧击豪强智复多。全胜终归人绝代，奇才正气两嵯峨。"同日该报还刊登了萧三的诗，题目是《五湖四海唱她的歌》。

第二节　民族诗人诗歌的研究

一、诗人民族成分的鉴别

1958年7月17日，中共中央宣传部召开了中国少数民族文学史编写工作座谈会。1960年8月又召开了第二次座谈会。1961年，中国科学院文学研究所根据两次座谈会和各方的研究意见，拟定了《中国各少数民族文学史和文学概况编写出版计划》（草案，下简称《草案》）。《草案》汇集了各方的研究成果，明确了内容范围、今古比例、分期原则、叙述方法、材料鉴别、引文规则等6大问题，并提出了分批编写和分批出版的计划。在六项规定中，首要的问题是材料的鉴别，这是文学史的基础。对此《草案》规定："材料必须经过鉴别，力求可靠。""关于材料的鉴别以及作家、作品的断代等，是要作必要的考证工作的。"由于在少数民族文学中诗歌比重最大，特别是西北文化区少数民族文学史实际是诗歌史，故需要鉴定的诗歌分量最大，也最艰难。

首先遇到的问题是诗人的民族成分，分不清就无法入史。西北文化区突厥语族民族分化时间有先有后，故其诗人定为少数民族诗人容易，落实到具体民族就很困难。尤素甫·哈斯·哈吉甫（1019/1020？—1085）可以肯定是维吾尔族诗人，但艾卜·奈斯尔·法拉比（870—950），属于哪一个少数民族，鉴定起来就比较困难，因为维吾尔族、哈萨克族、柯尔克孜族等突厥语族民族都认他为自己的诗人，实际他也是突厥语族民族诗人。明代的纳瓦依是世界文化名人，影响遍及中亚和阿拉伯，国内也是维吾尔族、哈萨克族、柯尔克孜多个民族认他为本民族的诗人。元代的萨都剌（1272—1355），回族、维吾尔族、蒙古族，三个民族都认为是自己的诗人，但根据历史记载，定为回族比较实际。

在西南和华南地区，有汉名的民族诗人鉴定最为困难。他们在发表诗歌时，都是不标民族成分的。云南彝族、纳西族和白族诗人的鉴别，都要经过比较复杂的考证。藏族和傣族一般比较好分辨,但是,四川西部藏族有的有藏名和汉名,鉴定时需要格外慎重。壮族、侗族、布依族、仫佬族、毛南族诗人的鉴定最为困难。壮族历史上产生过一百多个诗人,但极少表明民族身份,需要通过府志、县志、族谱、文人著作等,从多个角度考证,才能够确定。这里还遇到一个棘手的问题,即历史上壮人为了避免受到歧视和迫害,被迫攀附中原大姓,使得考证难辨真假。又由于自秦统一岭南以来,壮汉婚配很普遍,因之发生汉人壮化和壮人汉化现象,增加了识别诗人的难度。上世纪50年代,为这一民族识别,学者耗费了很多精力。例如壮族大诗人郑献甫(1081—1872),家谱明确是其叔祖中了进士,遂成书香之家。传其远祖为汉代郑玄,近祖于明末天启(1621—1627)年间自直隶(又云北京)移居广西象州,已经十代。但仅据传说,脉络并不很明确。考郑玄是山东高密人,后裔何时远迁河北,不清楚。河北郑氏是否就是郑玄后裔,也不清楚。郑玄死于公元200年,与郑献甫移居广西的近祖相隔一千多年,其中辗转变化很难说清。但有一点是清楚的,郑献甫家乡寺村镇是壮族聚居的地方,原广西壮族自治区主席韦纯束与郑献甫是同乡。民国《象县志》载:"本县语言大别为僮语、官话两种,论其人数,则操僮话者最多,遍居乡村。""惟操僮话之人,多数能操汉话,故读书教学及交际交往上均无问题。"《壮族文学史》编写组据此考证出他是壮人,就算是汉化壮人也是壮人。关于其壮人家谱中提到祖先来自河北、山东等,广西曾经派专家组前往这些地方进行核实,一无所获。从目前的材料来看,可以暂且证明对郑献甫的考证是对的。郑献甫自称是"识字耕田夫""草衣山人",也含有是当地少数民族之意。对壮族另一位大诗人冯敏昌(1747—1806)族籍的考证,主要是他的家乡今钦州大寺镇一直是壮族聚居地,没有其他民族迁人,虽然其曾祖父就精通国学,是典型的书香之家,他的族籍为壮族也无疑问。

由于问题比较复杂,一些诗人的族籍至今也没有弄清。如唐代白居易,有著作认为他是龟兹后裔,至今未研究清楚。类似的考证实在太多了,今从略。

二、民族诗人生平事迹考证

少数民族诗人生平事迹的考证,也相当困难。毕竟大多数少数民族没有文字,也就没有古籍记载。汉文古籍的记载又往往很零碎,且多不雅之词,用之何忍?但这个工作也是写史的前提,必须解决。为此,各民族文学史编写组广泛披阅古籍,到民间进行田野调查,查阅族谱,也参考了民间传说,经过综合研究,终于大部分都解决了。以艾卜·奈斯尔·法拉比为例,他生活在唐末到五代期间,是喀喇汗王朝(850—1212)的大诗人。喀喇汗王朝是中国回鹘西迁后建立的地方政权,存在于公元850—1212年间,辖地广阔,东到今新疆中部,南到南疆且末、若羌,西达阿姆河,北至巴尔喀什湖。法拉比是出生于中亚锡尔河右岸阿尔泰的巴拉沙衮的突厥人,这一带当时是中国喀喇汗王朝的西域,突厥人的牧地。巴拉沙衮在汉文史籍中有"讹答剌""兀答剌儿""斡脱罗尔"等译法,曾经是喀喇汗王国的中心城市。他在家乡生活了三十年,广泛学习了各种知识,以后又先后到了巴格达和大马士革,学习阿拉伯文化,终成为饮誉我国西北和中亚、阿拉伯的学者。他虽然在阿拉伯生活了五十年,但爱国之情不减,始终穿民族服装。他能够用突厥文、波斯文、阿拉伯文、希腊文写作,但主要是用母语突厥文写作,以寄托怀念故国的情感。为了弄清他的事迹,专家们查阅了《西游录》《元朝秘史》《元史·太祖本纪》《乐师史》(维吾尔文献)《中亚突厥史十二讲》(俄罗斯文献)《阿拉伯音乐史》(阿拉伯文献)《音乐的西统》(日文)等众多中外史料,才弄清他不仅是大诗人,而且是学者、哲学家、文艺理论家、音乐家、语言学家、逻辑学家、自然科学家(数学、天文学、物理学、生物学)、医学家和思想家,被誉为百科全书式的学者和诗人。他一生写了三百部著作,流传下来的仍有一百多部。

对藏族诗人仓洋嘉措(1683—1706)生平的研究,曾经相当困难。仓洋嘉措是六世达赖喇嘛,他短暂的一生创作了许多精彩的诗歌(情歌),因之这些诗歌的有关内容被诬为有违反教规的"风流韵事"。正史称1706年仓洋嘉措被解往北京,逝世于青海湖滨。但蒙古喇嘛阿旺多吉所著的《仓洋嘉措秘史》等书,却有多种说法:一说他到青海扎西湖时以神通脱身,前往五台山修法;一说他被解送到青海时,皇上圣旨到,解者惧罪纵之。仓洋嘉措前往峨眉山,复经拉萨返山南被捉,又逃脱,远游尼泊尔和印度,辗转回到内蒙古,活动于青海和蒙古诸庙,1746年圆寂。十三世达赖喇嘛传纪载:"十三世达赖喇嘛到五台山朝佛时,曾亲自去仓洋嘉措闭关静修的寺庙参观。"说明仓洋嘉措实际没有逝于青海。

对于少数民族诗人创作思想的演化过程及其作品集,在朝廷有一定地位的比较容易搜集研究。如元代名臣余阙,他是西夏后裔,进士,官至监察御史,明刊其诗集为《青阳先生文集》,另收录《青阳先生文集序》三篇及《青阳山房记》一篇。《四库全书》有《青阳集》六卷,《元诗选》有《青阳集》一卷。余阙善诗文,人评"公文与诗皆超妙绝伦,书亦清劲"[①]。余阙崇信孔孟仁心仁政,认为儒家

---

① 明·宋濂:《芝园续集》。

学说近于尧舜,他因之"慨然忧国家之颠危,恻然闵生民之困悴"①,故其诗期望"耕夫缘南亩,士女各在行",欣赏"谋国不谋身"的杨沛。他抨击豪门贵族"皇皇九衢里,列第起朱门",并一度因不附权贵而弃官。类似余阙的中原少数民族诗人,如唐代的元结、元稹、刘禹锡等,也比较容易研究。但对于边疆多数少数民族古代诗人来说,就没有这么幸运。一般而言,他们既无权柄之利,也无财气之力,其诗难以付梓成集,多散于府志、县志或友人随笔之中,汇集起来比较困难。壮族诗人刘定逌(1720?—1806),广西武鸣县人,乾隆十二年进士,翰林院编修。因耿介,权贵侧目,愤而挂冠回乡,授徒终生,门徒甚众。能诗,才力不凡,被认为是壮乡"第一名流",幽默故事成本。著有《读书六字诀》《论语讲义》《刘灵溪诗稿》等多种著作和诗文集。但一介文人无权无财,诗文散失,仅存诗三十多首,散录于县志等古籍中,殊为可惜。传刘定逌赴京赶考,路过山东,鲁地文魁以上联讽之曰:"西鸟东飞满地凤凰难下足",他立刻回敬:"南麟北走群山虎豹尽低头",文魁惊异。壮族另一位诗人张鹏展(?—1841?),太常寺正卿,为官敢于弹劾污吏,受挤,引疾归田,授徒终生。有《兰音房诗草》《谷贻堂全集》《离骚经注》《读鉴释义》《女范》等诗文稿,尽散失,今在《上林县志》等古籍中搜集,得诗歌六十多首。1958年7月17日,少数民族文学史座谈会上定的先编写蒙古族、回族、藏族、维吾尔族、苗族、彝族、壮族、朝鲜族、哈萨克族、锡伯族、白族、傣族、纳西族等十三个民族文学史,其诗人生平事迹的研究,大都经过艰苦的过程。

---

① 王玉汝:《青阳先生文集序》。

三、古代民族诗人作品研究

要将古代民族诗人写入文学史,对他们诗歌的评介最为重要。这里涉及他们诗歌的创作次序、内容、分类、思想和艺术特色等等问题,这是民族诗歌史研究的核心。对中原比较著名的民族诗人的研究,如陶渊明、元结、元稹、刘禹锡、薛昂夫、贯云石、马祖常、迺贤、丁鹤年、纳兰性德等等,历史上研究比较多,可以参照。但现在要从民族诗歌的角度研究,就必须另辟蹊径,主要是研究他们的诗歌中的民族情结,探讨其与汉族诗人的不同之处。陶渊明的《闲情赋》,表达的是越人的浪漫多情。在元结的身上,"我们仍能感受到北方民族那种豪放直率性格的宣泄。'山下麕'不时还流露出狩猎民族的情结"①。刘禹锡"对当时少数民族的关注,表达了作为边缘文化人后裔对同类的自然感应和共鸣。他的诗文里还有对先祖业绩的回忆和自豪,有森林草原文化圈猎手牧人的直率激越,不时冒出与其祖先生活相关的'马思边草拳毛动,雕眄青云睡眼开''吹尽狂沙始到金'那样的诗句。"回顾这段研究历史,笔者曾经指出:"中原的少数民族诗人虽然经过几代,仍有蛮夷狄戎的情结,他们对事物的看法,是与中原汉族的诗人不完全相同的。刘禹锡与柳宗元关系的密切,是众所周知的,他们一起参与革新,一起遭贬,一起落难,世称'刘柳'。但他们到少数民族地区感受就不相同。"柳宗元被贬到广西柳州,什么都看着别扭,他在《柳州峒氓》中写道:"郡城南下接通津,异服殊音不可亲。"在其他一些诗中他把柳州形容得更可怕,说柳州的蟒蛇像横梁一样吓人。刘禹锡被贬到连州(今广东连山),他在《连州腊日观莫徭猎西山》中用一种赞赏的心态看莫徭围猎,溢美之情流于言

---

① 梁庭望:《中国诗歌通史·少数民族卷》,人民文学出版社,2012年版,第六章。

表。"显然他虽然生于中州,掌握了很高的汉文化,但边缘情结并没有泯灭"[①]。

在西北文化区,由于诗人的作品的题材多来自中亚和阿拉伯,所以必须研究长篇诗歌题材的来源、诗歌反映不同时代的社会情状、外来题材的民族化、作品的艺术特色等问题。如纳瓦依的长诗《莱丽和麦吉侬》,长7228行。经研究,长诗题材是公元七世纪阿拉伯的真实的爱情悲剧。情节说的是:部落首领女儿莱丽爱上小部落头人的儿子麦吉侬。莱丽父亲认为门不当、户不对,粗暴地进行干涉,极力反对,要将她嫁给纨绔子弟。最后这对情人双双殉情。纳瓦依用悼词形式写成此诗,用以抨击封建专制。二百多年后的1705年,维吾尔族诗人毛拉·法孜里又以此题材重新创作了同名长诗,但在细节上做了改动,如描绘麦吉侬为了能见到莱丽,扮成乞丐进入她的房间。莱丽去朝觐,麦吉侬扮作羊守候在她的闺房周围长达七年之久。在这里,诗人强调的是麦吉侬对爱情的执著。过了九十多年,诗人尼扎里(1776—1851)又一次创作同名长诗。诗人并没有简单重复前人的路径,而是重点挖掘这对情人内心世界所受到的折磨,用以猛烈抨击当时喀什噶尔血淋淋的扼杀爱情的现实,为那些因爱情而被投入监狱的青年发出怒吼。《莱丽和麦吉侬》这部长诗的题材,在西北文化区起码有近二十位诗人用过,反映了各个不同时代的现实。

在西南文化圈,对藏族诗人诗歌的研究,主要考察诗人及其作品与印度次大陆古代文化的关系。西藏对《诗镜》的翻译、研究、改编具有代表性。《诗镜》本是7世纪印度檀丁的著作,著名的诗歌论

[①] 梁庭望:《中国诗歌通史·少数民族卷》,人民文学出版社,2012年版,第六章。

著,13世纪初被贡噶坚赞介绍到西藏,并在其著作《萨迦格言》中加以运用。以后多次被西藏学者注释修订,按藏族民歌格律和创作习惯作大幅度的修改。16世纪后成为藏族的诗歌论著。17世纪五世达赖阿旺·洛桑嘉措的《诗镜释难妙音欢歌》具有代表性,成为藏族诗论的代表作。虽仍然名为《诗镜》,但内容已经与檀丁的作品有很大差别。例如,原《诗镜》将"内容"放在"形体"之中,藏化的《诗镜》认为不妥,将其分离成独立的命题。藏族《诗镜》以"内容"为生命,用"体裁"作躯体,以"修辞"做修饰,这就比较科学了。上世纪50、60年代,学者对《诗镜》做了深入的研究,肯定了"内容""体裁""修辞"三者的统一协调不可分离的理论。对《萨迦格言》《甘丹格言》《水树格言》等的研究,表明学者已经用新的观点来研究这些诗歌。一方面,这些诗歌都是宗教上层创作的作品,意在通过文学的渗透力来宣扬宗教教义。另一方面,其内容又吸取了藏族历史上许多优秀的民族传统,具有一定的普遍意义。

西南文化圈的白族、彝族等民族的作家诗,也得到了初步的研究。如《白族文学史》出版于1959年,涉及了南诏寻阁劝、赵叔达、杨奇鲲、段宗义,元明清的段福、段光、"孔雀胆诗"、杨黻、杨士云、杨南金、李崇阶、龚锡瑞、师范、李于阳、李元阳等众多诗人的作品,对他们的代表作做了评介。1942年,郭沫若创作了历史剧《孔雀胆》,反映的是元末镇守云南的梁王与大理总管的矛盾。梁王靠大理总管段功相助得滇,以女儿阿盖妻之。后梁王惧怕段功势力强大,阴令阿盖以孔雀胆鸩杀之,阿盖不从。段功终被梁王杀害,阿盖伤心不已。在这个过程中,段功和随从及阿盖都写了不少悲歌,极其感人。段功女儿出嫁,不忘父仇,写了两首别弟悲歌,中有"桂馥梅香不暂移"之句,暗嘱幼弟不忘杀父之仇。《白族文学史》评介她的两首别离诗:

"看似追忆往昔生活,抒发姐弟惜别之情,实则嘱咐勿忘父仇","充分揭示了梁、段之间世仇之深,反映了统治阶级内部矛盾和民族矛盾的历史事实,具有一定的认识意义。"①对杨黼于1450年立的白文《山花碑》,白族文学史中做了比较详细的分析,肯定其意义:"虽然是功德碑、墓志铭之类,但却是研究白族历史、语言、文学的重要资料,既可以补历史文献记载的不足,又可以进一步探讨白族语言的发展;在文学研究上,有些内容不仅有助于研究白族神话传说的发展,而其学习民歌体'七七七五'句式,也有助于探讨白族文学体裁的发展进程。"②对其他诗人的评价,都能够抓住各自特点。如评论李元阳(1498—1580)归隐诗:"有时是恬淡的,有时则相当苦闷","发泄对世事的感慨"。其诗"从艺术风格上讲,乐府诗遒劲有力,律诗工整流丽,绝句精巧有味,但总的特色是奔放明快。"师范(1751—1811)的诗关注民瘼,对饥民"朝采榆叶,暮剥榆皮,根如可食,掘已多时"的惨象,沉痛至极。其诗"各体皆备,内容甚广","明白晓易,质朴感人","描绘景物之作,极意刻画,开合自如"。赵辉璧(1787—?)是白族最早发表反帝爱国诗篇的诗人,故其诗"慷慨悲歌,激越苍凉","满怀愤激,爱憎分明"。这说明在上世纪50年代,《白族文学史》对古代诗人作品的研究,已经有了一定的深度③。

在华南文化区,为编写《壮族文学史》,编写组和有关学者也对古代壮族诗人的创作思想开始进行一些研究。1960年出版的《广西壮族文学》,还没有涉及近代以前的诗人,重点是太平天国将领的作

---

① 《白族文学史》(修订版),云南人民出版社,1983年版,第350页。
② 《白族文学史》(修订版),云南人民出版社,1983年版,第358页。
③ 《白族文学史》(修订版),云南人民出版社,1983年版,第三编第六章。

品。书中指出,近代壮族文学重点"反映人民历次革命起义的《金田起义》《黄鼎凤起义》《翼王派兵到我家》《推翻清王朝歌》等等,都深刻地反映了我国历史上太平天国革命至辛亥革命的伟大斗争。同属这类作品的,还有当时革命领袖的诗作,如石达开的《白龙洞题壁诗》、黄鼎凤的《杀他全家不留情》。"黄石等也写了一些诗。"上面这些太平天国时期革命将领的诗作,绝大多数是使用汉文写的旧体诗,和前面说的壮族民歌有差异。但值得注意的是这些旧体诗同样热情地歌颂了当时的农民革命运动,同样充溢着饱满的战斗精神。这些旧体诗和壮族民歌一样,都是壮族人民在革命斗争中所唱出的意气昂扬的战歌。"①

四、当代民族诗人作品研究

当代诗人诗歌的研究,上世纪50年代起到了促进的作用。新中国成立,各民族平等团结,诗兴骤增,老诗人焕发青春,青年诗人意气风发。1950年,哈萨克族青年诗人库尔班·阿里作为中国代表团成员参加在华沙举行的世界和平大会,非常兴奋,发表了热情洋溢的《从小毡房走向世界——毛泽东给我的权利》,自此一发而不可收。许多少数民族诗人当时都这样激情燃烧。

到"文革"之前,涌现出来的少数民族诗人主要有北方森林草原狩猎游牧文化圈的金哲(朝鲜族)、胡昭(满族)、铁依甫江(维吾尔族)、巴·布林贝赫(蒙古族)、纳·赛音朝克图(蒙古族)、柯岩(满族)、牛汉(蒙古族)、李旭(朝鲜族)、尼米希依提(维吾尔族)、高深(回族)、克里木·霍加(维吾尔族)、沙蕾(回族)、郭基南(锡伯族)、

---

① 《广西壮族文学》(初稿),广西人民出版社,1961年版。

马加(回族)、汪玉良(东乡族);西南高原农牧文化圈的饶阶巴桑(藏族)、晓雪(白族)、康朗英(傣族)、康朗甩(傣族)、木丽春(纳西族)、牛相奎(纳西族)、吴琪拉达(彝族)、波玉温(傣族)、伊丹才让(藏族)、张长(白族)、木斧(回族)、张文勋(白族);江南稻作文化圈的李志明(壮族)、苗延秀(侗族)、韦其麟(壮族)、汪承栋(土家族)、莎红(壮族)、黄青(壮族)、瑙尼(壮族)、潘俊岭(苗族)、包玉堂(仫佬族)等等。

上世纪50年代的中国诗坛,颂歌占了很大的分量。新中国建立,人民在历史上第一次抬头伸腰,当家做主人,他们满怀热情地建设新社会,一时激情燃烧,对党和领袖的歌颂诗篇喷涌而出。对这种现象,人们不必将其都套到"政治口号"的帽子上来批判。特别是少数民族,历史上除了"五族共和",55个少数民族中的51个是从来没有得到过承认的。新中国成立,这些民族才得到承认,在民族平等的祖国大家庭中享受到相应的政治权利,实现了民族区域自治。国家对少数民族的经济社会发展,给予了特别的扶持。所有的这些,都是前所未有的。这让少数民族格外激动,少数民族诗人情不自禁地唱起了颂歌。这些颂歌是发自内心的,可以说绝大部分都不是趋炎附势。《青海当代文学50年》的《新中国成立17年来的青海诗歌》有一段话具有代表性:"中华人民共和国的诞生,使得全国各族人民翻身解放,成为国家的主人,各族人民以一种高昂的斗志和激情投入到新的斗争和生活的激流中。从建国初期到50年代中期,我们党领导全国人民成功实施了第一个五年计划,取得了抗美援朝、土地改革以及社会主义改造和建设的伟大胜利。诗人们正是在这种积极昂扬的社会背景下,从胜利的喜悦中,从新旧社会对比的天翻地覆的巨大变化中充分感受着诗情,热情讴歌、赞美社会主义的伟大胜利,用无比华美的诗来赞颂新中国的成立。青海当代诗坛,也正是在这一良好的气氛下初创并迅速得到发展。""从内容上说以'颂歌'和'战歌'为主。""'颂歌'的出现,是当时时代的必然,它既是当时社会情绪的直接产物,也是新确立的诗歌观念对创作规范的合乎逻辑的结果。"①这段话所表达的其实也是其他民族地区少数民族作家的心声。至于那时诗歌的风格,该书指出:"诗歌风格由多元趋于单一,以豪放、粗犷为主,从而使诗歌的想象方式和象征体系发生了很大变化",由于政治流行语被普遍利用,"使诗歌把握世界的艺术方法比较单一,缺乏艺术多元的特点"。

  涉及具体的诗人及其作品,则根据不同的内容、形式、艺术特色等进行评价。青海藏传佛教著名高僧喜饶嘉措(1884—1968),新中国成立后任青海省副省长。1951年西藏和平解放,点燃了他的诗歌激情,他立即写了一首赞歌,赞颂"千光之主太空显笑容,扭转乾坤创造新世界,为瞻山王金色妙高峰,日夜奔波何辞辛劳哉!""嗟嗟而今赡部环球上,解放神旗飘扬呈神威,荡尽制造分裂彼鸱枭,全民放喉同声歌朝会晖。"这首对毛泽东和解放军赞颂的诗歌,人评"给人予真切、生动、形象的感觉。而整首诗写得气势飞动、波澜壮阔而又清新自然、韵味纯美,充分体现了大师豪放隽逸的艺术风格"②。在新中国脱颖而出的藏族诗人饶阶巴桑(1935—),解放前尝尽辛酸,一个姐姐投河自尽。1951年他参加了解放军,1956年发表了处女作《牧人的幻想》,刊登在《边疆文艺》后,《解放军文艺》和《人民文学》陆续转载,从此一发而不可收,成长为新中国最著名的藏族诗人。人

---

① 冯国寅:《青海当代文学50年》,青海人民出版社,1999年版,第105页。
② 冯国寅:《青海当代文学50年》,青海人民出版社,1999年版,第173页。

评"他的诗歌就像雅鲁藏布江的滚滚流水,一直翻腾着引人注目的浪花。"1960年,他出版了诗集《草原集》,这是中国当代第一本藏族诗歌集。人评其诗:"怀着翻身农奴的赤诚之心,热情地讴歌社会主义新生活。"[①]臧克家在《鲜果色初露——读诗散记》[②]中热情赞许:"这几年,诗坛上出现了一些新手……虽然头角初露,但已显示了他们的锋芒,如同向阳枝上露色的果子……这些作者当中,饶阶巴桑是最惹人注意的一个……他善于体会生活,从中发掘出诗意来。读他的诗毫无平庸干巴的感觉,总令人感到诗意浓郁、新鲜有味。他写得很细致、很委婉。像春天的泉水,涓涓地流着,带着清脆的声响,把人引到一个幽深的诗的境地。"这是对少数民族新成长起来诗人的热情褒奖。

白族诗人晓雪(1935—),上世纪50年代就崭露头角。1957年她发表了《苍洱诗组》,人评"这诗表达了青年诗人对社会主义祖国、对家乡的炽热感情。并以它的鲜明的地方特色,引起人们的注意"。此后她发表了二百多首诗,1977年集为《祖国的春天》出版。[③]张长(1938—)是一位多面手作家,既写诗歌也写散文和小说。1958年他的诗歌收入《红旗歌谣》;1960年,少数民族诗歌集《我握着毛主席的手》收入了他的《寄自西双版纳的诗》《公社的诗》《号角》《大理石》《从澜沧江眺望北京》《猎歌》等诗,同年出版诗歌散文集《澜沧江之歌》;1959年到1961年《解放军百期诗歌选》收入他的多篇作品。他的作品"从不同侧面反映了白族、傣族、僾尼族解放以来,在党的领

---

① 耕予方:《藏族当代文学》,中国藏学出版社,1994年版,第30页。
② 《诗刊》1961年6月号。
③ 《白族文学史》,云南人民出版社,1959年版。

导下,不断繁荣和进步,创造美好生活的光辉历程;歌颂了生活在基层的各民族普通劳动者,社会主义的新人;赞美了各兄弟民族的团结和友谊,和他们对人民子弟兵的鱼水之情",他的诗"对祖国西南边疆的秀丽河山,风土人情,精神面貌,都作了较生动的描绘,读起来亲切感人"。①

侗族诗人苗延秀(1918—1997),广西龙胜人。1942年赴延安鲁迅艺术学院学习。后回到家乡广西工作,任过广西省文学艺术界联合会副主席、中国作家协会广西分会副主席等职。苗延秀的诗歌代表作是1954年出版的长达五千多行长篇叙事诗《大苗山交响曲》,描写的是大苗山三百六十个寨子的苗族人民抗拒官府无度强征粮税的壮举,表现了少数民族人民反对封建压迫的英勇斗争。作品着力歌颂的苗族英雄兄当,他召集数百个苗寨的苗民,联合抵抗官府,打败了官兵,取得了胜利。作品叙述的故事和塑造的英雄,极富浪漫色彩;并多方面描绘了民族的生活风习,有着浓郁的民族特色。作品之所以获得好评,和他在延安所受到的教育而形成的诗歌理念有关。1954年新文艺出版社出版《大苗山交响曲》时,他在"前记"中说:"诗人不应奴隶似的追随在民间文学之后,而是应该当它的主人","把自己诗的构思,诗的形象和色彩有机地和民间文学融为一体,互相丰富起来",这样作品才有"独立的生命"。②

1949年以来,壮族较有成就的诗人有韦其麟、莎红、黄青、黄勇刹、古笛、农冠品等。韦其麟(1935—),广西横县人。1953年考入武汉大学中文系,毕业后主要在高校工作,任过中国作家协会副主席、

---

① 张文勋:《白族文学史》(修订版),云南人民出版社,1983年版,第513页。
② 王敏之等:《广西侗族文学评论集》,广西民族出版社,1991年版,第61页。

广西文联主席、广西作家协会主席等职。有长篇叙事诗《百鸟衣》（1956年）、《凤凰歌》（1964年）和叙事诗集《寻找太阳的母亲》（1984年）、散文诗集《童心集》（1987年）等出版。《百鸟衣》是其成名作和代表作，该诗取材于壮族羽衣型民间故事，情节是：壮族青年古卡还在娘胎时，父亲就给土司做苦工累死了，母亲含辛茹苦把他抚育长大成人。他在路上遇到一只大公鸡，因为大公鸡找不到主人，他便把公鸡带回家。三个月零两朝后，公鸡变成美丽的姑娘依娌，她做了古卡的妻子。古卡和依娌相亲相爱，但蛮横的土司却抢走了依娌。临走时，依娌叮嘱古卡去射一百只鸟，做成鸟羽衣，一百天后到土司衙门来找她。在土司衙门里，依娌以为婆婆守孝为由抗拒土司的威胁利诱。一百天后，古卡穿着"百鸟衣"来到土司衙门。愚蠢的土司要用锦袍换"百鸟衣"，古卡趁机将土司杀死，救出了依娌，双双去追寻幸福美好的生活。长诗发表后，深受读者和专家的好评，并被评为建国十周年优秀作品之一，还被翻译成英、俄、日等多国文字。《广西壮族文学》评论道："《百鸟衣》这首长诗以它的深刻的思想内容和艺术力量感动读者。在艺术表现上，诗成功地运用了人民大众所习用和喜闻乐见的语言，这种语言既朴素，又生动；既优美动听，又有鲜明的民族色彩。诗的幻想是丰富的，而这种幻想都是以现实生活为基础，在这个基础上加以夸张的描绘，使所描绘的人物和事件更加生动"、"更富于积极的社会意义"。[1]

韦其麟的长篇叙事诗善于吸取壮族民歌的营养，大量采用民歌的比兴、夸张、重叠等表现手法，通过朴素而生动、简洁而活泼的语言，形成明丽的诗的意境和浓郁的抒情气氛，有着较高的艺术价值。

---

[1] 《广西壮族文学》，广西人民出版社，1961年版，第349页。

从以上诸例可以看出,新中国成立后的 17 年,少数民族诗人受到了关注,对他们的作品的研究逐渐深入,这奠定了少数民族诗歌史的根基。但也必须指出,这些研究还比较分散,对少数民族诗歌的研究还没有整合,偏于微观,若要进行宏观研究则有待时日。17 年后的十年,诗歌创作停滞,研究也就跟着停滞。

第四章 民族诗歌研究的深入阶段

第一节 民族诗歌的大规模搜集翻译整理

一、搜集翻译整理

(一)搜集整理

1978年以后,民族文学田野调查、资料搜集与整理等方面,再次掀起高潮,展开不同形式的调查与整理,积累了丰硕的成果,为少数民族文学特别是少数民族诗歌的研究储备了厚重的材料。

1981年,中共中央责成国务院成立了国家古籍整理出版领导小组,并于当年9月下发文件,批准国家民族委员会少数民族古籍整理出版办公室起草国家民族委员会文件:《关于抢救整理少数民族古籍的指示》。此后,作为少数民族古籍一部分的少数民族文学资料的搜集整理紧锣密鼓地进行,特别是对少数民族地区民间传承的口头文学资料进行系统的搜集,其整理、翻译工作成绩巨大。各民族地区编印、出版的资料汗牛充栋,而普及、推广本更是数不胜数。其中以少数民族民间诗歌所占的比重最大。以广西地区为例,上世纪80年代广西壮族自治区少数民族古籍整理出版规划领导小组办公室成立后,大力推动了广西少数民族民间文学的双语对照的科学整理。主要成果有:壮族《布洛陀经诗译注》《嘹歌》(田东县)、《壮族民歌古籍集成·情歌(二)·欢㰧》《壮族麽经布洛陀影印译注》(八卷本)、瑶族《密洛陀古歌》(三卷本)、苗族《埋岩与埋岩词》《毛南族民歌》《广西侗族琵琶歌》《仫佬族古歌》《广西侗族款词 耶歌》《京族古歌》等等。这些成果,都是包括古壮字等原文,民族文字转写,国际音标标音,汉文直译(也称"字词对译"),汉文意译。不懂少数民族语言者,可以读国际音标标音和汉译,从中可以领略原汁原味的少数民族民间诗歌。

这时期也出版了多种民族文字版本和汉译本的民间长诗,如藏族史诗《格萨尔》、蒙古族史诗《江格尔》、柯尔克孜族史诗《玛纳斯》。仅《格萨尔》就录制艺人演唱磁带达 2200 盘,出版藏文版书籍 47 部。其他还有《阿诗玛》(彝族)、《创世纪》(纳西族)、《娥并与桑络》(傣族)、《壮族伦理道德长诗传扬歌译注》(壮族)、《指路经》(彝族)、《苗族古歌》(苗族)、《密洛陀》(瑶族)、《古谢经》(布依族)、鄂伦春族的《摩苏昆》、赫哲族的《伊玛堪》等等。而相对于闻名世界的国外史诗,如:《伊利亚特》(24 卷 15693 行)、《奥德赛》(24 卷 12000 行)、《罗摩衍那》(7 卷 4000 颂,双行诗 48000 行)、《摩诃婆罗多》(18 篇 107000 颂,214000 行),120 万行的史诗《格萨尔》是世界上当之无愧最长的史诗。从史诗的传承状态来看,中国少数民族史诗是活态口头叙事艺术。这是中华民族文学史上的光荣。

(二)三套集成

20 世纪 80 年代初,民间文学界的有识之士就提出编纂民间文学集成的建议。在 1984 年 4 月的中国民间文艺研究会(今称中国民间文艺家协会)第二届学术年会及工作会议上,正式决定编纂中国民间文学三套集成,即《中国民间故事集成》《中国歌谣集成》《中国谚语集成》。三套集成中有两套是民间诗歌。1984 年 5 月 28 日,由文化部、国家民族事务委员会和中国民间文艺研究会共同签发了《关于编辑出版〈中国民间故事集成〉〈中国歌谣集成〉〈中国谚语集成〉的通知》的文民字(84)808号文件。自此,我国文化史上史无前例的,规模最大、普查面最广、参加人数最多、成果最显著的一项伟大工程开始了。在这以后,1985年11月27日,中央宣传部发出了"转发民研会《关于编辑出版中国民间文学集成第二次工作会议纪要》的通知",要求各省、自治区、直辖市党委宣传部、人民政府文化厅、文联,要关心、支持并督促本地民间文学集成的编辑出版工作。1986年5月的第三次集成工作会议上,全国艺术科学规划领导小组组长周巍峙宣布,接纳民间文学三套集成与其他七套文艺集成志书并列为"十套文艺集成志书",向国家申报列入五年计划的重点科研项目,并得到批准。

中国民间文学三套集成包括:在全国范围内进行普查,广泛搜集各地区、各民族口头流传的民间文学作品;"五四"以来搜集、抄录和发表在出版物上的民间文学作品;少数民族典籍、经卷中的部分民间文学作品;流传在民间的民间文学抄本、坊间印本中的作品。入选作品必须符合科学性、全面性、代表性的原则,即它们必须是真正民间的,是忠实记录下的,附记资料齐全的,翻译忠实准确的;包括全国各地区、各民族的故事、歌谣、谚语的各种内容、形式、风格、类型等方面有代表性的,同一作品中最完整、最优秀、最有特色者。

据不完全统计,参加民间文学集成普查采录和编辑工作的人,达数十万之多。

民间文学三套集成的体例是分省立卷,共计九十余卷;每卷120万字(个别卷本240万字),共计1.1亿字,因此将民间文学三套集成称为"文化长城"是当之无愧的。三套集成工作取得了举世瞩目的成果。据1988年的一次不完全统计,全国共采录歌谣192万余首,谚语三百四十八万五千余条。为了很好地保存这些珍贵资料,全国各地开始编辑出版了"中国民间文学集成资料本",并陆续出版。到目前为止,已经见到的资料本有三千余种。

民间文学三套集成从1988年开始了省卷本的编纂工作,经过总编委会和有关省编委会一段时间的共同努力,三套集成从1990年起陆续出版了与少数民族有关的《中国谚语集成·宁夏卷》(1990年12月)、《中国歌谣集成·广西卷》(上、下)、浙江卷、西藏卷、海南卷、宁夏卷、湖南卷;《中国谚语集成》宁夏卷、湖北卷、浙江卷、湖南卷、广东卷、贵州卷等。

其中,少数民族文学材料在相关民族地区各种卷本中占有相当的比例,成绩巨大,闪耀着新中国民族政策的光辉。如西藏自治区民间文艺家协会于1987年承担编纂三套集成西藏卷的任务,全区五千多位民间文学工作者和群众文化工作者跑遍了西藏各地,完成了普查、搜集、编选、翻译和校审等工作,全书约385万字,收集了四百七十多篇故事,五万多行歌谣,二万多条谚语。目前这三套集成已经文化部终审合格并已先后刊印出版。

据统计,1984年至1990年,全国大约有二百多万人参与了该项工作,共搜集民间故事184万个,民间歌谣302万首,民间谚语748万条,资料总额可达4亿字。到1997年,县、区、市级资料本大约有3000卷。1996年以来,各地开始陆续出版省(市)、自治区卷。这些卷本印刷质量上乘,装潢精美,并附有照片、地图、专业术语词汇表和类型索引,对重要搜集者和讲述者还有简短的介绍。

(三)资料库建设

步入新世纪,中国少数民族文学资料库的建设方式与方法发生了极大的转变,从原来注重书面资料建设转为动态、立体、多元的建设,即向文字、图像、声音、实物综合、立体、多元化发展。其中有代表性的成果如下:

"中国少数民族文学研究资料库(一期)"(以下简称"资料库")由中国社会科学院民族文学研究所承担,于2000年9月立项,2005年12月完成。指导方针为:"保护为主、抢救第一、合理利用、传承发展",建库宗旨是"传承文明、弘扬文化、振兴学术"。该资料库在一批学者的艰辛努力下,已经取得了丰硕的成果。截至2005年12月底,该资料库容纳了史诗、神话、叙事诗、歌谣、传说、故事、民间戏剧、格言、谚语、谜语、祝词赞词、寓言,蒙古族的乌力格尔(本子故事的口头说唱)和好来宝、满族萨满神歌、彝族口头论辩词等口头文类,以及经籍文学、各类仪式、民俗实物、演唱活动、传承人访谈、民族史志、作家文学、学科人物、学术会议等二十多项资料类型,研究人员搜集到了大量珍贵的资料,撰写了26种、一百三十多万字的田野考察报告和研究报告;覆盖内蒙古、新疆、西藏、青海、甘肃、四川、广西、云南、贵州、黑龙江、吉林、辽宁、北京等13个省、自治区;涵盖蒙古族、藏族、满族、维吾尔族、哈萨克族、柯尔克孜族、锡伯族、塔吉克族、土族、门巴族、壮族、苗族、侗族、傣族、瑶族、彝族、纳西族、哈尼族、白族、黎族、傈僳族、鄂温克族、达斡尔族、赫哲族,以及云南的摩梭人等29个民族或支系;涉及的周边国家和地区有日本、韩国、蒙古国、巴基斯坦、吉尔吉斯斯坦、俄罗斯、布里亚特、卡尔梅克、图瓦等国家和地区。少数民族诗歌在其中占了很大的比重。十一类当中只有神话、传说、故事、寓言是散文体,其他都是韵文,而有的民族神话也是以韵文为主。

目前,"资料库"的二期建设工作已经全面启动。"资料库"二期项目的主要工作任务是：积极推进田野研究，抢救濒危的口头传统资料；建立数字化视音频资料存储管理系统；建立数字工作站；与民族地区合作建立"地方分库"。"资料库"二期建设将重点完成以下几个子项目：①柯尔克孜族《玛纳斯》艺人群体专库；②蒙古族艺人金巴扎木苏档案库；③彝族口头论辩词与史诗演述专库；④苗族仪式文学专库；⑤藏族《格萨尔》艺人桑珠档案库。

目前广西少数民族口头文学资料分库；新疆少数民族口头文学资料分库；贵州少数民族口头文学资料分库等"资料库地方分库"正在建设之中。

（四）田野研究基地

2003年以来，中国社会科学院民族文学研究所与西部民族地区展开合作，相继启动了内蒙古扎鲁特乌力格尔（本子故事的口头说唱）、青海果洛藏族史诗与口头传统、四川德格藏族史诗与藏戏表演、广西田阳壮族布洛陀文化与口头叙事、四川美姑彝族克智口头论辩与史诗演述、贵州黎平侗族大歌、新疆阿合奇柯尔克孜族史诗《玛纳斯》、新疆和布克赛尔蒙古族史诗《江格尔》、甘肃玛曲藏族史诗《格萨尔》等九个口头传统田野研究基地。这些基地涉及的主要是民间诗歌。建设者意识到，民间文化生态是一个复杂的系统，单纯的资料搜集只是完成了"样本采集"，若要科学阐释文化事项，则需要对其赖以依存的文化生态系统进行深入考察。由此，口头传统研究中心自2003年9月成立以来，开始积极推进"口头传统田野研究基地"的目标化建设，从选点计划、子项目论证、课题组人员构成、田野作业方法及五至十年的工作规划等方面，都提出了具体的操作规程。基本方略是：要求各子课题组成员坚持持续性、周期性的田野定点调查，以人为本地开展各民族代表性传承人的普查和重点跟踪，细致描绘某一文学传统的文化生态系统和变迁历程,从而将第一手田野资料有步骤地纳入"资料库",按专档建立起一套比较科学的数据库资源,进而通过"中国民族文学网"逐步实现网络化的传播。

"也就是说,在周期性田野作业的基础上,根据本土文化客观存在的历时性变异与地域性变异建立一个长期追踪的研究目标,进而有计划地进行数年乃至数十年的定点调查与现场研究。因此,从工作原理上讲,各基地都针对某一地区的口头传承做周期性的定点实地调查和跟踪回访,以期更全面地观察、记录、报告、翻译和阐释口头传统、地方知识与文化语境,进而为深入系统地研究本土文化、口头传统、民间智慧和民俗传承等非物质文化遗产拓展更广阔的学术空间。"①

(五)中国民族文学网

"中国民族文学网"是由中国社会科学院民族文学研究所于1999年8月创建的。数字网络工作室经过近两年的努力,已初步建成"中国民族文学网"。到目前为止,民族文学所的信息化建设已初见成效,三期系统升级与全面改版工作顺利完成,"中国民族文学网"新版系统也已正式上网运行。

民族文学网的建设历程,大致可分为三个发展阶段:(1)起步阶段(1999—2002):先后设立了以下三个分段实施的课题(一期):①"少数民族文学所网络建设"(1999—2000);②"少数民族文学研究所网站建设"(2000—2001);③"少数民族文学研究所网站的更新与维护"(2001—2002)。主页下有机构设置、重点课题、论著提要、科

---

① 梁庭望、汪立珍、尹晓琳:《中国民族文学研究60年》,中央民族大学出版社,2010年版,第三章。

研成果、学术刊物、教学培训、获奖作品、学术会议等8个栏目。(2)改造阶段(2002—2004)：根据2002年9月17日中国社会科学院网络中心关于选拔第二批试点单位动员会的精神,进一步调整、完善了网站建设的信息化规划,成立了数字网络工作室,确立了向着特色信息化发展的基本思路,并明确提出网页改版、更新与增容的具体方案(二期),以适应该所科研业务的发展和院网络信息化建设的要求。(3)转型阶段(2005年1月以来)：根据中国社会科学院"三库建设"(即成果库、期刊库、个人研究资料库)和"重整合、易检索"的技术目标,以及该所网站信息化建设的技术需求,进一步确立了"资料库/基地/网络"三位一体的循环建设思路,启动了新一轮的网站全面改造工作(三期),旨在通过动态网络建设的WEB技术手段,开发多重数据库系统,突破现行网站手工编辑、信息难以采集、人力不足等诸多局限,为各研究室、科研处、研究中心、科研人员、研究生和中国少数民族文学学会会员积极参与所网建设提供便捷、友好的工作平台,扩大该所学科建设和个人研究成果的社会影响,加快"中国民族文学网"的建设步伐。

"中国民族文学网"对传播少数民族诗歌,推动民族诗歌的研究,起到了重要的作用。

(六)中国少数民族文学馆

2007年5月30日在中央宣传部、中国作家协会、国家民族事务委员会、内蒙古自治区党委和政府有关领导的关心和支持下,我国首家中国少数民族文学馆奠基仪式在呼和浩特市内蒙古师范大学盛乐校区隆重举行。全国人民代表大会常委会原副委员长司马义·艾买提、副委员长布赫致信祝贺。全国人民代表大会常委、中国作家协会党组书记、副主席金炳华出席并讲话。中国少数民族文学馆占地面积 100 亩,建筑面积 5500 平方米,代表着 55 个少数民族。其中主要包括少数民族作家文库、作品展厅、500 平方米的少数民族文学历史长廊和当代少数民族文学展厅等。文学馆的设计别致新颖,楼房与园林浑然结合,建筑与环境融为一体。建筑采用现代风格,简约、朴素、典雅,是一座既有民族风格又有现代特点的文化氛围很浓的花园式建筑群。它为国内外热爱和献身我国少数民族文学事业的创作者和研究者提供了一个收集、珍藏、展示、教学、研究、交流和提高的平台,将成为我国首家专门研究少数民族作家和少数民族文学诗歌的基地。

与此同时,内蒙古大学也建立了蒙古族现代文学馆。该馆将全面搜集、整理、分类、编目和收藏蒙古族 20 世纪以来的文学作品、作家书稿、作家传略、出版物、民间手抄本和其他文学珍品,对蒙古族诗歌的研究将起到很大的促进作用。

二、文学资料的翻译

(一) 少数民族民间诗歌资料翻译

在当代中国,翻译整理少数民族民间诗歌时所采用的方法是:在将口头传承的内容翻译成书面形式的时候,要将其内容原汁原味地记录下来,仅对其中个别部分(必需的)进行加工,对其余的部分,无论在内容上还是在语言上,都要求尽可能地与原初资料保持一致。在这样的规定下,少数民族民间诗歌便有了两种不同的形式,即口传的民族语原初资料的记录稿以及翻译成汉语的文本形式的整理稿。这一时期少数民族民间诗歌翻译的原则、方法集中体现在民间文学三套集成工作中。1984 年 5 月 28 日,文化部、国家民族事务委员会、中国民间文艺研究会联合发布了开展搜集整理民间文学"三套集成"的第(84)808号文件,规定该项工作的目的是"让民间文学更好地为人民服务,在社会主义物质文明和精神文明建设中更好地发挥作用"。

为此,要求翻译者双语精通,尤其是,不但对所翻译民族诗歌的语言应有精深的研究,还必须了解该民族的社会生活和历史,深入到该民族生活的实践中,不能采取硬译、死译的方法,否则会使读者不知所云,翻译要认识到"文本化过程"的重要性。翻译本身出现在几种层面上,从口头开始到书面,或是到录像(同期声的字幕、解说词或画外音),或者从书面(少数民族文字)到书面(汉语或其他语言的书面语言),译者常常会受到不同的挑战。但最重要的是处理好翻译者的双语能力以及与翻译环境之间的关系。因为诗歌的表达与口语不同,它受到意境、表达习惯和韵律的制约,这就需要翻译者具备相应的能力。

(二)翻译人才培养计划

为培养翻译人才,2008年中国作家协会在云南省西双版纳州举办了全国少数民族文学翻译会议,来自全国的六十余名少数民族文学翻译家、作家出席会议。中国作家协会党组书记、副主席金炳华在会上作了题为《加强少数民族文学翻译交流工作,促进我国少数民族文学繁荣发展》的讲话,提出了当前和今后一个时期加强少数民族文学创作和翻译工作的10项举措:(1)高度重视少数民族母语创作和文学翻译工作。(2)加大对少数民族文学作品创作和翻译的扶持力度,每年选编少数民族文学作品选。(3)加快实施少数民族文学翻译工程,每年选编少数民族文学翻译作品选。(4)加强对少数民族文学作品的评奖、评论、评选工作。(5)进一步办好《民族文学》《文艺报·少数民族文学专版》和中国作家网少数民族文学专栏,加强对少数民族作家作品的研讨、宣传、介绍。(6)加大对少数民族文学创作、评论和翻译人才培养力度。(7)积极组织少数民族作家和翻译家到东部沿海地区和改革开放一线采访采风,进一步感受我国改革开放30年来社会主义现代化建设取得的伟大成就,激发创作灵感、积累创作素材。(8)在会员发展中注重吸收少数民族作家和翻译家,对符合入会条件的,要及时吸收他们加入中国作家协会。(9)积极开展少数民族文学对外交流工作,为少数民族作家、翻译家出访进行文学交流创造条件,把少数民族优秀作品列入当代中国百部文学精品译介工程。(10)加强与西部地区和少数民族省区作家协会的合作,以多种方式支持少数民族省区作家协会的工作,努力营造多出优秀人才、多出优秀作品的良好环境和氛围,不断促进少数民族文学创作和翻译工作。

由于各方面的努力,少数民族文学的翻译取得了硕果。以新疆为例,上世纪80年代以来,维吾尔族诗人赛福鼎·艾则孜、铁木尔·达瓦买提的诗歌翻译作品结集出版,成为这一时期"民译汉"诗歌作品的独特风景线。维译汉作品《喀什噶尔剪影》是维吾尔族当代诗人克里木·霍加创作的一组优秀诗篇,其中《萨拉姆,喀什噶尔!》《情人的手臂拥抱着她》《愿农家都有此光景……》《喀什噶尔河畔》《再见了,喀什噶尔!》等,由郝关中翻译成汉文;《阿·乌提库尔诗选》由狄力木拉提·泰来提翻译成汉文。这批诗作的汉译本为当代少数民族的翻译事业树立了典范。《民族作家》是新疆维吾尔自治区文学艺术界联合会、作家协会于1981年主办的专门翻译介绍新疆少数民族作家作品的汉语文学季刊,是新疆唯一的"民译汉"文学翻译刊物,目前已改版。2000年,民族出版社出版的诗歌选集《飞石》的汉译本,显示了后来居上的部分少数民族中青年文学翻译者的实力和活力。2001年,新疆人民出版社出版了张宏超的《纳瓦依格则勒诗选集》的汉译本。

尽管60年来少数民族作家文学翻译取得了一定的成就,但是相对于丰富的少数民族母语创作的文学来说,真正的专业翻译人才却是杯水车薪。近年由少数民族作家利用母语创作的文学作品逐年增多,并在国家级文学奖"骏马奖"评选中占有了一席之地,这标志着我国少数民族母语文学作品创作渐入佳境。然而,少数民族母语创作的文学翻译却与此存在一定的差距。为此中国作家协会鲁迅文学院举办了少数民族文学翻译高级培训班。2008年1月9日圆满结业的少数民族文学翻译家班,为期两个月,来自新疆、内蒙古、广西等地的12个民族的47名学员参加了此次研讨班。这些在本民族文学翻译领域有突出业绩的中青年翻译家,分别从事着各自民族语言的汉译工作。鲁迅文学院特意在课程设置、大型专题研讨和社会实践活动等方面进行了研究和精心准备。学习期间,学员们就繁荣少数民族文学母语创作和少数民族文学翻译现状进行深入探究,并在思想观念、文学素养、翻译水平等方面得到了不同程度的提升。

三、科学版本的诞生

在总结了上世纪17年民族文学研究工作的经验和教训之后,80年代以来,产生了科学版本。

对于用少数民族语言讲述的民间文学作品,最好用国际音标记录,这是最科学的记录方式。过去一些著名的语言学家如赵元任、李方桂、袁家骅、魏建功等人,都常用国际音标记录民间文学。按真正的科学版本要求,还是以用国际音标记音为最先进。马学良1988年在《贵州大学学报》第4期发表文章,提出搜集、整理、翻译少数民族文学作品时应该采取"四行翻译法"。对少数民族民间文学翻译不仅要忠实原意,还要忠实语言。只有在忠实语言的前提下,才能忠实原意。所以,搜集、记录少数民族民间文学时,先用国际音标记录语音,分析整理出一个音系,再根据所记录的语音拟定出一套拉丁字母的记音符号,最后用这套记音工具就可以得心应手地记录少数民族长篇诗歌和叙事诗了。"四行翻译法"指的是每一诗句都必须四行译注:

  第一行 少数民族语文原文
  第二行 国际音标注音
  第三行 逐字直译(对译)
  第四行 逐句意译

需要补充的是,有的民族有新老两种文字,如壮族就有古壮字和新壮文,在古壮字原文之下除了标国际音标,还要标新壮文。四行翻译法之下还要有比较详细的注释。这样,"四行翻译法"就变为"五行翻译法",即:

  第一行 少数民族语文原文
  第二行 国际音标标音
  第三行 该民族新文字转写
  第四行 逐字词对译
  第五行 逐句意译

这种翻译法不但翻译得真实,而且可以保留原文的艺术风格、语言特色和民族形式。用这种方法翻译出来的少数民族口头文学版本较具科学性。用这种方法译注的成果,主要有《汉族题材少数民族叙事诗译注》(五卷丛书,包括:壮族卷;壮族、仫佬族、毛南族卷;侗族、水族、苗族、白族卷；达斡尔族、锡伯族、满族卷；蒙古族卷）；壮族的《布洛陀经诗译注》《壮族麽经布洛陀影印译注》（十六开八卷本，532万字）《壮族伦理道德长诗传扬歌译注》《粤风·壮歌译注》《壮族民歌古籍集成·嘹歌》《壮族民歌古籍集成·欢樏》《平果壮族嘹歌》《壮族经诗译注》；苗族的《湘西苗族传统丧葬文化〈招魂词〉》《苗族祭仪"送猪"神辞》；蒙古族的《那仁汗胡布恩》《珠盖米吉德胡德尔阿尔泰汗》；毛南族的《毛南族民歌》；瑶族的《密洛陀古歌》；彝族的《彝文〈指路经〉译集》《那坡彝族开路经》；布依族的《古谢经》；《京族喃字史歌集》……这些科学本有的是三对照，但最主要的特点是都保留原文。这对于保留原汁原味的传统文学遗产有重要意义。

第二节　诗歌专题研究

一、史诗论

改革开放以来，传统民族民间诗歌的研究，最主要的成果是中国社会科学院民族文学研究所的史诗论——《中国史诗研究》。这套史诗研究包括《格萨尔论》《江格尔论》《玛纳斯论》《南方史诗论》《江格尔与蒙古族的宗教文化》《蒙古英雄史诗源流》六部大著作，是中国社会科学院民族文学研究所承担的国家"七五"社科重点项目"中国少数民族史诗研究"课题的终端成果，由内蒙古大学出版社于1999年到2001年连续出版。

《格萨尔论》，作者是降边嘉措，全书42万字，包括"《格萨尔》——一部令世界重新认识中国文学史的伟大史诗""《格萨尔》的流传演变及其研究情况概述""《格萨尔》产生的历史文化背景""藏文化的结构形态""体现藏民族精神标本的展览馆""古代藏民的图腾崇拜""托起雪域文化的根基""《格萨尔》所反映的巫术文化""藏族先民的社会理想和美好愿望""古代藏族的部落社会与部落意识""佛苯之争与《格萨尔》的发展""独具匠心的结构艺术""语言艺术的宝库""藏文文献中的《格萨尔》""格萨尔名字考""不朽的艺术典型""格萨尔——民族之神""人民诗人——《格萨尔》说唱家"等18章。

《江格尔》,作者仁钦道尔吉,全书33.4万字,分上下编,上编包括"话态史诗《江格尔》""演唱艺人江格尔奇""搜集、出版和研究"3篇;下编包括"文化源流""社会原型""形成时代""形成条件""发展与变异""情节结构的发展""人物形象的发展""语言艺术"等8篇。

《玛纳斯论》,作者郎樱,全书40.4万字,分上中下三编,上编包括"绪论""《玛纳斯》与柯尔克孜民族生活""《玛纳斯》的生成年代""《玛纳斯》的变异""《玛纳斯》的传承者——玛纳斯奇""听众——《玛纳斯》的生命"等6章;中编包括"《玛纳斯》人物论""《玛纳斯》的美学特征""《玛纳斯》的叙事结构""《玛纳斯》与柯尔克孜民间文学"等4章;下编包括"《玛纳斯》与突厥史诗""《玛纳斯》与东西方史诗""《玛纳斯》与宗教文化"等3章。

《南方史诗论》,作者刘亚虎,全书33.4万字,分为"形态篇""源流篇""本文篇""类型篇""形象篇""艺术篇""文化篇""比较篇""延续篇""百科篇"等10篇,涉及了壮族、彝族、苗族、傣族、纳西族、白族、拉祜族、佤族、阿昌族、毛南族等二十多个民族的史诗。结构完整,分章明确,脉络清晰,论述有致,是迄今唯一一部比较全面研究南方民族史诗的论著。

《蒙古英雄史诗源流》的作者是仁钦道尔吉,全书30.2万字。分上下两篇,上篇包括"绪论""总论""起源论""发展论";下编为

"文本论",共十二章,即:"巴尔虎单篇型史诗""巴尔虎串连复合型史诗""我国布里亚特英雄史诗""扎鲁特史诗""鄂尔多斯史诗""乌拉特咏史诗""青海和肃北的和硕史诗""新疆卫拉特单篇英雄史诗""新疆卫拉特婚事加征战型史诗""新疆卫拉特多次征战型史诗"(一)"新疆卫拉特多次征战型史诗"(二)"新疆卫拉特家庭斗争型史诗"。

《江格尔与蒙古族宗教文化》的作者是斯钦巴图,全书24.7万字。上篇包括"《江格尔》演唱之宗教民俗剖析""史诗与部落社会、宗教""祖先祭祀歌与《江格尔》序诗";中篇包括"《江格尔》与萨满教宇宙观""人物行动的萨满教原则";下篇仅"佛教对《江格尔》的影响与作用"一章。

关于上述史诗的共同特点,《中国民族文学研究60年》评论是:"首先是结构完整,虽然各部的篇章设计有所不同,但都囊括了史诗的历史文化背景、流传地区、篇章结构、思想内容、文化内涵、纵横关系、艺术特色、民族风格、研究状况、人文价值和社会影响等,是迄今研究三大史诗和南方民族史诗的内容最完整的著作,其触及几大史诗的方方面面,给人予结构严谨的概念。其次是宏观与微观相结合,整体而言,对每部史诗的总体把握比较全面和准确;而局部的微观研究相当深入,有的是带有结论性的创见。例如《玛纳斯论》中对该史诗产生和形成的历史,首先对诸家的研究成果给予肯定,而后指出其不足,再一一分析史诗萌芽的时代、发展的过程、形成的终端,这就比较令人信服。第三,无论是篇章结构安排或章节阐述的开展,大都做到井然有序,由此及彼,层次分明。例如《江格尔论》下编设计的'文化源流''社会原型''形成时代''形成条件''发展与变异''情节结构的发展''人物形象的发展''语言艺术'等8章,用语简洁,了了分明。第四点是最重要的,即初步建立了中国的史诗理论体系,归纳彰显中国的史诗系统,克服了中国史诗研究的弥散状态,奠定了中国的史诗学,对今后的史诗研究提供了范本。中国少数民族的史诗长度是世界之冠(《格萨尔》),数量也是世界之冠,蒙古族的大小诗史就有五百五十多部,各民族的史诗加起来数量惊人。要把这些诗史都研究透,还要经过许多代人的埋头苦干。在这一中国史诗的烟海里,人们定会发现中华各民族顽强的生命意识,在几大文明古国文化中唯有中华民族存在绵延不绝的密码。"[①]

二、古代诗人论

对古代诗人生平、创作思想、代表作品的研究,取得了丰硕的成果。对诗人群体的研究是辨析诗人族籍后顺理成章的成果。这里介绍几例:

《清代满族作家文学概论》,张菊玲著,1990 年出版,共 21 万字。该书为纳兰性德(即纳兰成德)立了专章,用"浓郁的人生忧患意识""苍凉悲壮的朔方诗词""凄婉缠绵的情词""心灵感应的友谊之歌""勇于创新的艺术思想"来概括纳兰性德的诗词生涯。之后对康熙、乾隆、鄂貌图、赛音布、塞尔赫、常安、文昭、高塞、岳端、博尔都、长海、恒仁、何浦、文明、和明、鄂容安、国柱、阿桂、得硕亭、图礮布、敦敏、敦诚、永忠、永奎、庆兰、铁保、阿克敦、英和、志锐、鹤侣、奕绘、西林春、宝廷、盛昱等几十个诗人的生平和诗词特色进行评介,使我们对满族上层入主中原后产生的诗人有一个总体的概念。

[①] 梁庭望、汪立珍、尹晓琳:《中国民族文学研究 60 年》,中央民族大学出版社,2010 年版,第 66—67 页。

《蒙汉文化交流侧面观——蒙古族汉文创作史》①，云峰著，1992年版，共35万字。该书研究了元代前期伯颜、郝天挺、泰不华、月鲁不花、聂镛、买闾，元代中期笃列图、铁木耳、察伋、鞑靼亚、达不花、完泽、童童、埜喇、不忽木、阿鲁威、孛罗、杨讷、杨景贤；清代的梦麟、博明、和瑛、法式善、托浑布、柏葰、色冷、奈曼、保安、牧可登、蒲松龄、松筠、那逊兰保、嵩贵、白衣保、博卿额、国柱、国栋；近代古拉萨兰、夔清、清瑞、柏春、贵成、裕谦、延清、贡桑诺尔布、花沙纳、恭钊、锡缜、瑞常、梁承光、倭仁；清末民初成多禄、恩泽、三多、凤凌；现代荣祥、梁漱溟等近六十人的诗作，其中为伯颜、阿鲁威、童童、杨景贤、梦麟、法式善、蒲松龄、柏春、延清、夔清、贵成等二十多个比较有名的诗人立了专节，对其诗歌做了专门的评介。为有争议的萨都剌也立了专节。

《走进中国回族》②，名誉主编马庆生，主编马玉祥，2012年版，共73.5万字。该书的第二篇、第三篇、第五篇评介了元代的萨都剌、马祖常、迺贤、泰不华、薛昂夫、王实甫、丁鹤年、丁野夫，明代的李贽、杨应奎、金大车、金大舆、闪继迪、闪仲俨，清代的马世俊、丁澎、孙鹏、马汝为、沙深、萨玉衡、萨察伦、改琦、李若虚、蒋湘南、丁渥恩、马宏遇、马迪元、马世焘、马中律、哈锐，现当代的赵之洵、冯福宽、高深、马德俊等三十多位诗人，对其中大部分都做了评介。当然其中一些诗人的族籍还有些争议。

《历代壮族文人诗选》，曾庆全编，1985年版，共29.7万字。该书收入唐代韦敬一，宋代覃庆元、韦旻，明代黄佐、岑方、李璧、邓矿、

---

① 云峰：《蒙汉文化交流侧面观——蒙古族汉文创作史》，天津古籍出版社，1992年版。

② 马玉祥主编：《走进中国回族》（上下册），中国大百科全书出版社，2012年版。

岑绍勋、梁大烈、石梦麟,清代张鸿翮、张鸿翶、刘新翰、农庚尧、章绍宗、廖位泊、刘定逌、黄昌、岑宜栋、覃颐、马延承、曾明、潘成章、黎建三、黎君弼、袁思明、童毓灵、唐昌龄、何家齐、余明道、滕问海、滕楫、陆小姑、张苗泉、张鹏展、黄体正、郑绍曾、赵克广、龙余三、莫震、韦天宝、张友斋、黄体元、黄彦坊、黄彦垍、郑献甫、韦继新、黄十、方滁山、韦丰华、覃海安、黎申产、黄君钜、凌应梧、凌应楠、凌应柏、谢兰、赵勷、黄焕中、蒙泉镜、韦陟云、韦麟阁、韦绣孟、赵荣正、赵荣章、韦敬端、黄敬椿、黄现琼、无名氏、岑润玉、蒙以尤、农实达、崔毓荃、曾鸿燊、陆钟麟、农嘉廪等76人,简介他们的生平,评介他们的代表作。这是壮族历史上第一本比较全面介绍历代诗人的著作。

类似的著作还很多,如《元诗选》《全金元词》《回族人物志》等都对少数民族诗人有所介绍,此处从略。

在介绍诗人群体时,对重点诗人也做了专门的研究,如对清代满族诗人的研究,《纳兰成德集》(上下册)①颇有新意。首先,收入的作品比较完备,本书依据《通志堂集》,增补搜佚词49阕,诗8首,文2篇,是比较完整的诗人别集。其次是做了比较详尽的注释,解释了用词、满族习俗、宫廷秘史等等,方便读者欣赏。三是前言对纳兰成德诗词的成就做了比较详尽的评价,并在书末附有墓志铭、纳兰年谱和《见仁见智任评诠》,评诠中包括"观堂激赏纳兰词""任公初倡广求索""经解鸿篇启论争""词集更名探蕴涵""纷纭百载汇诸家""浅深斟酌各陈词""饮水怡红辩异同""星影霜空咏纳兰"等八个方面,给读者理解诗人及其作品提供了指引。

《萨都剌考》,萨兆沩著作,北京燕山出版社1997年版,共25.4

---

① 康奉、李宏、张志主编:《纳兰成德集》,北京古籍出版社,2006年版。

万字。此书包括"萨都剌先世族属考辨""蒙古族化的色目诗人萨都剌""萨都剌客籍大都说""海子桥头萨氏诗""萨都剌的'飞奴'奔向何方?""萨都剌疑年十议""萨都剌编年纪事笺注"等七部分。本书的重点在族籍考辨和诗作评价。有关萨都剌的族籍,竟然有色目人、回回人、蒙古人、回纥人、维吾尔族人、回族人、汉族人七种说法,表明人们对萨都剌的器重。作者认为萨都剌是"蒙古化的色目人",说法勉强,笔者不敢苟同。但此书对萨都剌诗歌的整体评价是比较正确的,他认为虞集评其诗"最长于情,流丽清婉"(《清江集》序),"总感觉有所欠缺"。《元诗选》评"天锡诗有清气,不是一味秾丽,顾佳",偏于"清气",比较接近其风格。作者认为:"这位遍历大江南北,善剖析社会,敢直陈时政的现实主义诗人,还是明成化二十一年乙巳(1485)赵兰的评论:'其词气雄浑清雅,兴寄高远',更深刻地表达萨都剌诗作的特征。或者说,流丽清婉,最长于情;雄浑清雅,兴寄高远,这两个方面的统一,构成浪漫主义和现实主义的完美结合,是萨都剌诗作的本质特征。"这个评价是比较到位的。

《〈福乐智慧〉与维吾尔文化》,热依汗·卡德尔著,内蒙古人民出版社2003年版,共23万字。有关《福乐智慧》的研究,在新中国建立后兴起,有关专家还多次召开了学术讨论会,一次比一次深入。本书是研究著作当中比较新颖的一部。全书分为"发现《福乐智慧》""《福乐智慧》创作的时代背景""尤素福·哈斯·哈吉甫的矛盾人生""一脉相承的维吾尔文化改良""寻求幸福之路""净化民族的灵魂""《福乐智慧》与《庄子》""《福乐智慧》与古希腊文化""比喻与象征的艺术风格"等,比较全面地阐述了《福乐智慧》的真谛。由于历来对《福乐智慧》的研究多偏重于哲学、伦理、政治,对其艺术研究相对薄弱,故本书对其艺术部分的研究最有价值。本书认为,《福乐智慧》的审美价值有其特殊性,这特殊性来源于维吾尔族人的"感性文化和诗体语言",具有轻灵性和通达性特征。维吾尔族人追求安逸,追求精神自在和洒脱,这使尤素福·哈斯·哈吉甫将治国安邦这样严肃、庄重、沉重的主题,用轻灵的"启迪效应与象征的艺术风格",通过戏剧性的对话演绎出来,造成情感的外化。其效应特殊性体现在通过象征的艺术手法产生"启迪效应""诱导效应""净化效应"和"象征效应"。这使《福乐智慧》在维吾尔族的长诗系列之中独树一帜。①

《历史文化名人郑献甫论丛》,苏彩和、黄铮主编,广西人民出版社2005年版,共30万字。为广西象州县举办的"历史文化名人郑献甫研讨会"论文集,收入领导讲话、郑献甫简介、文论等43篇文章。本书诸文探讨了郑献甫的生平、人品学识、诗歌理论、诗歌内涵和艺术特色,以及他在对农民起义的认识上的局限。郑献甫的生平和人品在书中备受称赞的是两件事,一是中进士以后任刑部主事,对清廷的腐败强烈不满,仅14个月即挂冠南归,终身执教书院,再不与官方来往,并在诗中猛烈抨击朝廷贪官。二是第二次鸦片战争期间,英军入侵广州,诗人身陷其中,对帝国主义深恶痛恨,猛烈抨击同科进士广东总督叶名琛曲膝投降,致使洋人屠城。郑献甫是壮族诗歌大家,作诗三千多首,尚存二千八百多首,是近代岭南最大的诗人。书中对他的诗歌的内容归纳为"真实记录诗人的人生历程和志向","真实反映动荡不安、黑暗腐朽的社会现实","真实描述鸦片战争,抒发爱国激情","描绘农村风光,书写田园情绪",其风格"不汉不魏,不唐

---

① 热依汗·卡德尔:《〈福乐智慧〉与维吾尔文化》,内蒙古人民出版社,2003年版。

不宋,自成为小谷诗","杂体遒隽清疏,五律幽峭绣折,读者可味而得之"。惜"獭祭诗"多用典,出语大半需要注释,影响传播,不如其白体诗流畅。

类似研究还很多,仅有关纳兰性德的研究性著作就有中华书局2008年版的《饮水词笺校》、中国书店2009年版的《纳兰性德词》、华东师范大学出版社2008年版的《通志堂集》(点校)、社会科学出版社1997年版的《纳兰性德研究》、上海古籍出版社2004年版的《纳兰成德集》等。

三、现当代诗人论

改革开放以来,对现当代少数民族诗人及其作品探讨的著作蜂起,既有探讨著名诗人个人的专著,也有对少数民族诗人队伍做整体评论的著作。在整体探讨少数民族文学兼有诗歌的著作中,主要有马学良、梁庭望、李云忠的《中国少数民族文学比较研究》,李云忠的《中国少数民族现当代文学概论》,吴重阳的《中国现代少数民族文学概论》和《中国当代少数民族文学概观》,梁庭望和黄风显的《中国少数民族文学》,王保林的《中国少数民族现代文学》,李鸿然的《中国当代少数民族文学史论》;属于区域性的论著就更多了,如《青海当代文学50年》、耿予方的《藏族当代文学》、黄绍清的《壮族当代文学引论》、王敏之和郑继馨的《广西文学评论集》(5卷,即壮族上下卷,瑶族卷,侗族卷,苗族卷,毛南族、回族、京族、彝族、水族、仡佬族卷)……对诗人个体如纳·赛音朝克图、巴·布林贝赫、牛汉、韦其麟、金哲、饶阶巴桑、铁衣甫江、吉狄马加、南永前、栗原小荻、唐德亮等的评论就更多了。

在众多著作当中,李鸿然的《中国当代少数民族文学史论》具有代表性。此书分为上下卷,共130万字,云南教育出版社2004年版。第一编的第一章,作者对当代民族诗歌的崛起做了总体的论述,在"天边涌现灿烂的星群"中,列举了18个民族的诗人,其特点第一是"在思想内容上,这一时期诗歌注意政治事件,大多为欢乐的颂歌";第二是有大量优秀的抒情诗和叙事诗,表现"乡土情怀、民族情怀和爱国情怀";第三是风格异彩纷呈,"遍地风光,民族风情,不同的文化色彩、审美趣味和诗歌样式,为当时诗坛增添了秀色。""文化大革命中的'潜在写作'"举了牛汉、黄永玉等人为例,分析他们"潜在写作"的背景和特征。"文化大革命"后的这个阶段,作者用"七彩纷呈,八音交响"来概括。书中透露,到上世纪80年代末,民族诗人已经超过1000人。民族诗坛有四个特点,一是"内容和形式多样化";二是"理性色彩的强化",即"具有鲜明的思辨特征";三是"民族风格在较高的审美层次上展现";四是"'寻找自己'已成为普遍的艺术追求。"这些概括是比较到位的。

蒙古族诗歌一章,对纳·赛音朝克图誉为"当代蒙古族诗歌的奠基人",巴·布林贝赫是"心灵的追寻着",查干是"侍神的守护者",牛汉则"与诗相依为命",阿尔泰、萨仁图娅是共和国同龄人,对他们都做了专门的评述,同时列举了其他的17位诗人。

满族诗歌一章,启功被誉为"诗词大家",胡昭"用心灵感受人生",丁耶敢于"突破'叙人民之事'的模式",柯岩与贺敬之夫妇唱和。对"杰出的青年诗人巴音博罗"也给予特别关照。此外还列举了17位诗人的名字。

朝鲜族诗歌一章,为金哲、任晓远、金成辉、南永前、金学泉立了专节,他们或被誉为"战士诗人",或拥有"民族诗人,大地儿子"的桂冠,或是"故乡的一棵白杨",也有的"特立独行",各有风采。

回族、东乡族诗人一章给沙蕾、木斧、马瑞麟、高深、汪玉良立了专节。沙蕾"诗是号角,也是牧笛",木斧的诗是"爆着火花的诗",马瑞麟是"彩云之南的歌者",而高深在"寻找自己"。汪玉良是东乡族划时代的诗人,他不断从"从民间汲取诗情"。

土家族、苗族诗歌一章,将两个唇齿相依的民族的诗人联系在一起,为首的是杰出诗人黄永玉,将他的诗誉为"中国当代多民族诗坛的奇葩"。"从酉水到雅鲁藏布江"点明了汪承栋诗歌的演绎历程。石太瑞是与苗族民族风情结下不解之缘的"木叶诗人",而冉庄则是以自然本色来"表达真情和诗意"。

壮族诗歌一章,有"大气早成"的韦其麟、"才华横溢"的黄勇刹,"用生命歌吟"的莎红,"西部天宇黄昏星"瑁尼,以及"后生可畏"的黄成基和黄神彪。其他还提到韦杰三、高孤雁、李志明、曾平澜、黄青等,但不知为何漏掉了农冠品。本章浓墨重彩地赞誉韦其麟的诗作,确实,他在新中国壮族诗人群中堪获殊荣。

侗族、仫佬族诗歌一章,从延安归来的苗延秀,"追求军旅特色和南国情调的"柯原,"老凤雏凤声皆新"的包玉堂父子,收入的诗人虽然不多,但人人诗作厚重,本书赞誉有加。

傣族、纳西族诗歌一章,傣族的康朗英、康朗甩、波玉温是从一千三百多个歌手中脱颖而出的诗人,他们的作品带着传统的厚重和泥土的芬芳,异彩纷呈。他们的诗作是用傣文写成的。纳西族的木丽春和牛相奎以《玉龙第三国》饮誉诗坛。

白族诗歌收入的是"拥有云南的全部丰富和神奇"的晓雪,"优秀抒情诗人"张长,"气象不凡,立意高远"的影视诗剧诗人栗原小荻。晓雪作为白族最著名的当代诗人,论著中对他的评介不吝笔墨。拉祜族的诗人张克扎都时为警官,他的诗以"浓郁的民族风格、鲜明的地方特色和高尚的战士情怀"饮誉神州。

彝族诗歌一章,以"世界,请听我回答"而振聋发聩的吉狄马加领衔,他是"中国当代最杰出的彝族诗人和新时期最具代表性的少数民族诗人,也是今日中国诗坛上为数不多的具有世界眼光并向世界诗坛发言的诗人"。本书特别关注巴莫曲布嫫、阿卓玛玮两位女诗人,还提醒不要忘记奠基人吴琪拉达和替仆支不,此外还列举了四川、云南的倮伍拉且等28位年轻诗人。

藏族诗歌一章,开头便是"雪山之巅的雄鹰"饶阶巴桑,跟着的是"巍巍雪峰上吟啸的雪狮"伊丹才让,还有"凌空出世的藏族新生代诗人群"。在色波主编的四大卷《玛尼石藏地文丛》中的《前定的念珠》里,收有阿来等九位诗人的作品。

第十三章为维吾尔族的尼米希依提、铁衣甫江、克里木·霍加、铁木尔·达瓦买提、艾勒坎木、乌铁库尔和哈萨克族的库尔班·阿里、夏侃立了专节,他们各有炫目的桂冠,尼米希依提是"半个英烈",铁衣甫江是"具有不朽魅力的人民诗人",克里木·霍加"愿化为一滴春雨",铁木尔·达瓦买提为艺苑增添"爱的光焰",艾勒坎木"为时代而歌吟",乌铁库尔为诗"呕心沥血";库尔班·阿里从毡房走向世界,夏侃则做了"阿勒泰草原的骄子和画师"。

本书对少数民族当代诗歌的研究,对诗人的入选比较严谨,对作品的评价比较到位,重点突出。但由于篇幅所限,录入的诗人有限,有的民族的诗人未能列入。其他一些地方性或民族性的著作起到补充的作用,如《青海当代文学50年》本省藏族诗人评介桑热嘉措、才旦夏茸、端智嘉、岗迅、居·格桑、诺尔德、恰嘎·多杰才让、班果等三十多位诗人。蒙古族诗人评介了萨仁格日勒、齐·布仁巴雅尔、却苏仁、图格、齐·达来、卡米特尔等十多位诗人;人口仅9万的撒拉族评介了韩秋夫、马丁、翼人、韩文德4位诗人;土族评介了李宜晴、郝建青、师延智三位诗人。

1991年,王敏之等编辑出版了《广西壮族文学评论集》(上下集)《广西瑶族文学评论集》《广西侗族文学评论集》《广西苗族文学评论集》《广西毛南族、回族、京族、彝族、水族、仡佬族文学评论集》,推出了韦其麟、李志明、农冠品、莎红、侬易天、黄勇刹、黄青、古笛、韦文俊、韦志彪、何津、黄堃、黄灿、黄神彪、韦银芳、南雄等16位壮族诗人;莫义明、覃建谋、鲍夫、何德新等4位瑶族诗人;李荣贞、梁柯林、龙怡凡3位苗族诗人;苗延秀、杨通山、黄钟警3位侗族诗人;以及谭亚洲(毛南族)、替仆支不(彝族)、刘桂阳(满族)等,一共29位诗人,对他们的诗歌的民族情结和民族艺术风格,一一作了评介。

耿予方的《藏族当代文学》除了《中国当代少数民族文学史论》等已立专章,还为檫珠·阿旺洛桑、桑热嘉措、恰白·次旦平措、列美平措、伍金多吉、乔高才让等14人立了专节。对这些诗人的作品,书中评论道:"它是青藏高原社会主义革命和社会主义建设的沸腾生活在藏族人民心中的燃烧,代表着藏族人民的喜怒哀乐之情,迸发着时代前进汹涌澎湃的最强音。"

《壮族文学现代化的历程》,雷锐主编,民族出版社2008年版。该书在"新时期壮族诗歌发展简况扫描"中,连续评介了老一辈诗人韦其麟、农冠品、李志明、黄青、韦志彪、黄河清、莎红、古笛、罗宾、侬易天,年青诗人黄堃、蒙飞、农耘、梁文淑、覃展龙、黄承基、韦启文、黄琼柳、林万里、邓永隆、李甜芬,加上罗勋等一群新生代诗人,达到几十人之多。他们当中,有"反思派""寻根派""现代派""新反思派""后现代派"。社团和诗丛在广西也层出不穷,如《自行车》《现代诗》《扬子鳄》《漆》《南国诗丛》《广西青年诗丛》《繁花诗丛》《诗歌报》等,其中包括的诗人以壮族居多,出现了"本土化与现代化结合""个性化和生命意识的体现""对'家园'的反思"等艺术倾向。①

对诗人个人诗歌的评介就更多了。对老诗人的评介,人们已经很熟悉,这里仅举诗坛新星吉狄马加、南永前、唐德亮、栗原小荻为例。

吉狄马加(1961—),原名吉狄·略旦·马加拉格,四川凉山彝族自治州布拖县人。曾任凉山州文联主席、党组书记,四川省作家协会主席团副主席、党组副书记,后调北京任中国作家协会全国委员会书记处书记、《民族文学》主编,后为青海省副省长,是全国惟一的省级干部诗人。吉狄马加从上世纪70年代末就开始发表诗歌,至今已经出版诗集《初恋的歌》(1985)、《一个彝族人的梦想》(1989)、《罗马的太阳》(1991)、《吉狄马加诗选》(1992)、《吉狄马加诗选译》(1992)、《遗忘的词》(1998)等。他的部分诗歌已经先后被译为英、法、俄、日、西班牙、意大利文,是新中国成立以来最被国际关注的少数民族诗人。吉狄马加诗歌的特色,用三维结构来解释,首先是深厚的民族感情,浓郁的民族色彩,正如他在诗里所赞颂的:"我是这片土地用彝文写下的历史";第二是他善于选取时代的闪光点,并且具有世界的眼光,正如他在诗里所宣告的:"世界,请听我回答",世界果然听到他的回答;第三,在艺术上,他既继承彝族自举奢哲的《彝族诗文论》以来的彝族诗歌艺术传统,又吸取了中国自古以来名人韵士的高超手法,还吸收了包括南美魔幻主义的现代派特点,故而手法娴熟,意境飘忽而又优美,某些诗甚至有朦胧意味,耐人寻味。李鸿然将吉狄马加誉为"新时期最具代表性的少数

---

① 雷锐主编:《壮族文学现代化的历程》,民族出版社,2008年版,第六、七章。

民族诗人",名副其实。

朝鲜族诗人南永前的图腾诗,以其独特的题材和视觉引起文艺界的关注,先后有2003年、2006年两次研讨会论文集、《南永前图腾诗探论》《南永前图腾诗赏析》《南永前图腾诗研究》等多种研究文集面世。《南永前图腾诗学》,作者马明奎,时代文艺出版社2007年版,16万字。全书分为《南永前图腾诗古典诗学品格》《南永前图腾诗现代人文价值》《南永前图腾诗诗学创新》《南永前图腾诗体的确立》四章。作者认为,南永前的图腾诗通过图腾意象,一是"作为民族叙事的基本单元,他要回答民族的起源、文化的发祥,包括描述初民劳动生活、隐约社会历史事件等重大命题",二是"映现初民的巫术心理和神性观点,演绎本民族的文化精神和价值理念",三是"诉诸诗的形式,呈现该民族语言和艺术的最高智慧"。这几方面,正是南永前图腾诗引起关注的缘由,是上世纪后半期寻根思潮在诗歌领域的凸现。

栗原小荻(1964—),云南大理下关人。生母为大理白族人,族籍从母。童年不幸,"文化大革命"中父母离散,他随奶姆辗转到成都,又随养父母客居南充。初中未毕业便入工厂当学徒,后又在政府部门、市级广播电台和报纸供职。他学习不倦,思维敏锐,酷爱写诗,14岁便有上百行的抒情诗在中央人民广播电台配乐播送,堪称少年俊才。至今已经有《白马在门外》《背水历程》《疼痛》《血虹》等诗集及评论集《品格的较量》等出版。海内外几十家报刊对他进行评论,他的作品被译为英、日、法、德、俄、意大利、西班牙等十多种文字。栗原小荻的代表作,是独辟蹊径的影视诗剧《血虹》。《血虹》是一部将影视艺术与诗歌艺术结合的诗剧,为作者的首创。所有影视艺术元素都采用诗歌的方式来表现,全诗二千五百多行,通过大山的儿子达尔辘和大海的女儿苔阿媛两个具有象征意义的艺术形象的爱情故事,重新审视和梳理了东西方文化,意在"喻示人类文明最终战胜蒙昧,祥和最终代替恶斗,仁爱最终化解怨恨,良知最终超越物欲的美好生存境界"①。《血虹》作为先锋派诗歌名作,在艺术上首先是适应影视诗剧的特点,用简洁流畅的语言,以蒙太奇的手法,将人物的灵动和内心独白,宏观、微观场景的特写,众精灵的隐现,画外音,等等,有机地串联在一起,形成完整的诗剧。动静结合,今昔勾连,有独特的艺术魅力。难怪玛拉沁夫说:"栗原小荻的创造才情和曲婉而强劲的笔风,使我赞叹不已。"②其《品格的较量》语言犀利。

唐德亮(1958—),广东省连山壮族瑶族自治县人,瑶族诗人。广东现代作家研究会副会长,清远市作家协会主席,《清远日报》副总编。迄今已经发表了诗歌等文艺作品一千六百多篇(首),出版了《南方的橄榄树》《生命的颜色》《微笑的云》《苍野》《唐德亮短诗选》《深处》等诗集,以及散文集《心路漫漫》、短篇小说集《山寨》,是一位风格独特的诗人,其诗蕴涵深刻,耐人寻味。《唐德亮研究专集》③第一辑"关于唐德亮诗歌的研究"收入发表在《人民日报》《南方日报》《文艺报》等众多报刊中的73篇评论,说好评如潮不为过。晓雪读了他的诗,深情地:"这是来自瑶山深处,来自'山野孤屋',来自缺水少土、贫困艰苦的'石灰岩山区',来自瑶族人民悠久的历史、古老的神话、美丽的传说,丰富深厚的文化传统,

---

① 栗原小荻:《血虹·内容提要》。
② 罗庆春:《栗原小荻形象争鸣》,天马图书有限公司,2001年版。
③ 内蒙古大学中国少数民族作家研究中心:《唐德亮研究专集》,作家出版社,2008年版。

也来自一个当代瑶族青年诗人心灵深处的声音。"柯原评其诗:"以充满抒情的笔触,展示了瑶族人民丰富的想象和对自然环境的热爱,把普通的生活感受提升到一个高层次的诗美境界,这是一种劳动热情和美好理想的飞扬与升华。"梁庭望评述:"群山在诗人的诗行里,不再是岿然的静物,而是神话般奔跑。静物动态化的拟人化手法,抚平了这个民族奔跑的创伤。在新时代里,瑶族人也在奔跑,但已经不是为活着而从北山搬到南山,而是在现代化浪潮里,化作神骏奔驰。"①

类似上述对一个地区或一个民族的诗歌进行评论还很多,如玛拉沁夫、吉狄马加主编,王一之编选的《中国少数民族文学经典文库·诗歌卷》就收入了相当多的少数民族诗人诗歌,并有所评论。限于篇幅,只好从略。

第三节　学会诗歌史研究

新中国成立至今,全国成立少数民族文学学会团体多种,这些学会对促进中国少数民族诗歌史研究,多有贡献。

1. 中国少数民族文学学会

研究少数民族文学的群众性学术团体,属于国家一级学会。1979年6月在成都成立。目前有会员七百余人。学会的宗旨是团结中国少数民族文学研究工作者,开展科学研究,进行学术交流,促进少数民族文学的发展和繁荣。学会主持召开学术年会,和有关少数民族文学的专题学术讨论会。探讨少数民族文学发展的历史、现

---

① 梁庭望:《中国诗歌通史·少数民族卷》,人民文学出版社,2012年版。

状和趋势。编辑出版有《中国少数民族文学研究通讯》和理论丛书《少数民族文学论集》等。少数民族文学学会成立至今,代表会和学术会已历经七届:

第一届,1979年6月,四川成都。

第二届,1983年4月14日到22日,广西壮族自治区武鸣县。

第三届,1987年5月20日到25日,辽宁丹东。

第四届,1996年5月29日到31日,中南民族学院,"迈向21世纪的民族文学研究学术讨论会"。

第五届,2000年8月2日到4日,云南昆明,"中国少数民族文学的新世纪建设"。

第六届,2005年10月29日到30日,中央民族大学,"中国少数民族文学学科建设研讨会"。

第七届,2010年10月9日,广西大学,换届暨学术研讨会。

其他的学术会还很多,如近年就有:2009年8月15至17日,内蒙古民族大学,"中国民族文学60年学术研讨会"。2010年7月22日永定门金泰绿洲大酒店苗族文学研讨会。2010年8月7日海拉尔草原文学研讨会。2012年6月16日,兰州,民族文学学会学术研讨会……

这一系列研讨会,民族诗歌通常都成为核心议题之一,以2012年6月学会与西北民族大学文学院联办的民族文学研讨会为例,所提供的论文中,诗歌论36篇,小说论15篇,散文和戏剧极少,仅几篇,其他为一般理论探讨和民间故事传说研究,民族诗歌的研究占论文总数的49%,按体裁则占大多数。

中国社科院民族文学所《民族文学研究》编辑部发起的"多民族文学学术研讨会"已经进行了9届,每一届都涉及民族诗歌和诗歌史研究,成果丰硕。

中国少数民族作家学会,中国少数民族比较文学学会,江格尔研究会,侗族文学学会,中国当代少数民族作家文学学会,中国蒙古文学学会,国际格萨尔研究学会,壮族作家促进会等等,都对诗歌研究做了大量的工作。例如少数民族作家学会把分散在全国各地的少数民族诗人团结起来,使少数民族诗人有一种一体感,共同为促进少数民族诗歌的繁荣奋斗。江格尔研究会、侗族文学学会、格萨尔研究学会更是专门研究诗歌的。

第四节　少数民族文学刊物诗歌史研究

主要有《民族文学研究》《民族文学》《西藏文学》《三月三》(汉文版和壮文版)、《凉山文学》(彝文版)、云南的《山茶》《怒江》《边疆文学》,内蒙古自治区的《花的原野》《金钥匙》等众多民族地区文学刊物,是民族诗歌史研究的主要推动力量。《人民文学》《诗刊》等全国性的文学刊物,都对民族诗歌的研究给予关注。

在这些刊物当中,《民族文学研究》是主力,每期都有民族诗人的评介和作品的评论。有时还有意识地组织对某个重点作品的集群评估。翻开每期《民族文学研究》,诗歌研究几乎都是领衔,例如2011年第6期刊登的23篇论文中,竟有14篇是研究诗歌的。对粤剧《海棠花》的研究,也和诗歌有关,因其唱词都是诗歌。

《民族文学》虽然以刊登作品为主,但也常常刊登简洁的诗歌研究。2008年《民族文学》11—12期合刊编辑了《民族文学改革开放30年作品回顾展》,在十多位著名民族作家当中,吉狄马加、阿来、丹增、金哲、铁衣甫江、阿尔泰、买买提明·吾守尔、库尔班·阿里等诗人的精彩之作,展示了《民族文学》的辉煌成果和中国少数民族诗歌队伍的强劲实力。

内蒙古自治区文学刊物开展的"布和德力格尔、赛音巴雅尔作品研讨会""新时期蒙文文学学术讨论会""蒙古族当代四十年文学研讨会""新时期蒙文诗歌研讨会",都对蒙古族诗歌史产生了重要影响。《金钥匙》受到不少国外蒙古学专家学者的热情关注和评价,不仅在该刊物上刊登的一些学术论文引起国外学者的关注和评价,同时还有日本、德国、美国、前苏联、蒙古人民共和国等国家的学术团体、研究机构的专家学者给编辑部来信联系,要求学术交流或订购《金钥匙》,也有一些国外学者向编辑部投稿,要求通过刊物与自治区蒙古学界进行学术成果交流。1990年《金钥匙》曾获得中国当代文学学会的少数民族文学期刊"园丁"奖。

《西藏文学》1977年创刊以来,发表了小说、诗歌、散文、评论等文学作品,共3300来万字。据粗略统计,在《西藏文学》上发表作品的藏族知名作家有八十多位,汉族和其他民族的知名作家也有80多位,其中诗歌占了较大的比重。

广西《三月三》的"三月三歌圩"栏目,每期都刊登壮族民歌和仿壮歌作品,对壮族歌海的传承起着重要的作用。

除了期刊杂志外,还有汉文版和少数民族文字版的报纸,如《中国民族报》和《广西民族报》(壮文版和汉文版)等众多报纸,都关注民族诗歌研究。特别是国家级的报刊《中国民族报》,2001年1月创刊以来,其三大板块之一的民族要闻和理论版,都关注民族诗歌。国家民族事务委员会系统的民族出版社、《中国民族》、民族翻译局等单位,也都对推动少数民族文学的发展做出了贡献。

第五节 研究机构的诗歌史研究

从1949年至今,全国及各省、自治区、直辖市均设有社会科学研究专门机构"社会科学院"。其中国家级社会科学院从事少数民族文学研究的专门机构是中国社会科学院民族文学研究所(前身是中国社会科学院少数民族文学研究所),在全国省级社会科院系统中,设有少数民族文学研究所或从事少数民族文学研究的主要有内蒙古社会科学院、广西社会科学院、西藏社会科学院、新疆社会科学院、宁夏社会科学院、云南社会科学院、贵州社会科学院、青海社会科学院、黑龙江社会科学院等。这些社会科学院从不同的角度从事地方少数民族诗歌的研究,取得了重要的成果。

中国社会科学院民族文学研究所成立于1979年9月25日,现设有南方民族文学研究室、北方民族文学研究室、蒙古族文学研究室、藏族文学研究室、民族文学理论与当代民族文学研究室、《民族文学研究》编辑部、图书资料室、办公室等。自其创立之日起就以研究中国各民族的文学传统、文化传承及其在现当代文化语境中的文学创造力为主要使命,并力图为中国各民族文学的发展规律和中国民族文学的理论研究提供学理性的总结、反思与分析,探索并建立自身的学术研究基础和学术机制。为了实现这一宗旨,该所汇集了来自不同背景的少数民族学者和汉族学者,包括蒙、汉、藏、壮、苗、彝、白、维吾尔、柯尔克孜、满、达斡尔、朝鲜、傣等十余个民族,通晓一门或一门以上民族语言的专业人员约占五分之四,已形成一支具有相当实力和特长的少数民族文学研究的科研队伍。自建所以来,民族文学研究所先后承担了"中国少数民族史诗研究""《格萨尔》的搜集、整理与研究""《格萨尔》艺人演唱本""中国各民族文学关系研究"及组织"中国少数民族文学史(文学概况)丛书"编写等国家重大课题。目前,在诗歌研究领域,该所在中国少数民族史诗、中国各民族文学关系史、中国少数民族经籍文学研究方面,口传史诗的音像资料,史诗歌手档案,田野调查报告,史诗文本和史诗研究著述,处于国内领先地位,在国际学术界也有较大影响。中国少数民族文学学会(1979)、中国蒙古文学学会(1989)、中国维吾尔历史文化研究会(1996)、全国《格萨尔》工作领导小组办公室、中国少数民族妇女文学交流中心、中国少数民族萨满文化研究中心、口头传统研究中心均附设在该所。

各地研究机构如内蒙古社会科学院文学研究所、广西社会科学院文学艺术研究所和壮学中心、西藏社会科学院格萨尔研究、新疆社会科学院民族文学研究所、宁夏社会科学院文学所、云南省社会科学院民族文学研究所、青海省社会科学院文学研究所、贵州省社会科学院文化研究所、黑龙江省社会科学院文学所、吉林省社会科学院语言文学研究所、四川省社会科学院民族研究所、湖南省社会科学院文学研究所、海南省民族研究所、湖北省社会科学院楚文化研究所、湖北省社会科学院文学研究所、福建省社会科学院文学研究所等也都做出了贡献。

内蒙古社会科学院文学研究所"内蒙古民族民间文化遗产数据库"文字数据已经达到一亿字、图片数据3000幅、视频数据480部、音频数据1060部的设计规模,其中诗歌占了很大的比重。

广西社会科学院壮学中心承担的广西壮族自治区人民政府的《壮学丛书》,是壮族历史上规模最大的丛书系列,一共有六十多个项目。有的项目规模很大,如《壮族麽经布洛陀影印译注》为16开8

大卷本,五百三十多万字,格式为壮族民歌体。即将出版的《壮族师公经诗译注》要收入二百三十多部经诗,总字数要超过千万。已经出版的文学作品和文学理论有《壮族文学发展史》《壮族伦理道德长诗传扬歌译注》《〈粤风·壮歌〉译注》等。

西藏社会科学院有"西藏《格萨尔》研究中心"、自治区藏文古籍工作领导小组办公室等。《格萨尔》抢救办公室、贝叶经抢救领导小组办公室、六省区市藏文古籍工作家协会作领导小组办公室也设在该院。西藏《格萨尔》研究中心,主要从事藏族(包括西藏境内门巴、珞巴等其他少数民族)的历史、语言、文学、民俗等以及《格萨尔》史诗的抢救和研究工作,是西藏社会科学院传统学科研究和学术交流的重要平台。

新疆社会科学院民族文学研究所至今已完成的国家级课题主要有《阿拉伯——波斯文学阿鲁孜格律理论与我国突厥语古典文学的关系》《哈萨克族阿肯弹唱研究》《新疆当代少数民族文学研究》《卫拉特蒙古民俗与民间文学关系研究》等。出版学术专著、译著、论文集、作品集三十多部,发表的论文和各类文章约一千余篇。

云南省社会科学院民族文学研究所收集整理云南少数民族民间长诗26部。这些作品中,在国内学术界引起轰动的有傣族古代诗论《论傣族诗歌》《傣族古歌谣》《召树屯》《相勐》《嫡波冠》《宛娜帕丽》《云南彝族歌谣集成》等。

其他各所的成果也很多,兹不一一赘述。

第六节　高校诗歌史研究

在民族文学学科建设和人才培养当中,民族院校具有特殊的地位和作用。民族院校是指专门培养少数民族各级各类人才的高等学校,它包括三级:(1)中央级,即中央民族大学,她是民族院校的最高学府。(2)地区级民族大学,包括西北民族大学、西南民族大学、中南民族大学、东北民族大学、西北第二民族学院等5所高等学校。以上两个层次的民族院校属于国家民族事务委员会管理,通常称为国家民族事务委员会系统高校。(3)省区级高等学校,包括内蒙古民族大学、广西民族大学、青海民族大学、西藏民族学院、贵州民族大学、云南民族大学、湖北民族学院、四川民族学院。民族院校是特色非常鲜明的高等院校,在民族诗歌史的研究中举足轻重。

中央民族大学中国少数民族语言文学学科创建于1952年的语文系,到"文化大革命"之前,语文系先后开办了藏语班、彝语班、纳西语班、景颇语班、傈僳语班、拉祜语班、哈尼语班、壮语班、布依语班、傣语班、侗语班、水语班、黎语班、苗语班、瑶语班、蒙古语班、维吾尔语班、哈萨克语班、柯尔克孜语班、满语班、朝鲜语班、佤语班、高山语班、突厥语班等24个语言文学专业。对民族诗歌的研究,主要是七个方面:一是搜集了相当丰厚的民族诗歌材料;二是编写民族文学的讲义教材,其中必有民族诗歌章节;三是培养研究民族文学的硕士生和博士生;四是开设民族文学课程,如《中国文学史》《中国少数民族文学史》《中国少数民族韵体文学》《民族诗歌研究》等;五是利用学报和国内出版条件,出版研究民族诗歌的著作和刊登论文;六是翻译民歌和民族民间长诗,七是举办学术研讨会。

与民族文学有关的课程比较多,如朝鲜语言文学系开设了《朝鲜古典文学史》《朝鲜民间文学概论》《中国朝鲜族文学史》《朝鲜现代文学史》《朝鲜当代文学史》《朝鲜诗歌研究》《朝鲜小说研究》《朝鲜戏剧研究》《朝鲜文学今论》《朝鲜作家作者论》《中朝文学关系研究》《朝鲜语小说诗歌创作与实践》《文艺审美心理学》《影视文学创作与实践》《东方文学史》《现代西方文学思潮概论》《当代文学论文讲解》《文学批评方法论》等课程，形成了比较完整的学科体系。语言文学系的少数民族文学综合研究方向博士生的培养方案中，必修课的学位核心课程为《少数民族文学理论与方法》《中国少数民族文学史》《中国少数民族韵体文学》《中国少数民族散体文学》。选修课中的专业选修课为《少数民族戏剧文学》《少数民族比较文学》《原著选读》，又在公共必修课中设计了《学术前沿研究》作为机动，体系基本成型。其他课还有《壮族文学史》《壮族文学概论》《壮族文学艺术概论》《壮侗语族各族文学概论》《侗族文学》《侗族民间文学》《苗族文学》《瑶族文学》《彝族文学》《彝族古籍文献》《高山族文学》《白族文学》《哈尼族文学》《布依族文学》《傣族文学》《景颇族文学》，等等。蒙古族语言文学系开设了《蒙文写作》《蒙古族古代文学史》《蒙古族近代文学史》《蒙古族现当代文学史》《蒙古民间文学》《蒙古国现代文学史》《蒙古文献》《蒙古史诗研究》等课程，也比较完备。维吾尔语言文学系开设了《民间文学概论》《察哈台语维吾尔文学》《古代突厥语文献》《维吾尔文学概论》《维吾尔文学史》《当代维吾尔作家评论》《福乐智慧学》《维吾尔民间文学》《作品欣赏与创作》《纳瓦依作品研究概况》等课程。哈萨克语言文学系开设了《民间文学概论》《哈萨克语文学写作》《克鲁恰克文献选读》《察哈台哈萨克语文献》《古代突厥语文献及文献选读》《哈萨克文学概论》《哈萨克文学史》《哈萨克现代文学》《哈萨克民间文学》《突厥语民族叙事文学》《阿拜研究》《唐加勒克作品研究概况》等。藏学研究院开设有《藏族文学史》《藏族当代文学》《藏族诗歌》《藏族历史文献选读》《藏族文学赏析》等课程。总之，各专业先后开设的少数民族文学课程在一百门左右,目前正在开设的仍有近八十门,其中有一批部委级精品课程。

在此基础上,出版了系列相关著作和教材。主要有:《中国少数民族文学概论》《中国少数民族文学史》《中国少数民族文学比较研究》《中国少数民族文学》《少数民族文学》《中国少数民族民间文学概论》《中国民族民间文学》《中国现代少数民族文学概论》《中国当代少数民族文学概观》《中国少数民族古代近代作家文学概论》《中国少数民族现代当代作家文学概论》《中国诗歌通史·少数民族卷》等几十部著作或教材。另有《中国少数民族民间文学作品选》《中国少数民族古代近代文学作品选》《中国少数民族现代当代文学作品选》《20世纪中国少数民族文学百家评论》与之配套。在这些著作、教材和作品选中,诗歌占了重要的位置。

国内国际学术交流活动,如维吾尔语言文学系2008年成功举办了"纪念麻赫穆德·喀什噶里诞辰1000周年"的国际学术研讨会,阿拉伯和中亚许多学者与会。半个多世纪以来,该系先后有二十多人在美国、德国、日本、土耳其、奥地利、荷兰、埃及、伊拉克、俄罗斯、乌兹别克斯坦、哈萨克斯坦、吉尔吉斯斯坦、土库曼斯坦、阿塞拜疆等国家工作、讲学、访问、研究、进修、参加学术会议;同时邀请这些国家的学者来系进行学术访问或讲学。

地方民族院校中的西南民族大学、西北民族大学的蒙古语言文化学院、藏学学院、格萨尔研究院、中南民族大学、西藏民族学院、北方民族大学、东北民族大学、广西民族大学、云南民族大学、贵州民族大学、湖北民族大学、内蒙古民族大学、青海民族大学,也都对民族诗歌史研究做出贡献。如西北民族大学蒙古语言文化学院2002年开始有目的、有计划地集中精力,组织一批教授、专家,对西北蒙古族地区的史诗进行了初步的调查,在此基础上已撰写出版了《卫拉特〈格斯尔〉研究》《〈格斯尔〉西蒙古变异体研究》《阿拉善喀尔喀民歌研究》《卫拉特蒙古民歌研究》等十余部专著。还在国内外学术刊物上发表了数百篇学术论文。该校格萨尔研究院除了研究藏族《格萨尔》外,还广泛研究西北、西南地区的蒙古族、土族、裕固族、撒拉族、普米族、白族、纳西族、傈僳族等民族中流传的《格萨尔》,积极挖掘各相关民族的《格萨尔》文化资源,以"格萨尔学"研究和与《格萨尔》有关的中国少数民族历史文献学研究两大方向为重点突破口,取得了丰硕的研究成果。

其他高校如广西师范大学、内蒙古大学、内蒙古师范大学、延边大学、新疆大学、新疆师范大学、伊犁师范学院、宁夏大学等等,对民族诗歌的研究也积累了丰富的经验,有很多成果面世。如广西师范大学先后出版了《壮族文学史》《历代壮族文人诗选》《壮族文学发展史》《壮族当代文学引论》《壮族文学现代化的历程》等著作,对壮族诗歌研究做出了重大贡献。

地方综合院校的民族文学学科建设除了上述举出的八所院校之外,还有四川师范大学的中国少数民族文学硕士点、四川大学中国少数民族语言文学硕士点和博士点、陕西师范大学的中国少数民族文学比较研究的硕士点、暨南大学的中国现当代多民族文学及文化关系研究和中国南方少数民族语言研究以及中国古代多民族文学及文化关系研究的硕士研究方向、云南师范大学的民族文学研究和民族文化研究以及民族文献的硕士研究方向、苏州大学的中国少数民族文学研究的硕士点和博士点等等。目前已经有几十所高校设有硕士点或博士点;有五十多所高校开设少数民族文学课程或讲座。

第七节 民族诗歌史编写

一、族别民族文学史编写阶段

中国少数民族文学史的编写是新中国成立后一项巨大的文学工程,也是一项开天辟地的壮举。少数民族文学史的编写,经历了三个阶段:即单一民族文学史阶段;综合性民族文学史阶段;与汉文学史初步融合阶段。

少数民族文学史的编写工作在"文化大革命"期间全部停止了,直到1979年才得以恢复。是年2月由中国社会科学院文学研究所主持,在昆明召开了全国少数民族文学史编写工作座谈会,到会的有云南、贵州、四川、西藏、新疆、青海、甘肃、宁夏、内蒙古、黑龙江、吉林、广西、广东、湖南、福建等15个省区代表和国家民族事务委员会、中国民间文艺家协会、中央民族学院、人民文学出版社、上海文艺出版社、中国青年出版社等单位代表。会议决定解放思想,落实规划,迅速恢复和促进少数民族文学史的编写工作。1983年2月5日,中国社会科学院文学研究所向中共中央宣传部递交了一份重要的请示报告,将编写少数民族文学史、文学概况的任务交给少数民族文学研究所。该所迅速建立了编审委员会,主任委员刘魁立;委员有马学良、工平凡、贾芝、毛星、邓绍基、邓敏文(兼学术秘书)、田兵、关纪新等17人。

经过几十年的努力,中国亘古未有的各少数民族的文学史或文学概况,终于以新颖的面目呈现在国人和世界各国人民的面前,这是中国文学史上值得大书特书的盛事。这套包括55个少数民族的文学史、文学简史列表如下:

（一）东北文化区

序号	民族	书名	作者	出版机构	时间
1	朝鲜族	《中国朝鲜族文学史》	赵成日等	延边人民出版社	1990
2	满族	《满族文学史》（一）	赵志辉	沈阳出版社	1989
3	赫哲族	《赫哲族文学》	徐昌翰等	北方文艺出版社	1991
4	鄂伦春族	《鄂伦春族文学》	徐昌翰等	北方文艺出版社	1993
5	鄂温克族	《鄂温克族文学》	徐昌翰等	北方文艺出版社	1993

（二）内蒙古高原文化区

序号	民族	书名	作者	出版机构	时间
1	蒙古族	《蒙古族文学史》	荣苏赫等	内蒙古人民出版社	2000
2	蒙古族	《蒙古族文学史》	齐木道尔吉等	内蒙古人民出版社	1981
3	达斡尔族	《达斡尔族文学史略》	赛音塔娜、托娅	内蒙古大学出版社	1997
4	东乡族	《东乡族文学史》	马自祥	甘肃人民出版社	1994
5	土族	《土族文学史》	马光星	青海民族出版社	1999
6	保安族	《保安族文学史》	马克勋	甘肃人民出版社	1994

（三）西北文化区

序号	民族	书名	作者	出版机构	时间
1	维吾尔族	《维吾尔族文学史》	阿布都克里木·热合曼等	新疆大学出版社	1998

2	哈萨克族	《中国哈萨克文学史》(民语文献:哈萨克文)	新疆维吾尔自治区社会科学院民族文学研究所组织编写,贾合甫著	新疆人民出版社	2005
3	柯尔克孜族	《柯尔克孜文学史》(民族文献:柯尔克孜文)	新疆维吾尔自治区社会科学院民族文学研究所组织编写,马克来克·玉买尔拜·哈尔米什底根著	新疆人民出版社	2005
4	回族	《回族古代文学史》	张迎胜等	宁夏人民出版社	1988
5	乌孜别克族	《乌孜别克族文学史》	别克苏里坦等	新疆社会科学出版社	1987
6	裕固族	运作中			
7	俄罗斯族	运作中			
8	撒拉族	运作中			
9	塔塔尔族	运作中			
10	锡伯族	运作中			

(四)青藏高原文化区

序号	民族	书名	作者	出版机构	时间
1	藏族	《藏族文学史》	马学良等	四川民族出版社	1985
2	珞巴族	《珞巴族文学史》	于乃昌	西藏人民出版社	2001
3	门巴族	运作中			

(五) 四川盆地文化区

序号	民族	书名	作者	出版机构	时间
1	彝族	《彝族文学史》	李力等	四川民族出版社	1994
2	羌族	《羌族文学史》	李明等	四川民族出版社	1994

(六) 云贵高原文化区

序号	民族	书名	作者	出版机构	时间
1	白族	《白族文学史》	张文勋等	云南人民出版社	1983
2	纳西族	《纳西族文学史》	云南省民族民间文学丽江调查队	云南人民出版社	1960
3	傣族	《傣族文学史》	王松等	云南民族出版社	1988
4	哈尼族	《哈尼族文学史》	史军超	云南民族出版社	1998
5	苗族	《苗族文学史》	田兵等	贵州人民出版社	1981
6	傈僳族	《傈僳族文学简史》	左玉堂	云南民族出版社	1999
7	拉祜族	《拉祜族文学简史》	雷波等	云南民族出版社	1995
8	普米族	《普米族文学简史》	杨照辉等	云南民族出版社	1996
9	布朗族	《布朗族文学简史》	王国祥等	云南民族出版社	1995
10	阿昌族	《阿昌族文学简史》	攸延春等	云南民族出版社	1995
11	基诺族	《基诺族文学简史》	杜玉亭等	云南民族出版社	1996
12	怒族	《怒族文学简史》	运作中		
13	佤族	《佤族文学简史》	郭思九 尚仲豪	云南民族出版社	1999
14	德昂族	《德昂族文学简史》	云南省社会科学院民族文学研究所编	云南民族出版社	2002

| 15 | 仡佬族 | 《仡佬族文学史》 | 已完成初稿 | | |
| 16 | 景颇族 | 《景颇族文学史》 | 运作中 | | |

(七)长江中游文化区

| 1 | 土家族 | 《土家族文学史》 | 彭继宽等 | 湖南文艺出版社 | 1989 |

(八)闽台文化区

序号	民族	书名	作者	出版机构	时间
1	高山族	《高山族语言文学》	曾思奇	中央民族大学出版社	1988

(九)华南文化区

序号	民族	书名	作者	出版机构	时间
1	壮族	《壮族文学史》	周作秋等	广西人民出版社	2008
2	壮族	《壮族文学发展史》	覃德清等	广西人民出版社	2007
3	瑶族	《瑶族文学史》	农学冠等	广西人民出版社	2005
4	布依族	《布依族文学史》	王世清等	贵州人民出版社	1993
5	侗族	《侗族文学史》	王人位等	贵州民族出版社	1987
6	仫佬族	《仫佬族文学史》	龙殿宝等	广西教育出版社	1993
7	毛南族	《毛南族文学史》	蒙国荣等	广西人民出版社	1992
8	水族	《水族文学史》	范禹等	贵州人民出版社	1987
9	京族	《京族文学史》	苏维光等	广西教育出版社	1993
10	黎族	运作中			

这套涵盖55个少数民族文学的《中国少数民族文学史丛书》，是少数民族文学史编写的第一阶段的成果。上述单一民族文学史中，都把本民族诗歌史放在重要位置：例如《蒙古族文学史》[①]第一编远古文学第二章为萨满教祭词、神歌；第三章祝词、赞词；第四章民歌，第五章远古中短篇英雄史诗；第六章长篇英雄史诗《江格尔》；散体文学仅第一章神话和第七章民间故事。第二编中古文学（上）第一章历史文学《蒙古秘史》；第二章箴言、训谕诗；第三章叙事诗；第四章祝词、赞词；第五章民歌；第六章佛教文学（包括箴言诗和赞颂诗）；第七章汉文创作（除第五节杂剧创作，都是诗歌）。第三编中古文学（下）第一章金宫祭奠及祭词（祭词是主体）；第二章婚礼祝词；第三章那达慕祝词赞词；第四章民歌；第六章中古英雄史诗；第七章蒙古族长篇英雄史诗《格斯尔可汗传》；第十、十一、十二章佛教文学中的佛经跋诗、训谕诗、仪轨诗属韵体文学；第十四章为传统文人诗歌创作；第十六章为汉文诗歌。第四编近代文学第二章为诗歌；第六章有安代唱词一节；第七章祝词、赞词；第八章民歌；第九章民间叙事诗；第十二章汉文诗歌。第五编第一章诗歌；第四章赛春嘎诗歌；第五章民歌；第六章民间叙事诗；第七章民间讽刺诗和好来宝；第八、九章汉文创作有汉文诗歌和诗歌翻译。全书44章当中诗歌占31章，另有3章有部分节为诗歌。可见《蒙古族文学史》诗歌史占了绝对优势。

《维吾尔文学史》第一编第一章歌谣；第三章英雄史诗。第二编两章为佛教传说。第三编第六章《敕勒歌》；七、八章为碑铭文学。第四编第六章诗歌；第十二章回鹘诗歌。第五编第十三至十

[①] 荣苏赫等主编，内蒙古人民出版社，2000年版。

六章评介五位诗人。第六编第十七至二十章全是诗歌。第七编第二十一至二十七章全是诗歌。第八编第二十八至三十三章全是诗歌。在33章中，有28章是诗歌，故《维吾尔文学史》基本是诗歌史。

《壮族文学发展史》第一编先秦远古文学（？—前221）有古歌谣、布洛陀经诗、远古风习歌谣、《越人歌》四章诗歌。第二编上古乌浒俚僚时代（前221—1271）有史诗《莫一大王》、民间歌谣、抒情长诗、叙事长诗、壮欢、刘三姐山歌、汉文诗词7章。第三编中古俍壮时代（1271—1840）有民间长歌、嘹歌、欢㮏、《欢传扬》、民间歌谣、说唱文学、汉文诗词、冯敏昌、刘定逌和张鹏展、黄体正和黄体元10章。第四编近代布侬布僮时代（1840—1919）设有太平天国歌谣一节、中法战争歌谣一节、其他反帝反封建歌谣一节、民间长歌、汉文诗词、郑献甫、黄焕中五章零两节。第五编现代僮族时代（1919—1949）设有大革命歌谣和韦拔群山歌2节、土地革命时期歌谣和歌词2节、抗日战争歌谣一节、汉文诗歌。第六编壮族时代（1949—2000）设有民间歌谣和民间歌手一节；汉文诗歌、韦其麟、民间文学搜集整理（主要是民歌和民间长诗）、肖甘牛和侬易天、蓝鸿恩和黄勇刹、蒙光朝和农冠品等与诗歌有关的七章。诗歌占了较大的比重。

总之，各民族的文学史都对本民族诗歌的发展史做了研究、归纳和阐明，历史发展脉络清晰，使我们看到了各民族诗歌发展的风貌，为下一步的综合性文学史、诗歌史撰写奠定了根基。

二、综合性民族文学史编写阶段

族别民族文学史的成果是值得庆贺的，但是，不能够以此为满足，这是因为我国的民族关系密切，你中有我，我中有你，政治纽带、经济纽带、文化纽带和血缘纽带将各民族紧密地联系在一起，很难绝然分开。正如《〈中国少数民族文学史〉编辑出版说明》中所说的："各民族的文学在长期的共同发展过程中,互相影响、互相渗透、互相借鉴、互相推动。各民族文学异彩交辉、相融并进,使得中国文学具有历史悠远的、多元化的民族蕴涵和极为深厚、极为丰富的民族特色。"各民族的文学之间无法分开,因此,在编写单一民族文学史之后,综合性的民族文学史的写作自然提到日程。上世纪80年代初,便进入综合性的中国少数民族文学史文学概况编写阶段,先后出版了八九种著作,其中属于少数民族文学概论性质的有《中国现代少数民族文学概论》《中国当代少数民族文学概观》《中国少数民族文学概论》《中国少数民族现代文学》《中国少数民族文学》《中国少数民族民间文学概论》《中国少数民族古代近代作家文学概论》等。属于少数民族文学史的有《中国少数民族当代文学史》《中国当代少数民族文学史论》《中国少数民族文学编年史》《中国少数民族文学史》《中国少数民族诗歌史》等。

这些著作的特点是克服了族别文学史的局限,对中国55个少数民族做整体综合研究,其中诗歌是最大的比重。在历史上,少数民族的散文作品很少,小说是清代才开始产生的,而且在新中国成立前,绝大部分少数民族都没有小说,因此,包括民歌、民间长诗、作家诗、说唱文学、歌剧等的韵体文学在很长的时间里成了少数民族文学的主流。

20世纪80年代,吴重阳先后出版了《中国当代少数民族文学概观》(中央民族学院出版社1986年版)和《中国现代少数民族文学概论》(中央民族学院出版社1992年版)。两书的结构都是按文体分章,每章重点介绍几个有代表性的作家诗人,如《中国现代少数民族文学概论》第九、十章"苦难的呻吟与光明的追求",介绍七位诗人。

第十一章"爱国主义的激越歌唱",介绍三位诗人。第十二章"抗日救亡的战斗呐喊",介绍两位诗人。最后一章"人民军队和起义英雄的赞歌",介绍两部民间长诗和民间歌谣、传说、故事。

《中国少数民族民间文学概论》(赵志忠著,辽宁人民出版社,1997年版),是一部比较接近整体综合研究的著作,全书分为十二章。诗歌方面为英雄史诗、民歌、民间叙事诗、谚语与谜语、说唱文学,民间戏剧立了专章。这部著作的特点是对少数民族诗歌的各个元素(主要是体裁)进行整体的、综合的理论分析。在各种体裁的分析中,不是将各民族的文学拆开进行个案分析,而是从宏观上把握,从综合上分析,给人以整体的概念,在综合研究上前进了一步。

少数民族文学史的编写,目前只有《中国少数民族当代文学史》《中国当代少数民族文学史论》《中国少数民族文学编年史》《中国少数民族文学史》《中国少数民族诗歌史》等。其中只有《中国少数民族文学史》是比较全面的。真正的少数民族文学史,其他都是断代(现当代)史或体裁(诗歌)史。《中国少数民族诗歌史》是中南民族大学祝注先主编的第一部少数民族诗歌史,是国家民族事务委员会"八五"计划的一个项目,1994年由中央民族大学出版社出版。该书上启先秦,下迄清代,跨度二千多年,但不包括现当代诗歌。全书分第一编"文人书面诗歌",第二编"诗歌理论批评"。主要部分在第一编,按先秦、两汉、魏晋十六国、南北朝—隋、唐五代十国、宋辽夏金、元、明、清分列九章。第一章到第七章的内部结构,基本按历史顺序,附当朝重要的地方政权,例如唐五代十国设立了"初唐诗歌""盛唐诗歌""中晚唐诗歌""五代十国诗歌",后附"渤海诗歌""回纥诗歌""南诏诗歌""吐蕃诗歌",后面四节属于地方政权诗歌。明代则按民族和语族分节,即回族、壮族、苗族、土家族、彝族、纳西族、白族、突厥语族（维吾尔族、哈萨克族、柯尔克孜族、乌孜别克族四个民族诗人）、藏族分为九节，涉及12个民族。清代则完全按民族分节，有19个民族入选。理论部分按时代分为南北朝—隋唐、宋辽金元、明清—近代三章，各章之下按民族分节。本书的特点首先是历史的跨度比较大，按中央王朝更替的历史连续性安排章节，大体上能够反映出少数民族诗歌发展的历史，及其与中原历史演变的联系。每章的第一节为"概述"，简要地归纳该朝代的历史进程和少数民族诗歌状况，使读者了解该章所反映的朝代的历史背景，便于对诗人和作品进行探讨。再就是所选入的诗人及其作品，比较有代表性。通过对诗人的经历及其作品的评介，使读者得到比较具体的认识，有助于对作品的欣赏和剖析。不足的是，按中央王朝更替分章，反映不出少数民族诗歌独特的演化历史。又由于仅反映文人书面诗歌，下限止于清末，致使三十多个没有文字的少数民族无人入选，故而本书只是少数民族文人书面诗歌史。

李鸿然的《中国当代少数民族文学史论》，是近年重要的民族文学断代史论。《史论》的下卷第一编为诗歌，上文已评介，此处从略。

《中国少数民族文学史》由马学良、梁庭望、张公瑾主编，杨敏悦、王妙文、刘保元、邢莉、耿金声、黄凤显参编，梁庭望负责组织编写并统稿。1992年面世，2000年再版。曾先后获北京市社会科学优秀成果一等奖，国家民族事务委员会优秀教材一等奖、国家教育委员会社会科学优秀成果二等奖（代表国家级）。该书是迄今国内唯一的一部全方位的民族文学史，历史纵向从原始社会到上世纪末；横向包括所有的文体。全书分上中下三册，其前有马学良写的序和张公瑾写的导言，对少数民族文学的历史、内涵、特征、价值及其在中华文学中的地位进行了阐述，代表了本书的主导思想。该书的构架上文已述及,这里主要阐述其主要论点和所解决的问题。关于主导思想,从历史的角度来看,过去少数民族文学只有现当代断代史,不能完整地反映少数民族文学的演化历程,因此,作为首部《中国少数民族文学史》,必须纵贯古今,全程反映少数民族文学的发展史。从文学结构的角度看,既要充分反映少数民族民间文学的浩如烟海,又要反映少数民族作家文学的丰富多彩,两者不可偏废。在各民族文学的取舍上,既要反映其中的佼佼者,又要顾及各文化板块的平衡,尽量让所有少数民族都有作品入选,体现了民族平等团结的原则。

本书形成了以历史为经、以文体为纬的纵横网络结构,按此来演绎民族诗歌的发展史。结构以第一编为例:

第一编　原始社会时期民族文学

第二章　古歌谣

第一节　北方地区古歌谣

第二节　西北地区古歌谣

第三节　西南地区古歌谣

第四节　华南地区古歌谣

第五节　中东南古歌谣

以下各编的章、节均按此结构。涉及诗歌的还有:

第一编　第四章　史诗

第二编　奴隶社会时期民族文学

第二章　民间歌谣

第三章　民间长诗

第六章　书面文学(基本是诗)

第三编　封建社会时期民族文学

第二章　民间歌谣

第三章　民间长诗

第六章　说唱文学

第八章　诗歌

第十章　历史・宗教文学（散韵结合体）

第四编　半殖民地半封建社会时期民族文学

第二章　民间歌谣

第三章　民间长诗

第四章　说唱・戏剧文学

第五章　诗歌

第五编　新民主主义和社会主义时期民族文学

第二章　民歌

第三章　民间长诗

第四章　民间说唱・戏剧文学

第六章　诗歌

从以上结构可以看出，《中国少数民族文学史》基本涵盖了纵向的少数民族诗歌发展史，横向的各个社会发展史阶段的民族诗歌，民族之间比较平衡。

三、中国文学史融合阶段

综合性民族文学史编写到一定的阶段，必然要考虑少数民族文学与汉文学的关系问题。毕竟少数民族文学研究的最终目的，在于使少数民族文学在中华文学中的地位得到确认，在于使少数民族文学最终与汉文学融为一体,反映中国各民族的血肉相连,而不老是游离于中华文学之外。从上世纪90年代开始,汉文学与少数民族文学的关系问题,被提到日程。首先启动的是中国社会科学院文学研究所的《中华文学通史》,随后是中国社会科学院少数民族文学研究所的院级"九五"重点项目《中国南方民族文学关系史》,跟着是该所的《中国各民族文学关系研究》,三部著作将中华文学关系史的研究向前推进了一大步。2012年面世的由首都师范大学中国诗歌研究中心(实为教育部中国诗歌研究中心)组织研究编写的《中国诗歌通史》,包括《先秦卷》(李炳海著)、《汉代卷》(赵敏俐著)、《魏晋南北朝卷》(钱志熙著)、《唐五代卷》(吴相洲著)、《宋代卷》(韩经太主编)、《辽金元卷》(张晶主编)、《明代卷》(左东岭主编)、《清代卷》(王小舒著)、《现代卷》(王光明主编)、《当代卷》(吴思敬主编)、《少数民族卷》(梁庭望著)。后者是目前少数民族诗歌史研究的最高成就,其特点是将中原诗歌与少数民族诗歌贯通,11卷融为一体。一方面,汉文诗歌的各卷都包含有少数民族代表性诗人的诗歌,与汉族诗人诗歌融为一体;另一方面,由于1—10卷收入的少数民族诗歌有限,为比较全面展示少数民族诗歌的总体面貌,又另设《少数民族卷》,这就达到比较完美的融合。

《中华文学通史》由张炯、邓绍基、樊骏主编,1994年启动,1997年由华艺出版社出版。全书分10卷,500多万字,是新中国成立以来规模最大、涵盖最全的一部中国文学史。全书分为三编:"古代文学编"包括"先秦秦汉文学"16章,"魏晋南北朝文学"14章,"隋唐以前的少数民族文学"2章,"唐五代时期文学"21章,"宋辽金文学"21章,"元代文学"21章,明代文学32章,清代文学29章,总共156章。"近现代文学编"包括"近代文学"26章,现代文学27章,共53章。

"当代文学编"按文体分,包括儿童文学4章,诗歌17章,小说29章,戏剧8章,电影文学4章,散文11章,文学理论批评10章,总共83章。全书292章。这部长达10卷本的《中华文学通史》,其特点首先是有比较明确的指导思想。由张炯执笔的导言,注意到了中华文学结构的多元性和完整性,给这部大著作定下了如下的基调:"我国是世界上具有几千年连绵不断的丰富多彩文学传统的少数国家之一,历代我国文学的出色成就,都是构成中华民族的各兄弟民族所共同创造的。"其次,根据当时掌握的材料,在布局上尽量关照少数民族文学。少数民族文学单独安排了四十多章,还有几章是将汉文学和少数民族文学融合在一起的。其布局是:

第一卷　古代文学

先秦秦汉文学　(无少数民族文学)

魏晋南北朝文学

第四章　田园诗人陶渊明　(未注明溪人)

第十三章　十六国与北朝文学(上下)　(仅提到苻朗、孝文帝元宏、其弟元勰)

隋唐以前的少数民族文学

第一章　南方少数民族文学(上)

第三节　创世史诗

第四节　民间歌谣

第五节　祝咒经词

第六节　《越人歌》和《白狼王歌》

第二章　南方少数民族文学(下)　(全部是彝族经籍文学)

第二卷 古代文学

唐五代时期文学

第八章 大历、贞元时期的诗歌

第一节 元结与顾况(未注明民族)

第十章 白居易和新乐府运动

第四节 元稹的诗(未注明民族)

第十一章 唐中叶诗坛

第一节 刘禹锡(未注明民族)

第十六章 《巴协》

第十八章 南方少数民族文学

第三节 叙事长诗

第四节 南诏与岭南的文人文学

第五节 《彝诗九体论》

宋辽金文学

第十五章 辽和西夏文学

第十六章 金代文学

第十七章 早期蒙古族诗歌

第十八章 《福乐智慧》

第十九章 南方少数民族文学(上)

第二节 英雄史诗和迁徙史诗

第四节 民间诵词

第二十章 南方少数民族文学(中)

第一节 东巴文学

第二节 呗耄文学

第二十一章　南方少数民族文学(下)　(三节都是彝族诗学)

第三卷　古代文学

元代文学

第十一章　元代诗文(上)

　第二节　耶律楚材

第十二章　元代诗文(下)

　第三节　萨都刺、马祖常、余阙等西域作家

第十六章　蒙古族叙事诗

第十七章　《格萨尔》

第十八章　藏族格言

第十九章　突厥民族英雄史诗

第二十章　东巴经和大理诗歌

第二十一章　贝叶经

明代文学

第二十五章　《江格尔》

第二十六章　藏族史传文学和诗歌

第二十七章　维吾尔族诗歌

第二十八章　《玛纳斯》

第二十九章　哈萨克族长诗

第三十章　南方民间长诗

第三十一章　南方经籍文学

第三十二章　南方文人诗歌

第四卷　古代文学
清代文学
第三章　顺治、康熙时期的诗歌与散文（中）
第五章　《格斯尔可汗传》
第十二章　《颇罗鼐传》
第十三章　藏族作家文学
第一节　仓央嘉措情歌
第十八章　嘉庆、道光时期的诗歌和散文
第三节　铁保、英和、奕绘
第二十七章　清代南方少数民族文学（上）
第二节　民间歌谣
第四节　民间叙事诗
第二十九章　清代南方少数民族文学（下）
第一节　文人诗歌
第二节　彝族经籍学

第五卷　近现代文学
近代文学
第二十二章　蒙古族文学
第四节　文人诗作
第二十四章　满族文学
第二节　满族词人
第四节　子弟书
第二十五章　维吾尔族文学
第四节　古典诗词

第六卷　近现代文学

现代文学(上)　　无民族诗词

第七卷　近现代文学

现代文学(下)
第二十四章　北方少数民族的现代文学
第二十五章　南方少数民族的现代文学
(两章收入二十多个民族诗人及其诗歌)

从所安排的章节来看,编者是在努力扭转过去的《中国文学史》不重视或根本忽视少数民族文学存在的缺憾,凡是已经掌握了的少数民族文学材料,都尽量安排章节。表明本书的编委在写作过程中,已经在对待少数民族文学上有了共识。

当然,作为第一部这样的大部头,不可能一下子完美。总体上看,少数民族文学仍给人以打补丁之感,还有许多问题尚待研究。所收入的少数民族诗歌及其作品,还不平衡、不完整。历史演绎脉络不清晰连贯,比较零散。虽然有这些不足,但作为一部努力反映中华民族整体文学状况的大作,是应当肯定的。

《南方民族文学关系史》是中国社会科学院重点课题,1995年启动,2001年由民族出版社出版。本书的特点首先是按南方民族文学与汉文学关系演化的历史排列,全史凡三卷,上卷《先秦秦汉魏晋南北朝卷》(刘亚虎著),中卷《隋唐十国两宋卷》(邓敏文著),下卷《元明清卷》(罗汉田著),互相衔接,很有次序地展示南方文学关系的历史进程,时间跨度长达二千多年。上卷中与诗歌有关的是"文学艺术的起源与原始歌谣""《诗经》""屈原与楚辞""汉赋与其他诗歌""南方民族原始性史诗与英雄史诗雏形""魏晋南北朝诗文与诗论"等六章,都是文学关系当中不能回避的问题。中卷"隋唐十国两宋卷",设置了"南方各族的汉文创作""南方民族与南国诗风""宋词寻根""南诏大理国多民族文学关系""歌谣体系""史诗杂糅"等六章。下卷"元明清卷"包括"傣族民间文学与佛经文学的交流""南戏传奇在南方少数民族地区的流传""四大传说在南方少数民族地区的变异""中原文化与南方少数民族书面文学的关系"等四章。三卷书最有价值的部分是把汉文学对少数民族文化和少数民族文学的影响作了比较集中的阐述,其中有不少独到的见解。同时也论证了楚辞与南方各族的祭歌、巫舞、古歌和巫术的关系,指出:"楚辞所开创的中国诗歌浪漫主义在楚这块蛮夷之地形成,具有某种必然性和深远意义。它是中原地区已兴起的理性精神与楚地巫风相结合的产物,其中楚地诸民族的原始思维机制、原始文化氛围、原始艺术形式起了重要的作用",这个结论是正确的。

《中国诗歌通史·少数民族卷》,梁庭望著,89.4万字,教育部设在首都师范大学的中国诗歌研究中心国家社科基金项目,人民文学出版社2012年版。中国少数民族文学是历代少数民族人民创造的语言艺术,少数民族诗歌是少数民族文学重要的组成部分,其范畴的界定从属于少数民族文学的界定。本书的少数民族诗歌主要是作家诗,艺术造诣很高的民歌和民间长诗,蕴藏量很大,限于篇幅,仅能作重点介绍。

两千多年来,少数民族人民以自己的审美理想为先导,用自己的聪明才智,创作了大量的诗歌,篇章繁富,灿若群星。它们是少数民族文学园地的智慧之花,后起之秀,虽然晚于原始歌谣和神话,却有旺盛的生命力,愈往后愈纯熟强势,发展到现当代,已经成为少数民族韵体文学的主流。少数民族的诗人们已能舒卷自如,"吟咏之间,吐纳珠玉之声;眉睫之前,卷舒风云之色"。"诗人感物,联类不穷"。灼灼山花,浩浩林海,杲杲日出,瀌瀌雨声,茫茫草原,皑皑雪山,嗜嗜黄鸟,喓喓虫鸣,皆可成韵入诗,于是佳作迭出,美韵频传,积为诗的瀚海,为中华诗坛添色增辉。为了尽可能反映少数民族诗歌的全貌,《中国诗歌通史·少数民族卷》采用"中华文化板块结构"来建构其章节,目录如下:

绪论 ································· 19
第一章　古歌谣及其演化 ················ 36
　第一节　走进先人古歌谣 ················ 38
　第二节　古歌谣演化出作家诗 ············ 44
第二章　秦汉民族诗歌初发轫 ············ 50
　第一节　北方《黄鸟》与《人参》 ········ 52
　第二节　河西走廊失恃匈奴歌 ············ 53
　第三节　西南白狼王慕汉歌 ·············· 54
　第四节　江南巴歌刺郡守 ················ 56
第三章　两晋民族诗歌初勃发 ············ 58
　第一节　中原独步溪人陶渊明 ············ 59
　第二节　北方红颜薄命诗 ················ 63
　第三节　西南彝族文论诗 ················ 63
　第四节　南方越谣性纯真 ················ 64
第四章　十六国暮雨朝云多悲歌 ·········· 65
　第一节　中土悲歌心气犹壮 ·············· 66
　第二节　北国梁鼓角横吹曲 ·············· 68

第五章　南北朝隋民族诗奠基 ·············· 71
第一节　中原逐鹿悲歌频生 ·············· 72
第二节　《木兰辞》唱绝千古 ·············· 77
第三节　华南民族初萌汉文诗 ·············· 80

第六章　唐诗激发民族诗勃兴 ·············· 82
第一节　元刘领衔民族诗盛 ·············· 83
第二节　渤海领衔北方诗 ·············· 89
第三节　西北高昌回鹘开新篇 ·············· 91
第四节　西南民族首现作家诗 ·············· 97
第五节　华南摩崖汉文诗 ·············· 102

第七章　宋辽金夏汇诗雄 ·············· 110
第一节　身处中原不忘祖根 ·············· 113
第二节　辽金王族歌述怀 ·············· 115
第三节　西北民族文字诗涌现 ·············· 129
第四节　高原多民族文字诗 ·············· 140
第五节　南方长诗露峥嵘 ·············· 152

第八章　宗唐得古民族元诗盛 ·············· 156
第一节　蕴涵北国基因的中原民族诗 ·············· 158
第二节　风格豪爽粗犷北方诗 ·············· 171
第三节　西北长诗双灿烂 ·············· 179
第四节　西南叙事诗繁富 ·············· 187

第九章　明代各族诗歌初繁荣 ·············· 196
第一节　中原回回诗歌领衔 ·············· 197
第二节　北国英雄史诗群星灿烂 ·············· 201
第三节　沙漠绿洲作家长诗繁荣 ·············· 206

第四节　格式纷繁西南诗 ………………………… 219
第五节　均衡勃发南方诗 ………………………… 244

第十章　清代民族诗歌大繁荣 ………………………… 260
第一节　纳兰诗词光耀中华诗坛 ………………… 261
第二节　谪居落寞北方诗 ………………………… 287
第三节　抨击专制诗震天山 ……………………… 293
第四节　西南激荡孕育新诗篇 …………………… 302
第五节　南方民族汉文诗繁荣 …………………… 322

第十一章　近代诗歌风韵转型 ………………………… 359
第一节　中原韵士爱国情怀 ……………………… 362
第二节　北国文士抗疏声 ………………………… 368
第三节　西北诗坛百花争艳 ……………………… 373
第四节　西南诗歌心系民瘼 ……………………… 385
第五节　南方诗歌忧国忧民 ……………………… 390

第十二章　战斗风云孕育现代诗 ……………………… 401
第一节　抗日救亡中原诗雄 ……………………… 403
第二节　追求光明北方诗 ………………………… 406
第三节　西北血染瀚海诗 ………………………… 414
第四节　忧神州陆沉西南诗 ……………………… 421
第五节　南方革命壮怀诗篇 ……………………… 425

第十三章　神州诗潮引领当代民族诗 ………………… 438
第一节　步韵中州诗潮涌新篇 …………………… 442
第二节　北方森林草原赞歌 ……………………… 449
第三节　天山南北新旋律 ………………………… 463
第四节　颂歌绽放在西南高原 …………………… 481

第五节　南方诗歌汇成交响曲 …………………… 507

后记 …………………………………………… 544

从以上的章节结构可以看出,《中国诗歌通史·少数民族卷》有以下特点:首先,从纵向上看,本书上起于原始诗歌的萌芽,收入了狩猎采集时代部分原始歌谣,反映了少数民族诗歌发轫的初始状态;下止于2010年,真正的贯通古今。读者可以从中领略到少数民族诗歌演化的整个历史,发现民族诗歌从稚嫩到繁荣的面貌,了解人类前进的步伐,窥测未来的走向。

二是在横向上,采用中华文化四大板块结构,既可以使读者对中国文学的布局有一个宏观的鸟瞰视角,图谱清晰;又照顾到了各个文化圈、文化区的各族诗歌,避免各文化圈、文化区之间失去平衡,做到相对的均衡。为了让不易读到民族诗歌作品的读者能够领略到各民族的诗歌珍品,本书尽量多收作品,突出史的分量,论述尽量简洁,用概括的、有针对性的简短语言对诗人及其作品进行评介,以便让出篇幅,增加作品容量。用板块结构做布局,还有利于不同文化圈和文化区之间的文学作对比,这样又引入了比较文学,有利于把握各文化圈和文化区的文学特点。从以上结构看,《中国诗歌通史·少数民族卷》在每编之下是按朝代分章的。每章之下按板块(地区)分节,每节有综述,而后对该地区少数民族的诗人诗歌逐一评介。凡是能够确定的稍有成就的少数民族诗人,均予评介,以便显示少数民族诗歌的总体面貌。

三是探索到了少数民族诗歌发展的历程,大抵分为四个阶段:

(一)第一为先秦诗歌。先秦,中原华夏的诗歌已经取得了辉煌的成就,《诗经》以降,以屈原为代表的楚辞诸家,将先秦诗歌推到中国诗歌史上的第一次巅峰。而周边狄夷蛮戎由于社会发展的水平所限,诗歌尚处于萌芽阶段,从留下的少量作品来看,主要是民间诗人的即兴创作。但留下的原始歌谣特点鲜明,极其珍贵。原始歌谣和民间诗人的即兴之作,构成了这一时期民族诗歌的旋律,是远古诗歌发展到高峰期的象征。

(二)第二为古代诗歌。古代诗歌是少数民族诗歌真正的产生和发展时期,从萌发到高峰,经历了奠基期、发展期、繁荣期三个阶段。(1)奠基期:从秦汉到隋。这时期的特点是,"原始歌谣向民间歌谣演化,格式开始形成,民间长诗萌发,有的民族(如彝族)甚至出现了比较系统的民间诗歌理论。最重要的变化是产生了汉文诗歌,东晋时期,氐羌人、鲜卑人、匈奴后裔、东胡人相继挺进中原,建立政权,十六国里有十三国是他们建立的,这就是氐羌羯人建立的成汉、后秦、后赵、前秦、后凉;鲜卑人所建的前燕、后燕、南凉、南燕、西燕、西秦;匈奴人所建的北凉、前赵等。后来鲜卑人还建立了北魏和北齐,东胡人建立了北周。这些少数民族上层入主中原以后,出于统治的需要,学习汉语汉文,渐谙汉文化。一些人掌握了汉文诗歌的格式,创作了不少反映政权频繁更替、宫廷内部勾心斗角的诗歌,为少数民族的作家诗奠定了基础。"①(2)发展期:从唐到元。"唐宋元时期,朝廷开始在部分少数民族地区设立府州县学,以科举选拔人才,汉文教育得以发展。与此同时,藏族、维吾尔族、蒙古族等创造了自己的民族文字,开始用于诗歌创作。党项、壮等民族还借用汉字的偏旁部首,创造了属于汉字文化圈的民族文字,同时相应的也产生了民族文字诗歌。虽然古壮字、彝文、纳西族东巴文还不是通用的民族文

---

① 梁庭望:《中国诗歌通史·少数民族卷》绪论,人民文学出版社,2012年版。

字,主要用于原生型民间宗教经书的记录或创作,但这些韵文经书也是各族诗歌的重要组成部分。有了文字的条件,外加达到高峰的汉文诗歌的强烈辐射,使少数民族诗歌进入了它的发展期,产生了一批著名的诗人和相当数量的作品。""与此同时,民间长诗也有了长足的发展,产生了《乌古斯汗的传说》《鲁般鲁饶》《召树屯》《兰嘎西贺》《艾尔托什吐克》等长诗。"①(3)繁荣期:从明到清(1840年)。"明清时期,汉族诗词走向衰落,中华文学的主航道以小说为劲流,古典小说、言情小说、公案小说崛起,佳作迭出,中华主体文学进入了它辉煌的新阶段。但少数民族文学并没有简单地跟随主流文学运动,而是按自己的运动轨迹,从发展期诗歌的平台上再上新台阶,达到古代诗歌的繁荣期。诗是诗人智慧的光环,心潮澎湃的浪花,没有诗人便没有诗。在府州县学所铺设的科举道路上,出现了一大批民族诗人,形成了庞大的队伍。据不完全统计,仅壮、侗语族各族就有一百多人。入主中原的满族上层,从皇帝到大臣及地方各级官员,无不能诗。在这个队伍里,有一家祖孙几代都是诗人,更有家族诗人群体,并出现了类乎诗社的组织。诗作大量涌现,据云:仅乾隆一人就有十万首之多,虽则大多是奉旨代笔,但也够惊人的了。在这个基础上,汇成了许多诗集,这是过去少有的景象。从实质上看,这些诗歌作品在技艺上有了长足的进步,无论是民族文字作品抑或汉文作品,都直逼中州,像纳兰性德这样'北宋以来,一人而已'的大家,不是孤例。民间诗歌也达到历史上的顶峰,其标志是各民族歌海形成,歌场蜂起,歌手、歌师、歌王辈出,民歌像灿烂的山花,开遍边陲。长诗大量涌现,一个民族几百部、上千部不在少数,其中包括以汉族题材创

---

① 梁庭望:《中国诗歌通史·少数民族卷》绪论,人民文学出版社,2012年版。

作的大量民族民间长诗。从分类上看,这些长诗包括创世史诗、英雄史诗、叙事长诗、抒情长诗、伦理道德长诗、宗教经诗、信体长诗、历史长诗、文论长诗和套歌等十大类,弥补了汉文学民间长诗偏少的缺憾。"①

(三)第三为近代诗歌。这是一个从古代诗歌到现当代诗歌的过渡阶段,"一方面,本阶段的前期古代诗歌的势头仍有所延续,但后期递减;另一方面,后期白话文诗歌开始产生,预示着少数民族诗歌的新时期即将到来。19世纪晚期,诗歌改革的先行者黄遵宪(1848—1905)艰难地探索'别创诗歌'的道路,其'新派诗'开拓了中国诗歌的新境界。及后谭嗣同等尝试新学诗,将诗歌改革又推进了一步。到康有为、丘逢甲,开创了'诗界革命',使康有为成为诗歌改革的旗手。由'诗界革命'的推进,出现了'革命诗潮',南社在其中起了重要的作用。而后'诗界革命'沉寂,代之以更广泛更深刻的'文界革命'。经过'五四'运动,完成了中国近代文学的使命。中国文学界的这一系列革命,不能不对少数民族文学产生巨大的影响,促使少数民族文学从古代文学过渡到现当代文学。这一过渡涉及的范围十分广泛,在文学思想内容上,反帝反封建成了主旋律,形成了爱国诗潮,其语言的激烈乃是客观现实的反照,也就是说,文学完成了向反帝反封的资产阶级民主革命的过渡;在文学形式上,由古典律诗向白话文自由诗过渡;在文学结构上,由以民间文学为主向以作家文学为主过渡;在创作主体上,由民间向作家转移,再由上层文人向平民诗人转移。这一过渡的完成,对推动现代民族文学的发展有着重要的意义"。

---

① 梁庭望:《中国诗歌通史·少数民族卷》绪论,人民文学出版社,2012年版。

（四）第四为现当代诗歌。"这是少数民族文学一个新时期的开始，是在中国共产党领导下的新文学。这时期又分为新民主主义革命和社会主义革命与建设两个阶段，前者从1919年的'五四'运动到1949年10月1日中华人民共和国成立，后阶段从新中国成立至今。这时期的最大特点是诗人队伍进一步扩大，到20世纪末，55个少数民族作家文学的空白全部填补，实现了满堂红，标志部分民族无作家文学的历史得以终结，这是一个了不起的成就。文学的内容、形式和运作方式全面更新，少数民族诗人基本掌握了白话文诗歌的特点，现代诗歌全面领衔，汉文格律诗基本退出诗坛。同时，民间诗歌无论是民歌或民间长诗，都处于萎缩状态，教育的发展尤其是'普九'的推行，越来越多的少数民族青年掌握了书面文学的创作技巧，作家文学勃兴，逐步取代了民间文学的创作，历史上少数民族文学以民间文学创作为主的局面正在让位于作家文学的创作，民间诗歌正在让位于作家诗。这是历史的必然，也是历史的进步。而且，本世纪初正在兴起的网络文学，又正在打破民间文学和作家文学的界限，民族文学正从边缘角色转换为主流文学的一部分，与中华文学和世界文学接轨。"[①]

四是《中国诗歌通史·少数民族卷》总结出民族诗歌的十大特点，这就是：

（一）整体结构多元

从民族结构来看，本书面对的是远超时下的55个少数民族。古代曾经活跃在中华大地上的越人、匈奴、西夏、巴人、契丹、鲜卑等，他们都早已融入汉族或其他少数民族，但他们留下的诗歌也纳入本书

[①] 梁庭望：《中国诗歌通史·少数民族卷》绪论，人民文学出版社，2012年版。

的视野。例如春秋战国时代的越人,曾经被视为蛮夷,其语言与古汉语是不同的。《荀子·劝学篇》云:"干越夷貉之子,生而同声,长而异俗,教使之然也。""干"本作"邗",吴境小国,后为吴国所占,其地在今江苏省扬州邗江区,可见越在先秦是被视为少数民族的,后绝大部分融入汉族。但越人文化至今有的仍顽强保留,故除壮侗语族民族,凡过去有越人的地方,必有相关的方言,如吴语、越语、粤语、闽语、赣语、湘语、客家语皆是。越人留下的《越人歌》《弹歌》,仍纳入本书。其他如十六国时期鲜卑人的诗歌,匈奴的《匈奴歌》等,也都纳入,以符合通史的格局。

　　从整体结构来看,少数民族韵体文学和汉族一样,是由民间诗歌和作家诗构成的。但不同的是,少数民族诗坛在很长的时间里,是由民间诗歌(包括民歌、民间长诗、民间说唱)领衔的,作家诗产生比较晚。我国民族文字比较发达的维吾尔族,6—10世纪时使用突厥文,8—15世纪使用回鹘文,11世纪用以阿拉伯字母为基础的维吾尔文。可见6世纪以前是没有文字的,没有文字当然不会有作家文学。藏文是在7世纪的松赞干布时期才创制的。彝文,从世系推断产生于秦汉时期,但可确实认定的文献是在明代。蒙古族到13世纪才有文字,是在维吾尔文的基础上创制的。有的民族虽然有了文字,但不等于就能产生作家文学。总的来说,少数民族的作家诗少数是秦汉以后才产生的,大部分产生则在唐代以后。由于许多民族没有自己的文字,因此到新中国成立前夕,大部分少数民族都还没有作家诗,故而民间诗歌在少数民族韵体文学中占有绝对的优势。新中国成立后,教育的大发展促成了作家诗的繁荣,少数民族的韵体文学结构开始发生变化,在少数民族韵体文学的图谱上,民歌和民间长诗领地开始收缩,作家诗逐步有领衔之势。一直到20世纪80年代以后,改革开放之风催生了填补空缺的诗潮,少数民族才抹去了没有作家诗的空白点,各民族都有了作家诗,实现了大满冠。

从体裁结构看,少数民族诗歌包括汉语文格律诗、民歌、民族民间长诗和说唱作品。民歌产生最早,最初是古歌谣,定型以后充分发育,在不少民族中形成"歌海"。民族民间长诗类型多达十种,形成长篇民间歌的长河。但在不同文化圈有所不同,北方森林草原狩猎游牧文化圈是中国的英雄史诗带,英雄史诗篇章繁富,仅蒙古族就有300部之多。史诗结构宏伟,情节曲折生动,语言优美动人。西南高原农牧文化圈创世史诗特别发达,是藏缅语族各族艰苦开发高原的回声。江南稻作文化圈的少数民族长诗,以民间叙事诗为最,反映爱情和婚姻家庭、社会道德、农民起义、反对外国侵略的叙事诗很多。说唱种类也比较多,长篇说唱实际上也是长诗演绎,不少史诗都被当作说唱作品来传唱。

从题材结构看,依社会形态有原始社会题材、奴隶社会题材、封建社会农奴制题材和地主制题材。依民族源流看,多数为少数民族生活题材,但从汉族史书和文学中引入的题材也不少;对于国外题材,西北文化区引入的比较多,其长诗题材有不少来自中亚和阿拉伯,甚至是埃及的题材;其次是藏族和傣族引入的南亚次大陆佛教题材。从横断面看,反映社会生活的题材极为广泛,可以说是时代的反光镜。

从用语结构上看,少数民族诗歌是由民族语文诗歌、汉语文诗歌和外语诗歌构成的。外语诗歌主要产生于西北文化区,历史上,新疆的诗人先后使用过波斯文、阿拉伯文、叙利亚文等语言文字来进行创作。如维吾尔族诗人法拉比(870—950),30岁以后到巴格达,在那里用阿拉伯文创作,成为世界文化名人。

(二)内部结构多姿

少数民族诗歌从汉语文诗歌引进的是汉语的格律诗,在结构上与汉族诗人的诗歌没有什么不同。复杂的是用民族语文创作的诗歌,结构多姿多采,其样式与不同语言系属的语言相关。一般而言,其结构是若干音节构成词,若干词构成音步,若干音步构成诗行,若干诗行构成段或首,若干段或首构成篇。但在具体结构上,又与不同民族的语言密切相关。如阿尔泰语系的突厥语族民族哈萨克族诗歌,由于元音和谐律,其诗行无法以"言"计,只能计其音节,也就是其诗歌为音节结构。由音节构成音步,由音步构成诗行,有 7 音节 2 音步一行的,其结构为 △△△△//△△△,即前四后三;一行 8 音节 2 音步 44 式为:△△△△//△△△△;一行 8 音节 2 音步 53 式为:△△△△△//△△△;一行 8 音节 2 音步 35 式为:△△△//△△△△△;一行 11 音节 3 音步 434 式为:△△△△//△△△//△△△△;一行 11 音节 3 音步 344 式为:△△△//△△△△//△△△△;一行 11 音节 3 音步 443 式为:△△△△//△△△△//△△△……这是每行的音节结构。由行构成诗段,最短一段 2 行、4 行,最多的十多行。

壮族、布依族、仫佬族有一种"勒脚歌",意思是首节定基调的歌,其结构比较复杂,有特殊的反复规律:其最基础的是每首八行,7、8 行复沓 1、2 行,11、12 行复沓 3、4 行,经过反复,形成 3 节 12 行。如长诗《梁山伯与祝英台》的第一首,格式为:

嘉庆四年王,	照情由来讲,	系前时故事,
(1) 号中元甲子。	(2) 村与村传扬。	(3) 歌在己未年。
在广西无事,	嘉庆四年王,	在广西无事,
讲英台故事。	号中元甲子。	讲英台故事。

这是最简单的"勒脚歌"格式,稍为复杂的是24行,最复杂的是72行,其反复规则,非歌师和歌王难以掌握。

藏族诗歌的鲁体民歌属于多段回环体,流行于甘、青及川西藏区。每行7、8音节;至少3行一段,多的10多行一段;每首至少3段。如:

(1) 要　唱歌　就对蓝天唱,
　　 对　蓝天　不去搅扰它,
　　 使　日月　听了心情畅。
(2) 要　唱歌　就对红峰唱,
　　 对　红峰　不去搅扰它,
　　 使　雄鹰　听了心情畅。
(3) 要　唱歌　就对村镇唱,
　　 对　村镇　不去搅扰它,
　　 使　情人　听了心情畅。

这首歌,每行8音节5音步,3行一段,3段一首。3个段的第1行、第2行、第3行的字、词、句、节奏结构完全相同,但又与"勒脚歌"不一样,因为第2、3段的第1行、第2行、第3行都要构思新意象,改变2个字。类似的复杂结构,在少数民族诗歌中不胜枚举。

至于篇章结构,各民族都不相同。民歌最小单元为首,长诗由若干首组成。每首的行数各民族都不一样。在整体谋篇的结构上,《玛纳斯》分八部,依序推进,八代人八部,以辈分先后排列。《格萨尔王传》不同,是以每场战争为单元,每场战争归为一部,整个史诗是由几十部(几十场战争)构成的。壮族五千多行长诗《唱唐皇》,由32章构成,但抄本不隔行,一连到底。在两章之间用"讲到这里先歇息,再说凤娇难临身"两行隔开,第二行点明下章内容。这种结构在壮族中被称为排歌体,主要流传在右江地区。流传在红水河下游的各县壮歌,多为"勒脚体"结构,每首8句,反复后成12句,但在歌本上只抄八句,唱时变为12句,民间约定俗成。一部长诗往往由百多首、几百首构成。可见少数民族诗歌结构也是多种多样的。

(三)民族生活浓郁

新中国成立前,少数民族社会进程不一,社会形态多样。例如到上世纪50年代初社会经济形态改造尚未开始时,在少数民族地区存在着奴隶制、封建农奴制和地主制,个别少数民族的一些区域甚至还处于原始社会的末期,尚未产生私有制和私有观念。中央慰问团送给一个寨子的酋长一张毯子,他把毯子按全寨人口剪成小块平分,这是氏族社会典型的产品均分观念。各地的社会结构也很不一样,因而存在中原没有的土官、山官、头人、王爷等等这样的头衔。从经济模式上看,有稻作农耕、渔业、狩猎、游牧、半农半牧、定居牧业、高原农牧业等多种类型。从历史进程的轨迹看,许多历史事件错综复杂,涉及各民族内部各部之间的拉锯,与周边国家民族的交往和矛盾,与中央王朝的归属和纷争问题。总之,少数民族诗歌广阔复杂的历史文化背景,包括地区自然环境的差异,各族历史演化不同的轨迹,多姿多彩的民族风情,长期孕育的审美情趣,与汉文学的互动,与周边国家民族的频繁交流,都对民族诗歌产生多角度、多层次的影响,促成了题材的空前广泛和主题的多元。几千年来,民族地区在社会演进中经历了前资本主义的所有社会形态,而同是一种社会形态,又往往表现出不同的特质。西藏的农奴制就带有奴隶制色彩残余,和华南的比较温和的农奴制不大相同;游牧民族的社会生活,又和稻作民族的很不一样;不同的文化板块还有不同的宗教传统,伊斯兰教在西北十个民族中流传,而藏传佛教主要在藏族和蒙古族中传播,萨满宗教、东巴教、毕摩、麽教、师公教等原生型民间宗教则呈现出与世界各大教很不相同的色彩……所有这些,都使用民族语言文字创作的民族诗歌有很大的社会容量,表现出不同时代、不同境遇的不同是非、爱憎、理想和愿望。对生存环境的艰苦开发,对民族生存的顽强拼搏,对幸福生活的憧憬,对自由的向往和追求,对爱情的热烈和坚贞,对丑恶的抨击和鞭挞,对国家统一和民族团结的赞颂,成了民族诗歌强劲的主旋律。以汉文创作的作品,则反映了中原的历史风云和边疆与中原腹地的关系,既有反复的阋墙之讼,更有经济文化的互动。

少数民族诗歌无论是表层结构抑或是深层结构,都有鲜明的民族和地方特色。以表层而言,构成诗歌的元素和母题,多来自森林、草原、瀚海、绿洲、高原、喀斯特山海、山谷、稻田的民族生活。但表现在诗歌中最深层的民族文化心理是民族情结,类似荣格(Carl Gustav Jung,1875—1961)的集体无意识。荣格认为,集体无意识熔铸了一个民族久远历史以来的经验和情感,是人格和生命之根。除了他的集体无意识靠生理(脑)遗传的观点遭到质疑之外,荣格的论述无疑是很深刻的,少数民族诗歌的民族情结再次证明了这一点。

民族语言文字创作的诗歌中凝聚着浓郁的民族情结,自不待言,用汉语文创作的作品是否也是如此?答案是肯定的,只不过有不同程度的淡化而已。即使是祖籍边陲而生长在中原的诗人,若干代后依然时不时在其作品中流露出怀旧的情怀,其中有边塞风物和边塞的绵绵之情,有对昔日祖先艰苦创业的追忆和怀念,有边塞自由大胆的爱情生活的追求和内心情感的曝光,有对边塞豪放生活的向往……鲜卑后裔元好问,乃是元结的后裔,离元结已经有四百多年,但诗中屡屡出现"红粉哭随回鹘马"(《癸巳五月三日北渡》)这样边关情怀的诗句。祝注先在《中国少数民族诗歌史》中云:"雄伟壮阔的北国风貌,幽并尚武的传统精神,拓跋鲜卑的民族特性,灾难深重的时代遭际,决定了诗人一生诗歌创作的主要倾向。"此言中的。他们作为蛮人之后,又常常流露出边民的心态。祖籍西北的回鹘人后裔薛昂夫,生于内地,却叹"我本东西南北人",在心灵深处尚未融入中原。如果他们被贬到边陲,能够很快与那里的少数民族沟通。匈奴人后裔刘禹锡被贬到朗州(今湖南常德),很快爱上那里的巴人俚曲,他在《上淮南李相公启》中云:"盯谣俚曲,可俪风什",很快将其改造成为风行全国的竹枝词。他被贬到广东连州壮瑶地区,似乎有一种天然的共鸣,很快被那里的风情所吸引。柳宗元则不同,他在《寄韦珩》中把柳州写得很可怕:"桂州西南又千里,漓水斗石麻兰高。阴森野葛交蔽日,悬蛇结虺如蒲萄。到官数宿贼满野,缚壮杀老啼且号。"对当地的民族风情一下难以适应:"郡城南下接通津,异服殊音不可亲。青箬裹盐归峒客,绿荷包饭趁圩人。鹅毛御腊缝山罽,鸡骨占年拜水神。愁向公庭问重译,欲投章甫作文身。"(《柳州峒氓》)到后来才被那里的朴实民风所感动,为百姓做了不少好事,传诵至今。可见,我们对少数民族诗人的作品,不能以题材、语言简单界定是不是民族文学,要从更深的民族文化心理去探索,而这心理又与诗人的族籍密切相关,只不过这种意识或隐或显罢了。

特别要提出的是,少数民族诗歌往往蕴涵某个少数民族深层心理结构的密码,对研究那个民族的心理素质特别有价值。在彝族的《指路经》里,描绘了逝者之灵一站一站沿着祖先长途迁徙的路线回到祖先发祥地的经历,十分动人。《指路经·路南篇》简单介绍葬仪开始后,首先描绘亡灵要去的是众神居住的天国,"天与地之间,有四堆青石,四堆青石上,住着糟孟家。"糟孟即天神。"格兹家女儿,左手拿钥匙,右手开天门。登上东山顶,先开阴阳门。打开阴门时,阴间亮堂堂。阴门四方开,八方亮堂堂。"这里"门前喜鹊闻,喜鹊喳喳叫,叫声遍山寨。屋内雄鸡闻,雄鸡展开翅,频频扇翅膀,雄鸡喔喔啼,啼声传四方"。这些诗句蕴含着彝族一个重要的理念:对生的渴求,对死的坦然。生老病死,自然规律,所以中原曾有古人在老人去世之后鼓盆而歌。彝族也是这样,悲伤是悲伤,但坦然应之。接下去是描绘去天国的路上的一站站风光,悲戚一扫而净。到第一站时,"忘掉人间事,放心去阴间,安居于冥世。荞叶变蒿叶,稻叶变草叶,谷穗变燕麦。"显然,逝者之灵正在从云贵高原往青藏高原祖先发祥地进发。《指路经·双柏篇》描绘祖灵回到半路的一站:"在一座山上,松柏青又绿,杉树灰褐褐。斑鸠咕咕叫,雀鸟喳喳嚷。石岩做山眼,草莽当山衣。大山像桌子,深箐似躺椅。地势像撮箕,三山似锁拢。四河汇集流,四梁来围拢,中央地理佳。"到了目的地,"山顶雪皑皑,山腰铺满霜。乌云笼罩山,山风飕飕刮,不生一棵树。惟有一棵树,白天乘凉树,夜间树遮露"。显然回到青藏高原了。这些诗句里隐含着一个重要的信息:几千年前,青海高原的氐羌人东移南下,来到川南和云贵高原,他们是今西南藏缅语族民族的祖先。经专家考证,逝者之灵回去的各站,与现在地名对应,居然是顺路回到青藏高原,从而证明西南的藏缅语族民族确实是从青海高原南下的。

《壮族麽经布洛陀影印译注》[①]里的经诗,不愧是壮族先民氏族部落社会生活的"清明上河图",其对远古生活的描绘,生动而富于浪漫色彩,很吸引人。那时人们住在哪里?很长时间是住在山洞里的。壮族地区属于典型的喀斯特地貌,山形千姿百态,到处都有奇特

---

① 张声震:《壮族麽经布洛陀影印译注》,广西民族出版社,2004年版。

的山洞,正好为先民们提供生活的空间,所以连作为首领的布洛陀也住在山洞里。经诗中唱道:"祖公家在岩洞里,祖公村在石山下。"他出洞下山很辛苦,所以"伞遮露水祖公来,扇煽汗水祖公来。"为人们禳解后又回到山洞里。《広哎全卷》中又说:人们"昔未造干栏,睡坡边像牛,睡坝下像鹅,睡树顶像鸟",后来才有干栏,有堂屋。所以造火以后,"拿去放堂屋,拿去挂房檐"。山洞很阴冷,人们"吃生肉如鸦,吃生鱼如獭。雨点落哗啪,雪散落唰唰。"于是人们遵照布洛陀和麽渌甲的指点,合力造火。有火可以熟食和驱寒,但身上还不能保温,早先只能在身上围以草木叶。《広请布洛陀》中说,有一个造物神叫做他业王,他教人们盖有四角的干栏,又教人们"造织布机织成布"。人们有了衣服穿,做禳解法事时才有"筐装衣"这样的习俗。

　　人们有干栏住,有衣服穿,有火熟食,但社会还没有规矩。《麽请布洛陀》中的经诗说:"老君巡六国,人间不成样。天与地交合,蛙与蟆交配。公公与儿媳同睡,大伯与弟媳同床。"《広哎布洛陀》中描绘得就更乱了:"黄猄在堂屋大门叫,鼯鼠在晒台桩叫。蝉鸣蚊帐竿,斑鸠叫屋檐,鹧鸪叫屋廊。稻米讲叽喳,稻谷讲叽喳。鸭崽变鸡崽,鸭蛋生双黄,母鸡啼二遍。别家猪来生崽,别家鸭来生蛋,别家鸡来孵蛋。一鸭蛋生双崽,一狗生双头,鹅崽生猫毛。老鼠斗碗架,蛟龙滚猪槽……"总之,世间一切都没有规矩,于是布洛陀和麽渌甲出来安排秩序,定了许多规矩,如公公不得与儿媳同睡,蛇不横大路,虎不下平阳,猪不生单崽,狗不生一窝……世界终于有了秩序,人们能够有条不紊地生活。

　　那时的婚姻状况,在经文中也透露出一些信息。在神话中,布洛陀是麽渌甲的儿子,同时又是她的丈夫,这反映了壮族先民的血缘婚时代。麽经中大概觉得这种关系尴尬,删掉了。《布伯》中兄妹不肯结亲,最后在乌鸦、竹子、乌龟的撮合下勉强成亲,说明人们对"一对配偶的子孙中每一代都互为兄弟姐妹,正因为如此,也互为夫妻"的血缘婚已经开始拒绝,即所谓家庭组织的"第二个进步就在于姐妹和兄弟之间也排除了这种关系。"①"公公与儿媳同睡,大伯与弟媳同床",分明是族外婚制,公公与儿媳,大伯与弟媳,都已经不是同一个氏族部落的人。这种婚姻制度的特征是,A 氏族部落的所有男子都是 B 氏族部落女子的丈夫;B 氏族部落所有男子都是 A 氏族部落所有女子的丈夫。ABC 环形婚也遵守这一规则。《広唻布洛陀·禳解麽经》的第八章里说的"夫不上妻家""父不上儿家""兄不上弟家",就是因为在族外婚制中夫们和妻们各在不同的氏族部落,所以夫不上妻家,只能在特定的时间见面,因而也就分不出父子、兄弟来。后来经过禳解,也就是社会进步了,"夫才上妻家"(上门),"父才上儿家","兄才上弟家"。

麽经有相当强烈的秩序意识,其核心是早期的伦理道德。经诗中列举了不符合伦理道德的诸多行为:"或是犯三祖,或是犯五代。兄弟错相吵,父子错相争,夫妻错相骂,妯娌错相吵,火灶边相骂,错坐伯父前,错蹲祖父前,错吃水芋叶,公婆前擤鼻涕,错喝竹叶水,向公婆吐口水,错吃野芋叶水,蠢话向公婆,错吃芦苇叶水,话得罪公婆,都得要修正,也这次禳解。""好话谢三祖,好言谢五代,坏话丢下塘,狠话丢下河,丢下河给鱼,当水散滩头。儿辈万代有吃,儿辈欢乐自在。代代让你好,没有哪代坏。"这段充满哲理的经文,把经诗对人的修养和伦理道德演绎得淋漓尽致。

---

① 恩格斯:《家庭、私有制和国家的起源》,《马克思恩格斯选集》第四卷,人民出版社,1972 年版。

从这里可以看出,少数民族诗歌是民族生活的"百科全书",内涵非常丰富,对于人们了解少数民族的历史文化,极有价值。

(四)用语复杂生动

少数民族诗歌从语言上看是由少数民族语文诗歌、汉语文诗歌和外文诗歌构成的。在少数民族汉文诗歌中,由于绝大多数少数民族诗人居住在边疆,各文化圈和文化区受汉语方言土语的影响,加上少数民族诗人受母语的制约,其汉文诗词在语言上也呈现出浓郁的地方特色。如马祖常的《河西歌效长吉体》:"贺兰山下河西地,女郎十八梳高髻。茜根染衣光如霞,却招瞿昙作夫婿。紫驼载锦凉州西,换得黄金铸马蹄。沙羊冰脂蜜脾白,个中饮酒声澌澌。"①这首诗中的"十八梳高髻""茜根染衣""紫驼载锦""沙羊冰脂",弥漫着浓郁的西北风情,显然异于中原文士的诗歌。有的汉文诗还嵌入民族语,更加显得生动。如元时云南大理段功被梁王暗害,其妻阿盖悲愤作诗云:"吾家住在雁门深,一片闲云到滇海。心悬明镜照青天,青天不语今三载。黄嵩历乱苍山秋,误我一生踏里彩。吐噜吐噜段阿奴,施宗施秀同奴歹。云片波鳞不见人,押不芦花颜色改。肉屏独坐细思量,西山铁立风潇洒。"②诗中的"踏里彩"是白语,意思是锦被名;"吐噜"是可惜之意;"押不芦"是北方起死回生草名;"肉屏"是骆驼背。民歌中这种汉语和民族语共存更加普遍。例如《粤风·壮歌》的两首歌:"高山放石落底埔,只见水流石没容。今夜得娘同相会,不得成双人笑侬。""高山放石落底卑,只见水流石不移。蜘蛛结网娘门口,扰路来寻妹相思。"③高

---

① 元·马祖常《石田文集》卷五,四库全书本。
② 明·杨慎:《南诏野史》下卷,胡蔚订正本。
③ 梁庭望:《粤风·壮歌》,广西民族出版社,2010年版。

山放石必一直滚落到底,比喻对女子的追求是铁了心的,就像石头落山一样不会逆转。两首歌没有必然联系,所营造的意境不同。前一首表达的是一位小伙子寻找到了自己的心上人,十分兴奋,表示一定要与她成双。第二首不同,小伙子刚刚到女子的家门口,就被拦在门外,但他决心一定要与她相会。两首歌因为都以"高山放石"起兴,故而放在一起。"底埔",壮语拟声词,壮话念 Dijdungh($ti^3 tuŋ^6$),是比较大的石头落水底的声音。容,壮人念此字为 yong($joŋ^2$),不读 rong($roŋ^2$),这是用汉字记壮语音,当是古壮字,壮文为 yungz($yuŋ^2$)。"容"在壮语中是打碎、融化、摔碎的意思。这里说的是,从高山落到水里的石头只听得"底埔"的响声,水照样流动,而石头没有撞碎,用以表示其爱情的坚贞。底卑也是壮语象声词,壮话念 dihbeih($ti^6 pei^6$),是比较小的石头丢到水里的声音。"蜘蛛结网娘门口",下面还有"蜘蛛结网三江口"之句,足见以"蜘蛛结网"比喻恋情坚贞而凶险,是桂平一带壮人常用的艺术手法。小伙子绕道去会自己的情人,但她的家门口却拦着蜘蛛网。然而爱情是天经地义的,是勇敢者的雷池,什么网也挡不住的,何况蜘蛛网。

  西北的花儿用语奇特,大量采用机溜、着气、难怅、素顺、麻拉拉等其他地方没有的地域性词语,音乐感、色彩感和动作感特别强,趣意盎然。花儿是西北(主要是青海)藏族、回族、汉族、撒拉族、东乡族、土族、保安族、裕固族(东部)等民族共同创造的诗歌艺术,约产生于明代,主要使用汉语河湟方言,其中有古汉语词汇,地方风物词汇和民族语言词汇,但音乐曲调却来自少数民族,"主要来自藏族、回族以及土族、撒拉族、东乡族、保安族,其音乐的民族属性是多民族的。"[①]

---

① 赵宗福:《花儿通论》,青海人民出版社,1989年版,第83页。

由此可知,花儿是民族文化融合的产物,民族团结的象征,有很高的研究价值。且看其语言艺术:"青青的烟瓶双穗儿,水灌着凉凉的;维下的妹妹一个儿,心想着长长儿的。//进去个大峡走小峡,金晶花,它开着两面儿落下;中等身材么人赞麻,人情话,你说着心里么垛下。"这首用起兴手法的花儿,结构与一般汉族民歌的齐言体不同,"赞麻"是地方话,精干的意思,垛是积累之意。这首花儿中,方言词使用的还算比较少。下面一首,使用方言稍多:"尕手尕脚尕指甲,尕手上包的是海纳;抓住尕手儿问一句话,尕嘴儿一抿笑下。"花儿还常常在诗句中镶嵌者、哈、们、啦等字,别有风味,如"清溜溜(儿)的长流水,嚁郎郎(儿)地响了;热吐吐(儿)地离开了你,泪涟涟(儿)地想了。""千思万想的难团圆,活拔了尕妹的心肝;遭难的马五哥(哈)看一面,死(者)兰州也心甘。"这些花儿,诗行活泼生趣,地域性强,充满了西北高原的爽朗韵味。

以民族语言文字创作的作品用语丰富多彩,这源于少数民族语言使用的复杂性,从历史的角度看,有用上古语言创作的作品,如匈奴、越人的诗歌;有用中古语言创作的作品,如突厥、西夏、鲜卑、察哈台文的诗歌;更多的是用晚近语言创作的作品。维吾尔族诗歌先后使用过古代突厥文(7—10世纪)、源于粟特文的回鹘文(9—15世纪)、源于阿拉伯文的现代维吾尔文。西夏人已经融入汉族及其他民族,但其诗歌尚存。从横向上看,我国少数民族所用的语言多达八十多种,而一般情况下,诗歌创作是用各族的方言、次方言和土语创作的,少数民族语言方言约一百一十多种,次方言和土语则多达几百种。有的民族方言土语是比较多的,藏语有拉萨、康巴、安多三个方言;苗语有湘(东部)、黔东(中部)、川滇黔(西部)三大方言,而仅川滇黔方言就有7个次方言;土语更多,如彝语有25个,瑶语10个,壮

第四章 民族诗歌研究的深入阶段

语虽然只有北部方言和南部方言,但有红水河、桂北、柳江、邕北、右江、桂边、邱北、邕南、德靖、砚广、文麻、左江12个土语区,次土语区就更多了,几乎每个县的壮语都与邻县不大相同。人口比较少的民族也有土语,如塔吉克族2个,赫哲族2个,鄂温克族3个,达斡尔族4个。文学是语言艺术,一般是用方言、次方言和土语进行创作的,必然使作品在语音、词汇选择、句子结构、地方习惯用语、民俗、格言、谚语等诸多方面各有特点,五彩缤纷,令人目不暇接。

以外语创作诗歌,主要产生于西北文化区,维吾尔族诗人鲁提菲(1366—1465)留下三百多首抒情诗和长达4200行的长诗《古丽和诺鲁兹》,他的诗是用波斯文和维吾尔语创作的,被称为"双语诗人"。叶尔羌汗国时期的维吾尔族诗人赛义德(1485—1533),他谙熟突厥语、波斯语和阿拉伯语,能够用三种语言流畅地写诗。叶尔羌汗国(1514—1678)是明朝后期西北比较大的方国,其疆域东起哈密,西达帕米尔高原,南界西藏,北接天山。赛义德是叶尔羌汗国的开国君主,在位时国泰民安。赛义德不仅孔武善战,箭法高超,而且多才多艺,吟诗抚琴,莫不精通。但因其诗只允许在集会上吟诵,不许抄录,故流传比较少。叶尔羌汗国著名诗人米儿咱·海答儿(1499—1551),生于喀什噶尔(今喀什),其代表作《拉失德史》是用波斯文写成的,这是一部散韵结合的大著,里面有大量波斯文诗行。西北文化区少数民族不仅用波斯语和阿拉伯语写作,古代还曾经使用过来自波斯的粟特文,留下了粟特碑铭文学诗篇,其文献为佛经体(标准体)、古叙利亚体和摩尼体三种字体。由于6世纪景教曾经传入新疆,其传播载体叙利亚文曾被采用,故而在吐鲁番、霍城等地都留下了叙利亚文景教文献,有的文献还传到内蒙古和扬州。摩尼教3—15世纪曾流行于欧亚非三洲,公元277年波斯摩尼人进入中亚和我国西域,带来了摩尼文,留下了不少摩尼文诗歌。此外,在新疆还发现了来自印度的婆罗米文文献。

由于使用的语言属于不同的语系、语族和语支,又有不同的地域和不同的诗歌格式,因而形成了许多异于汉语格律诗的押韵方式,大大丰富了中华诗坛的韵律。在中国,作为主流诗歌的汉文诗歌,其押韵格式主要是脚韵,又因汉语诗歌多为齐言体,一般为双行脚韵,无论是二言诗、四言诗、杂言诗、楚辞、赋体、乐府体诗、古体诗、骈体文、近体律诗、词、曲,基本都是双行脚韵。全脚韵也有,如《周易》中的《离·九四》"突如,其来如,焚如,死如,弃如"。这种全脚韵见于民歌,但不多。四行四言诗、绝句多为1、2、4押韵,七律为1、2、4、6、8押韵。词稍复杂,有通首平声韵、通首仄声韵、同首平仄交错使用、多次换韵等多种情形,但也都是脚韵。和汉族诗词相比,少数民族诗歌的格律就复杂得多,就目前所归纳,主要有以下押韵方式:

(1)头韵:主要见于阿尔泰语系的满—通古斯语族、蒙古语族、突厥语族民族中,其特点是第一个音押韵,其形态为 AAAA、AABB、ABAB、ABBA、AABA 等,如维吾尔族《摩尼教赞美诗》共 120 段 480 行,全部押头韵 qa,如 qaralar、qarmu、qajruta……。

(2)颈韵:主要见于阿尔泰语系的满—通古斯语族、蒙古语族、突厥语族民族中,其特点是头与颈或颈部相押韵。例如塔吉克族诗歌,每首由 5 到 13 段组成,均为奇数,都押颈韵,即 AA、BA、CA、DA、EA……

(3)同行首尾韵:此式不多见,主要见于满—通古斯民族诗歌中。如鄂伦春族和满族民间诗歌,其格式为同行首音与尾音相押韵。满族的《墨尔根巴图鲁阵歌》格式为 A00A、B00B、G00G、D00D……

(4)尾韵:较为普遍,特别是受汉语影响的诗歌,大抵都是尾韵。

格式比较丰富,有 AAAA 全尾韵、OAOA 双尾韵、AAOA 三尾韵、AAO 半尾韵等格式。全尾韵如"花儿":"花儿本是心上的话,不唱是由不得自家;刀刀拿来头割下,不死还是这个唱法。"话、家、下、法都押汉语拼音的 A 韵。

(5)首尾连环韵:多见于壮侗语族民族诗歌,其格式是 1 行末字与 2 行首字押韵;2 行末字与 3 行首字压韵,依此类推。如布依族的一首民歌,其押韵形式是:0000A、A000B、B000C、C000D、D000E、E000F、F000G、G000H……傣族、壮族都有这样的押韵方式。

(6)尾颈韵:多见于壮侗语族民族诗歌,其格式是 1 行尾字与 2 行 2 字押韵;2 行尾字与 3 行 2 字押韵,依此类推。如布依族的《相思歌》:0A00B、0B00C、0C00D、0D00E、0E00F……

(7)腰脚韵:多见于壮侗语族民族民间诗歌,其格局是上行的末尾字与下行的第 3 字押韵,即 0000A,00A00。

(8)回环韵:多见于壮侗语族民族诗歌,其格式是腰韵和脚韵交叉使用。如上面所引的《梁山伯与祝英台》第一首,用符号表示,结构如下:

①0000A　②0000D　③0000E
　00A0B　　00D0A　　00E0B
　0000B　　0000A　　0000B
　00B0C　　00A0B　　00B0C

第一节第一行的尾字与第二行的腰部第三字押韵;第二行的尾字与第三行的尾字押韵;第三行的尾字与第四行的第三字押韵。第二节和第三节的韵律与第一节同,但第二节的第二行尾字要与第一节第一行尾字压韵,否则就无法回环。第三节也一样,第二行尾字也要与

第一节第三行尾字压韵,才能钩连。

（9）复合韵:即在一首歌内同时使用尾韵、腰尾韵、行内韵和同音韵。侗族诗歌最典型,在一首诗内有正韵(偶句尾韵)、勾韵(奇偶句腰尾韵)、内韵(一歌行分两节,前节末字与2节首字押韵):

  000A、A00B、B0C
  000C、C0D,
  000E、E0F,
  000F、F0D

AA、BB、CC、EE、FF为内韵;DD为正韵;3行C与4行C为勾韵。这种韵律比较复杂,其他民族去学习比较难于掌握。

（10）押调:多见于苗族、瑶族的民族诗歌中。以苗族民歌为例,有各行最后两个音节同调、单双行各押一个调、整首歌相同部位押一个调、变调相押等形式,饶有情趣。

（11）串珠连:属于多段复沓格式,见与藏缅语族民族中,如白族云龙金麦乡诗歌,多段体,每段最多7行,下段可以重复上段的前6行,只有第7行是新词,结构奇特:

上段:0000A	下段:0000A	下段:0000A
0000B	0000B	0000B
0000C	0000C	0000C
0000D	0000D	0000D
0000E	0000E	0000E
0000F	0000F	0000F
0000G	0000H	0000I

其他还有纳西族的倒装句重韵、排比句重韵;壮族的首句衬词重韵;

哈萨克族的多音节脚韵;傈僳族的同位重韵;苗族的多行多音节重韵等形式,多达二十多种。这些复杂的押韵方式,各与其语言所处语系的语音结构密切相关,类型多样,格式新颖,节奏鲜明,各呈其妙,异彩纷呈,与汉族诗歌一起构成了中华诗坛美妙的韵律交响曲,体现出语言的多重色彩。

(五)艺术手法多样

中国是诗的国度,特别讲究艺术手法,也就是作品的表现力,少数民族诗歌也不例外。古人主张"作诗本乎情景,孤不自成,两不相背"①,又云"予谓其大纲,则不出情景二字"②。少数民族诗歌依景缘情,创造了许多独特的感受和意境。完颜亮(1122—1161)咏雪的《念奴娇》写道:"天丁震怒,掀翻银海,散乱珠箔。六出奇花飞滚滚,平填了山中丘壑。皓虎颠狂,素鳞猖獗,掣断珍珠索。玉龙酣战,鳞甲满天飘落。　谁念万里江山,征夫僵立,缟带沾旗脚。色映戈矛,光摇剑戟,杀气横戎幕。貔虎豪雄,偏裨英勇,共与谈兵略。须拼一醉,看取碧空寥廓。"上阕写飞雪却不似飞雪,倒像是寰宇一场大战;下阕写人,以大雪为铺垫,衬托出豪雄征夫的气概,他们雪里僵立,却依然"杀气横戎幕",这是何等豪迈!全诗突发奇想,词语冷峻,恣肆铺张,意境雄阔高迈,有气吞山河之势。《敕勒川》营造的是茫茫无边、空阔高远的草原壮美意境,这只有北方森林草原文化圈的诗人才写得出来。对比稻作文化圈,意境就柔美得多,"风吹云动天不动,水推岸移船不移。刀砍莲藕丝不断,我俩明丢暗不丢。"歌仙刘三姐的这首歌,营造的是江南山青水秀柔美的意境。西南高原文

---

① 明·谢榛:《四溟诗话》。
② 清·李渔:《闲情偶寄》。

化圈营造的意境,又比江南文化圈冷峻一些,如宗喀巴形容的观音,虽然有"少女轻盈的腰肢微微向左倾斜,玉立莲台上向右神韵庄严绰约"的描绘,但她"左边斜挂着柔软驯兽皮的腋绶,乌黑发辫犹如蜜蜂脸似那皓月",这是异于江南文化圈的。总之,少数民族诗歌的意境与各文化圈的自然环境和民族生活密切相关,其中融合着民族的情感,因而意境显出五彩缤纷的意象。

意境的营造是要通过语言来实现的,特别是赋比兴,是诗歌必不可少的手法。综观少数民族诗歌,普遍使用赋比兴,但不同文化圈却有所侧重,使用的方法也有所不同。如比喻就有明喻、暗喻和借喻之分,藏族诗歌由于受到《诗镜》的孕育,其诗歌大量使用明喻和借喻,例如在《格萨尔王传》的《霍岭大战》中,作品这样描绘大将玉龙(唐泽):"猛虎王斑斓好华美,欲显摆漫游到檀林,显不成斑纹有何用?! 野牦牛黝褐好华美,欲舞角登上黑岩山,舞不成年轻有何用?! 野骏马白唇好华美,欲奔驰徜徉草原上,奔不成白唇有何用?! 霍英雄唐泽好华美,欲比武来到岭战场,比不成玉龙有何用?!"这段诗行一连用了猛虎、野牦牛、野骏马三个意象做比喻,这是一种排比手法,它同时也是起兴、反复和对仗等几种手法的综合运用,显得兴味盎然。北方森林草原文化圈也喜欢多用排比,但不是藏族诗歌这种严整的反问结构,例如蒙古族的长诗《阿布日勒图罕》中这样描绘一位夫人:"她的容颜像太阳一样光艳,她的身躯像绿叶一样柔纤,她的面颊像月亮一样安详,她的肌肤像冰雪一样净洁,她的牙齿像美玉一样洁白,她的眼珠像龙棠一样黑圆,她的眉毛像柳叶一样细弯,她的巧手像丝绵一样细软。"这段诗一连用了八个明比,从不同角度描绘了这位仙子一样的贵夫人,形象雍容华贵。这种手法在少数民族诗歌中使用相当普遍。

稻作文化圈作品偏于赋,比较朴实无华。清代壮族诗人农赓尧写了一篇赞颂一位农村少女的《村女赤脚行》:"村妇有女太娇顽,打扮天然赤脚仙。阿母有绵不肯裹,却怪佳人跬步艰。自言田妇本椎鲁,由来不学西施舞。薄命大抵出红颜,多抹胭脂嫁商贾。商妇不如田妇乐,跣足蓬头去雕琢。绿荷包饭上山樵,樵罢池中采菱角。采菱角采并头蕖,水浊水清凭衣濯。不穿绣鞋不缠丝,赠芍采兰任己之。有时跌坐勾郎夸比翼,有时从夫田畔披荆棘。"诗人并没有用形容词来形容她的面容体态,但她的形象娇顽可爱,兀立眼前。

对偶、对仗在少数民族诗歌中使用也比较多,有的是词语对仗,有的是结构对称,而且常常是一连串对偶,如基诺族的《上新房歌》:"背着过了十座山,背着过了十条河,背着进了老山林,背着上了大箐沟。背着进了三层栅栏门,背着上了九级高楼梯,背着到宰杀野味的晒台边。"这首诗,七行都是相同的三段结构,动词对动词,形容词对形容词,名词对名词,对仗整齐,朗朗上口。其他如顶针、设问、夸张、借代、双关等等手法,经常交叉使用,使作品具有浓郁的民族风格和艺术魅力。

(六) 艺术风格多姿

少数民族诗歌或雄奇豪放,或含蓄深沉,或刚劲朴实,或清丽委婉,或活泼诙谐,多姿多彩。清丽柔和的风格多见于稻作文化圈华南文化区的民歌,这里四季如春,山青水秀,田野百花争艳,稻作农耕相对稳定,造就了人们相对内向温和的民族性格,故其作品有如清泉吟唱,弱柳扶风。其作家诗也少有粗犷的作品,风格偏于朴实明丽。所以壮族诗人酷爱竹枝词,一直写到清代。清末壮族诗人曾鸿燊(1865—1931)是位爱国者,写了不少愤懑神州陆沉的诗篇,但其风格也远不如北方的粗犷。如他的《书感》写道:"何曾烟雨息风尘,空见荒山百卉新。农田告饥仍卒岁,兵戎戡乱只伤春。已闻村落牛归盗,又报更楼虎吃人。边徼从今难宴乐,穷居惆怅苦吟身。"忧国忧民之情溢于言表,但壮怀并不激烈,只是无奈伤春。这种风格,源于江南稻作文化圈古代越人的《子夜歌》,含蓄深沉,委婉清丽,细腻传神,奠定了南方诗歌的风格,其后裔壮侗语族民族继之。清代黄遵宪等人收集的岭南歌谣《山歌》,其序云:"土俗好歌,男女赠答,颇有《子夜》《读曲》遗意。"说明古代江南越人的诗歌对壮侗语族民族诗歌的风格产生了很大的影响。北方森林草原文化圈的作品明显不同,风格多粗犷、雄奇、豪放,有朔风掀天之气势。无论是民间民歌或诗人作品,都回荡着长白森林的风涛,漠南草原的奔马,西北沙海的呼啸,万里冰风的凛冽。狩猎民族和游牧民族在瀚海风雪中锤炼出来的剽悍性格,给北方诗歌注入了壮美的灵魂。故古人有言:"北之音调舒放雄雅,南则凄婉优柔。"①"北主劲切雄丽,南主清峭柔远。"②北方就是情歌也都刚劲:"震动山峰的,是黑马的四蹄;搅乱人心的,是韩密香的眼睛。"③南北形成了北刚与南柔的对应。

但北方也不是一个劲的刚,在坦荡直率的刚中也见婉转含蓄;南方也不是一个劲的柔,在含蓄蕴藉的柔中不乏率直天真。如东乡族表现相思的"花儿":"白疙瘩云彩豆大的雨,滴溜溜水淌的(者)院里;端起个饭碗思谋起你,清眼泪淌的(者)饭里。"直率中蕴涵含蓄。《粤风》中的一首相思歌却很率直:"离友(情侣)三年半,离友四年

---

① 明·李开先:《乔龙溪词序》。
② 明·王世贞:《曲藻》。
③ 蒙古族民歌《韩密香》,见马学良、梁庭望、李云忠主编的《中国少数民族文学比较研究》,中央民族大学出版社,1997年版,第149页。

整。约路长'判'菜,期路长'他'菜。长'他'菜三拃,长'界'菜三庹。镰割刀又伐,边伐边抹泪,怕哭干呀友。"①急于相见的心情表达得既含蓄而又率直,恨不得相见之情全撒在草上,十分动人。西南文化圈的诗歌,其刚略逊于北方,略强于南方;其柔略强于北方,略逊于南方。

在少数民族诗歌中,还有庄重典雅与华丽端庄的风格,这往往与地方政权和宗教有关。一般而言,与宗教相关的诗歌,北方多气派堂皇,如蒙古族的祝祷词《祭火歌》:"杭盖罕山只有土丘的时候,汪洋大海只有水洼大的时候,参天榆树只有嫩苗大的时候,空中雄鹰只有雏儿大的时候,可汗用火石点燃,皇后用嘴唇吹旺",于是有火温暖人间,诗行很大气。而彝族的毕摩经,纳西族的东巴经,壮族的麽经和师公经,都是经诗,显得比较典雅庄重,不用华丽的辞藻。民族地区地方政权宫廷的诗歌,则多华丽端庄,富有王家的气派。这类作品在华南文化区基本见不到。而在西北文化区中,常见活泼诙谐的诗行。少数民族诗歌的风格总的来说呈现多元状态,即使在悲凉中也见豁达,在诙谐滑稽中也见深沉。这使得少数民族诗歌显得富丽多姿,引人入胜。

(七)吸纳充实自己

在民族诗歌的发展过程中,始终受到汉文学的强大影响,这些影响是全方位的,包括文学的题材、主题、体裁、语言、结构、艺术手法、艺术风格、审美理想和文学思潮等等,对于少数民族诗歌的推进,起到了很大的作用。

少数民族处于边陲,内有汉文化的辐射,外有邻国文化的浸润,

---

① 梁庭望:《〈粤风·壮歌〉译注》,广西民族出版社,2010年版,第111页。

多方吸纳,充实自己。在中国,汉文化作为主流文化,对少数民族的强大影响是不言而喻的。上文已说明,少数民族诗歌中有相当一部分是用汉文创作的,尤其是没有民族文字的大多数民族,其作家诗必然使用汉文。但吸纳的不光是文字,民族诗歌广泛地吸纳汉族的题材,在诗歌中使用汉族文献典故比比皆是。在壮族的民间长诗中,一半以上题材来自汉族。甚至在侗族的长诗里,还出现了《孔子之歌》,这在中国是首部,在汉族诗歌中也是没有的。从深层上探索,民族诗人不仅能用汉文创作,汉族诗人的人品、艺术手法和艺术风格,都对少数民族诗人产生深刻的影响。屈原的爱国情怀,李白的傲视权贵,杜甫的关注民瘼,韩愈的陈除弊政,苏轼的苏堤惠民,黄庭坚书赠蛮人,柳宗元出资赎奴,都令少数民族诗人景仰。对周边国家民族诗歌的吸纳,也丰富了少数民族诗歌的表现力,如藏族从印度引入的《诗镜》,经过藏族高手的改造,成为藏族诗歌创作的经典,长期影响藏族诗坛。维吾尔族的以长短音节的变换、组合的格律诗阿鲁孜韵律,是从波斯和阿拉伯引入的,著名的《福乐智慧》,就是用这种格律创作的。

但这个过程是双向的,民族诗歌也深深影响了汉族诗歌。从结构上看,少数民族民歌充分发育,民间长诗篇章繁富,补充了汉文学民间诗歌萎缩和长诗偏少的不足。以民间长诗而言,在各民族中都充分发育,蒙古族的英雄史诗多达几百部,傣族的各类长诗有五百多部,壮族的民间长诗包括异文本在内超过1000部。最长的史诗《格萨尔王传》长达一百二十多万行,是世界上最长的史诗。作家长诗在维吾尔族有一千多年的历史,篇章众多,几千几万行的长诗唾手可得。这弥补了汉文学长诗的不足,使中华文学结构完整,诗坛熠熠生辉。从更深层看,北方民族的长短句诗词对宋词的产生有很大的影响。五胡十六国时期,鲜卑、氐羌等北方民族活跃中原。隋唐更盛,唐代西北艺人、僧人、商旅络绎不绝地进入长安,带来了西北民族的艺术,胡乐杂曲大量流入中原,不仅流布民间,上层也逐渐喜爱,于是"喧播朝野,熏染成俗,文人才士,乃依乐工拍弹之声,被以长短句,而淫词丽曲布满天下矣"①。词的形成经历了三个阶段,第一阶段是引入阶段,乐府中有不少来自西北的艺术家,他们带来了西北民族的演唱艺术,其长短句的艺术魅力引起中原艺人的注意;第二阶段,唐代中后期,中原艺人试着仿造长短句,将其与中原的宴席曲融为一体,并与曲分离,出现了初步的词。不过当时唐诗鼎盛,词没有得到发展。宋代,唐诗高峰已过,词趁势崛起,脱离了曲,而形成一种新的诗体,词终于将中国诗坛推到又一个新的高峰。词本为"艳诗",后逐步雅化,为高层文人所垄断,于是来自北方的俗文学散曲在宋末取代了词,为元曲的产生创造了条件。元曲包括散曲的联唱。少数民族诗歌就这样在与汉文学的双向互动中,发展了自己。

(八)宗教多层浸润

汉文学由于"子不语怪力乱神"②,除少数诗人有一些慕仙恋禅归隐的意向外,基本与宗教绝缘。少数民族诗歌不同,少数民族文学与宗教有不解之缘。从诗歌的产生来看,宗教是民族诗歌创作的源泉之一。从影响的层次来看,由浅入深三个层次。少数民族宗教也是多层次,第一个层次是原始宗教,包括自然崇拜、鬼魂崇拜、图腾崇拜、生殖崇拜、祖先崇拜;第二个层次是原生型民间宗教,包括萨满教、东巴教、毕摩教和师公教等,是属于从原始宗教到创生宗教(即

---

① 俞文豹:《吹剑三录》。
② 《论语·述而》。

人为宗教)之间的准宗教;第三个层次是道教、佛教、伊斯兰教、基督教等创生型世界大教。这些宗教在少数民族中都普遍有影响。其影响的第一个层次是在一般的诗歌作品中,有意无意对神的意念和敬畏,或者借宗教意念发感慨。特别是对仙境的向往,对祖先的追念,在诗歌中是比较常见的,各文化圈和文化区诗歌都存在,而作者并不一定是信教者。蒙古族有许多祝词和赞词,就是这类作品。如祝词中的祈求:"三十三位天神,七十七位始母啊,请赐我福禄吉祥!"[①]这是自然发出的内心祈求。这种祈求在民族诗歌中常见,其来源是原始宗教遗韵的广泛影响。更深的一层出现在信仰伊斯兰教的民族和信仰藏传佛教的民族中。信仰伊斯兰教的民族,其作品并不都是直接赞颂宗教,但作品的内容是不能违反《古兰经》的,也就是说,其作品虽然不能说是宗教文学,但必须在伊斯兰教的文化氛围和框架中创作。有许多作品的内容都是反映民族生活的,有很高的价值,但往往在开头必先向真主致意。藏族传统诗歌与宗教的关系比信仰伊斯兰教的要深一些,更紧密一些。首先是传统的藏族诗歌的作者,基本是宗教上层人士,有不少是宗教领袖,他们创作诗歌的目的很明确,就是宣传教义。像《甘丹格言》《水树格言》这些重要著作,都是宗教上层创作的。不过,这里要说明一点,这些著作虽然是为了宣扬教义,但因为融入了藏族久远历史积累的民族思想财富,有不少内容并不是直接宣扬教义,而是民族生产生活经验的结晶,很有教益。

少数民族诗歌中有一部分是经诗和神歌,它们是宗教的组成部分。在北方的东北文化区和内蒙古高原文化区都有萨满神歌,在

---

① 荣苏赫等主编:《蒙古族文学史》第一卷,内蒙古人民出版社,2000年版,第146页。

《满族萨满神歌译注》中,收入了30篇大神神歌,10篇家神神歌和6篇请送神歌,它们分别是祝词、祷词和神词,都是举行跳神仪式时,"萨满和助手描述神灵特征、颂扬神灵神通广大以及表示祭祀者的虔诚态度和决心等内容的歌词"[1]。皆为满语长短句诗体。《壮族麽经布洛陀影印译注》[2]收入的是壮族麽教的经典,共29部,用古壮字书写,壮歌体,腰脚韵,基本为五言诗,是麽公在宗教仪式上诵唱的经诗。师公经书更多,每个师公班一般都有一百本左右。全壮族地区约有几百个师公班,虽然其经典名称相同或相近,但都有所不同即异文,其经典加起来数量惊人。目前正在译注的师公经书只是很少的几百本。师公经书用古壮字抄写,腰脚韵,分为七言上下句和五言"勒脚体",格式与壮族的民歌相同。东巴经用东巴文抄写,是东巴教经典,神职人员东巴在宗教仪式上唱诵的。东巴经约二万多本,不雷同的书目一千五百多册,分为祭天类、延寿类、祭祖先类等24类,其韵文基本为五言诗。彝族的毕摩经在彝文文献中占有很大的比重,国家图书馆所藏的五百多部文献中,有三百多部是宗教经典。毕摩经用于祭祀、超度、占卜、驱邪、祈祷等仪式,基本是五言诗。虽为宗教经典,但其内容包含了广泛的社会生活。如壮族的麽经,基本是壮族的创世史诗,可以说是氏族社会的"清明上河图"。这是诗歌与宗教关系最深的结构层次。

(九)诗歌功能扩展

按一般文学理论,文学最重要的是审美功能,即通过审美产生心理效应。由于中国少数民族主要身处边陲,大多又没有民族文字,传

---

[1] 宋和平:《满族萨满神歌译注》前言,社会科学文献出版社,1993年版。
[2] 张声震:《壮族麽经布洛陀影印译注》,广西民族出版社,2004年版。

媒不畅,交流手段欠缺,故民歌和民间长诗等民间诗歌成了沟通、交流甚至达到某种功利的工具,其功能得到了扩展,强烈的功利性是其重要的特征。有些功利本来不应该是诗歌负担的,但它实际存在着。这些功能包括审美功能、娱乐功能、教育功能、刺政功能、传授功能、祝祷功能、择偶功能、协调功能、交往功能、比试功能、表达功能等。其中审美功能、娱乐功能、教育功能、刺政功能等是少数民族诗歌中的汉语诗歌和民族语文所共有的,也和汉族诗歌基本相同,其他则主要是民族语文诗歌拥有的功能。祝祷是经诗、萨满神歌、藏传佛教大藏经中的长短诗歌的功能,用于宗教仪式上向神表达意愿。南方少数民族有大规模的群体诗歌对唱歌场,如壮族的歌圩,布依族的歌节、跳花会、歌会,侗族的行歌坐夜、歌会、赶坳、赶坪节,仫佬族的走坡节,黎族的三月三,苗族的麻坡歌节、屏边花山节、坐花场,彝族的腊鲁赛歌会、那坡风流节、朝山会,等等,在这些歌场上,民歌成了青年择偶的工具和手段,对歌相合即为情人或夫妇。协调是壮族《传扬歌》、侗族款词、苗族议榔词和理词、瑶族说亲词和彩话等伦理道德诗的功能,用以协调人与人之间的关系,有的还起到习惯法的作用。旧时在壮族地区,民间在请寨老调解各种纠纷时,经常以《传扬歌》相关诗段为据来判明是非。交往功能是有的民族以民歌作为互相交流的工具,路上相遇问候,聚会以歌会友,进村进门以歌探路,达到互相了解的目的。比试功能见于各种对歌擂台,如壮族的擂台,任歌师、歌王在台上比试应对本领,测试各人歌才,还根据在台上的应对速度和水平,评出歌师和歌王。这与汉族宴席上临机应对有些类似,也是显示诗才,但汉族没有评诗王的习俗。西北"花儿"会上的对歌既有交往功能,也有比试歌才的功能。表达功能是指个人独自以诗释放心中块垒,或以之表达欣喜之情,不需要与人交流。过去在南方少数民族中,上山下地,经常传来歌声,此起彼落,多是表达旧社会生活的艰辛,让人动容。当然,在这些功能中,都伴有审美的成分,无论诗作何用,都需要意境优美,用词生动,韵律和谐,富有艺术魅力。

(十) 独特传承方式

少数民族汉文诗歌的传承方式,与汉族诗人基本相同,都是付梓成册,典藏于书籍府库。由于少数民族诗人经济能力有限,往往只能在志书或其他文册中被记载。有的地方政权首脑认为自己的诗歌高贵,只准吟诵,不许抄录,结果其诗歌失传了。民间诗歌,过去大部分都依靠口传,变异比较大,《格萨尔王传》的一百二十万行,就是这样滚动形成的。口传需要有特殊的才能,包括理解力和记忆力,故不是人人可以做到的。于是在各民族中,出现了超强记忆和演绎能力的艺人,如傣族的章哈歌手、哈萨克族的阿肯、柯尔克孜族的玛纳斯奇、蒙古族的好来宝艺人、藏族的《格萨尔王传》说唱艺人、彝族的毕摩、赫哲族的"伊玛堪"歌手、纳西族的东巴。壮族的传承艺人按等级分为歌手、歌师、歌王、歌仙四级,歌仙只有刘三姐独享此誉。傣族的章哈歌手,曾经多到一千三百多个。这些传唱者往往也是创作的高手,他们是少数民族诗歌王国里的旗手、大诗人。在少数民族中,民间抄本和碑刻是一种独特的传承方式,碑铭主要见于维吾尔族的回鹘汗国时期,白族也有山花碑。藏族为长条式的藏经式手抄本和木刻本。壮族抄在一种类似宣纸的绵软纱纸上,装订成册,封面涂以桐油。傣族刻于晾干压平的贝叶上,通称贝叶经。总之,各民族都有传承和珍藏民族诗歌的方法。

民间诗歌传唱是有一定规矩的,如情歌只能在歌场上由年青人唱;伦理道德诗由有威望的人唱;经诗只能由神职人员唱;有的歌是专门由妇女传唱的。总之是不同场景,不同氛围,不同目的,由不同人物传唱。有的传唱时很严肃,要沐浴更衣,焚香祷告。这些独特的传承方式,对诗歌的内容、格式和手法,都产生了影响。

综上所述,少数民族诗歌从表层结构到深层意蕴,都有浓郁的地域性和民族性。其鲜明的民族特点和艺术特征,是中华诗坛宝贵的非物质文化遗产,与中华主流诗歌一起,汇成了中华诗坛雄浑的交响曲,显示出诗的国度的万般气象,使中国的诗歌园地焕发出无穷的生命力。但少数民族诗歌的上述特点,却不是孤立的,因为无论少数民族文学内部还是汉文学与少数民族文学之间,都有密切的关系。这与中华文化板块结构有关。

先秦时期,中华文化的四大板块结构业已形成。四大板块可以用文化圈和文化区来标定,它们是:(一)中原旱地农业文化圈。它包括黄河中游文化区和黄河下游文化区;(二)北方森林草原狩猎游牧文化圈。它包括东北文化区、内蒙古高原文化区和西北文化区;(三)西南高原农牧业文化圈。它包括青藏高原文化区、四川盆地文化区和云贵高原文化区;(四)南方稻作文化圈。它包括华中文化区即长江中游文化区、华东文化区即长江下游文化区、华南(岭南)文化区和闽台文化区。四大板块在新石器时代奠定,在夏商周形成,各有明显的特征。以石器而言,北方森林草原文化圈为细石器文化,江南稻作文化圈为带肩石斧和有段石锛,华南文化区更以大石铲文化闻名。在总体发展水平上,中原文化圈程度最高,成为中国的主流文化圈。在民族分布上,中原文化圈主要为华夏所居,是汉族的发祥地;北方森林草原文化圈自东而西依次为阿尔泰语系满——通古斯语族、蒙古语族、突厥语族等民族所居;西南高原农牧文化圈主要是汉藏语系藏缅语族诸族分布;江南稻作文化圈则是越人和武陵蛮的天下。四大文化圈以中原文化圈为中心,其它三个文化圈的十个文化区像十个互相套住的链环,自东北绕过西北、西南直至华南,呈匚形,它们是东夷、北狄、西戎、南蛮等各少数民族先民所居。这就是先秦古籍所说的"四夷",《尚书·旅獒》在描绘华夏与四夷的关系时说:"四夷咸宾"。东汉许慎《说文解字》云:"羌,西戎,羊种也,从羊儿,羊亦声。南方蛮、闽从虫。北方狄从犬。东方貉从豸。西方从羊……唯东夷从大,大,人也。"这是以图腾表示民族。《春秋公羊传·鲁成公十五年》说"内诸夏而外夷狄",这说明,周边少数民族祖先各有自己的生活区域和习俗。有自己的社会生活便有自己的文学,有自己的诗歌。这一格局一直延续到后世,至今也没有完全改变。唯一变化的是主流文化由于不断壮大,扩展到周边各民族文化圈,使中华文化呈现出交融状态。由于基本格局未变,故本书的章节设置,便是根据中华文化板块结构这一格局定的。又由于北方森林草原狩猎游牧文化圈东西绵延很长,历史上受内外影响不大相同,各有一些特征,据此,本书将少数民族诗歌每章划分为中原、北方、西北、西南、南方五节(个别特殊情况在外),一方面体现了不同地区文学的个性,同时又便于通过比较,找出它们之间的共性。这一网状结构以历史演化的纵向为经,以地区分布的板块为纬,纵横交织,意在梳理出民族诗歌的特色。但各文化圈和文化区并不是孤立地存在,各文化圈之间、文化区之间、民族之间、族群之间,存在着四条纽带,这就是政治一体、经济互补、文化互动和血缘互渗。在中国漫长的历史上,曾经存在过合久必分、分久必合的政治格局,也就是说存在过不少地方政权,有的是少数民族上层建立的,如十六国时期中的十三国,是北方和西北鲜卑、氐羌、匈奴等建立的;春秋战国和五代十国,多数是汉族或汉族祖先建立的。然而从总体上看,和占三分之二以上,分占三分之一不到。中国的地方政权一般有个特点,即其首领常常是双重身份,在自己的区域内称王,有单于、汗、可汗、赞普、君、王等头衔。另一方面他往往又接受中央政权的封号,以臣事之,按时纳贡。有的可汗还是中央皇帝封的,如鄂尔浑回纥汗国(744—845)第二代可汗磨延啜的封号"英武威远毗伽可汗",就是唐肃宗李亨封的,李亨还派自己的堂弟为册封使,庞大的使团带去了册封诏书、印玺和大量贺礼,非常隆重。这种对下称君、对上称臣的格局,是中国政治格局的一大特色,它形成了政治一体化,使中国成为一个统一的多民族国家。这对国家的统一,民族之间的密切交往和团结,影响是不言而喻的。经济上的互补,最明显的是"茶马贸易",也就是游牧民族需要中原民族的粮食、茶叶等农产品和金属;而中原则需要游牧民族的肉类、奶类、皮毛等土特产,彼此在长城脚下交易。从宋代开始,朝廷在秦州、成都等地建立茶马司;明代扩大到洮(甘肃临洮)、河(甘肃临夏)等地;清代茶马司置大使,意在通过官方控制和促进茶马贸易。民族地区有丰富的矿产、森林、良马、肉奶制品、药材、玉石、水果、水力等资源,有"动物王国""植物王国""有色金属王国""花果之乡""水稻之乡""绿色宝库"之美誉,皆为内地所需。而内地有发达的农业、手工业、丝绸业,是民族地区必不可少的,因而历史上经济交流频繁,即使上层之间争战,民间贸易也没有停止。一条西去的陆上"丝绸之路"和一条南去的海上"丝绸之路",就把中原和边疆串在一起。文化互动更为久远,在中国,汉文化是主流文化,其政治结构、典章制度、古代科学、哲学思想、教育制度、宗教信仰、人生礼仪、民风民俗、语言文字、文学艺术、医学、生产技术、天文地理……无不对民族地区产生强烈的辐射,激发为趋同现象。同样,少数民族的文化也对汉族产生一定的甚至强力的影响,有的是对汉文化的补充。由古代越人

(其中包括壮侗语族各民族先民)发明的水稻人工移栽技术,至今不仅风行全国,而且占据了世界半数以上人口餐桌上的主食地位;"胡服骑射"的引入,彻底改变了中原车战阵的战场军队组合格局和战斗方式;而风行千年的纺织技艺,是元代黄道婆从琼州临高人(壮族支系)和黎人那里学来的;来自胡方的二胡,成了中国民族乐器的主力……文化的交流密切了各族人民的关系,拉近了彼此的距离,促进了共性的增长,你中有我,我中有你,促成了趋同现象。这种趋势与儒家的思想有很大的关系,儒家在民族关系上采用了与国外有的民族完全不同的政策。国外有的征服者对被征服者采取种族灭绝的残酷政策,而儒家则主张"远人不服,则修文德以来之,既来之,则安之"①,又说"与人恭而有礼,四海之内皆兄弟也"②。《尔雅·释地》解释:"九夷、八狄、七戎、六蛮谓之四海。"也就是说,无论哪个文化区的少数民族,只要你接受我儒家的道统,便被视为兄弟。正因为如此,历史上虽然有过民族之间的战争,但不过是阋墙之讼,各民族的友谊团结是第一位的,主要的。这就是文化的魅力。至于各民族之间的血缘关系,更是说不清了,由于人口的自然流动、战争造成的流徙、各王朝(包括地方政权)的大规模移民、屯垦戍边、贬谪、入主中原等种种原因,各族通婚乃是很正常的现象。而有的民族如回族,便是阿拉伯商人居住于中国后与汉族、维吾尔族等民族通婚融合而成的。秦并岭南,留下大约二十万人左右守卫,首领赵佗向秦始皇申请从中原要三万姑娘"以为士卒衣补",秦始皇只"可其万五千人"③,只

---

① 《论语·季氏》。
② 《论语·颜渊》。
③ 《史记·淮南衡山列传》。

够军官配偶,士兵无望。家有女子而安,和平时期士兵无妻就要闹事,赵佗便提倡汉越通婚。所以岭南汉族人的DNA与壮族最近,离北方汉族反而较远。彼此成了亲家,便不容易打仗,岭南汉壮关系就比较融洽。历史上中国的上层也有意利用血缘纽带,满蒙联姻,乾隆宠爱香妃,文成公主、金城公主嫁吐蕃赞普,昭君出塞,就是利用血缘纽带的显例。四条纽带使中国形成多元一体格局,一方面,各文化圈、文化区及民族的特点依然保持,同时十二个文化区又互相连环,形成多层的共性,即少数民族文学之间的共性,少数民族文学与汉文学之间的共性。

少数民族诗歌有很高的价值。汉族有二十五史,还有大量野史,其历史不必依赖于文学。汉族丰富的文化有浩如烟海的古籍记载。少数民族则不同,大部分少数民族没有自己的文字,他们的历史文化就潜藏在文学作品里,文学就是历史,这就决定了民族文学价值的多元。诗歌尤其如此,在少数民族文学里,韵体文学是劲流,是主流,故而民族诗歌有多重的研究价值,是各民族历史的"百科全书"。也就是说,少数民族诗歌不仅是艺术品,同时也是民族的历史,记录了历代各族人民在条件相对恶劣的环境中艰苦开发和崛起的脚步,赞叹各族的英才和历史名人的业绩,抒发各族人民的喜怒爱乐,表达人们分明的是非观、荣辱观和生命意识。无论语言学、文艺学、民族学、历史学、文化学、风俗学、人类学、伦理学、民族关系学、宗教学等等,都可以从中找到宝贵的材料。特别是历史学,民族诗歌蕴藏着丰富的宝藏。从回纥时代的散韵体碑铭里,我们清楚地了解到九姓回纥通过河西走廊西迁,与当地人民融合,发展成为维吾尔族。从《阙特勤碑》《毗伽可汗碑》《磨延啜碑》的内容和产生过程中,我们了解到中国古代一个重要的现象,即地方政权首脑的双重身份,他们在自己的管辖范围内是汗、是王,但对中央政权则是诸侯或臣。这对我们研究中国历史上国家的统一有很大的意义。从这里可以看出,对少数民族来说,少数民族诗歌这份非物质文化遗产是非常珍贵的,值得大力保护、继承、弘扬,这就是编撰本书的本意。

"本书对过去的民族诗歌的历史做了梳理和阐述,目的在回顾过去,展望未来,而后者是主要的。就现当代民族诗歌而言,其发展还不到一个世纪,还处于初期阶段,倘若本书能对其未来的发展有所裨益,这正是初衷。综观过去,我们对未来充满信心和期待。毕竟经过新中国六十多年的培育,为少数民族文学的更大发展繁荣奠定了厚实的根基。国家经济的发展繁荣,义务教育的普及和提高,造就了少数民族的作家大队伍,国家级和省区级作家协会会员多达几千人,业余作者队伍就更加庞大了,许多民族都形成了诗人群。在信息四通八达的时代,各种艺术手法的交流纷至沓来,少数民族诗人从中吸取营养,充实自己,壮大自己。我们有理由相信,少数民族的诗歌必将百花齐放,万紫千红!"[①]

少数民族诗歌有着广阔复杂的历史文化背景,地区自然环境的差异,各族历史演化不同的轨迹,多姿多彩的民族风情,异彩纷呈的方言土语,长期孕育的审美情趣,与汉文学的互动,与周边国家民族的频繁交流,都对民族诗歌产生多角度、多层次的影响。首先是题材的空前广泛和主题的多元。几千年来,民族地区在社会演进中经历了前资本主义的所有社会形态,而同是一种社会形态,又往往表现出不同的特质。西藏的农奴制就带有浓厚的奴隶制色彩,和华南的比

[①] 梁庭望:《中国诗歌通史·少数民族卷》绪论,人民文学出版社,2012年版。

较温和的农奴制很不相同;游牧民族的社会生活,又和稻作民族的很不一样;不同的文化板块还有不同的宗教传统,伊斯兰教在西北十个民族中流传,而藏传佛教主要在藏族和蒙古族中传播,萨满教、东巴教、毕摩教、麽教、师公教等原生型的民间宗教则呈现出与世界大教很不相同的色彩……所有这些,都使民族诗歌有很大的社会容量,表现出不同时代、不同境遇的不同是非、爱憎、理想和愿望。对生存环境的艰苦开发,对民族生存的顽强拼搏,对幸福生活的憧憬,对自由的向往和追求,对爱情的热烈和坚贞,对丑恶的抨击和鞭挞,对国家统一和民族团结的赞颂,成了民族诗歌强劲的主旋律。以汉文创作的作品,则反映了中原的历史风云,边疆与中原腹地的关系,既有不时的阋墙之讼,更有经济文化的互动。所有这些,都尽力在《通史》中得到阐明。

本书在少数民族文学史上的地位如何,有待读者评估。这里仅引用赵志忠的一段话,供读者参考。他认为:"《中国诗歌通史·少数民族卷》不仅是一部全面论述少数民族诗歌、诗人的著作,同时也是一部对少数民族诗歌创作、诗歌运动进行梳理、总结的一部理论创新著作。首先,作者对少数民族诗歌发展历程进行了总结,并将这种发展分为五个阶段,即古代诗歌奠基期、古代诗歌发展期、古代诗歌繁荣期、近代诗歌转换期、现当代诗歌形成期。这种分期,是对整个中国少数民族诗歌发展历程的高度概括,是经过作者深思熟虑、研究之后的结论,同时也为今后少数民族诗歌研究打下了重要的理论基础。由于中国少数民族的生活地域、生产方式、风俗习惯、宗教信仰等方面与汉族不同,其诗歌作品也有自己的鲜明特色。作者认为,中国少数民族诗歌主要有十个独特之处,即整体结构多元,内部结构多姿,民族生活浓郁,用语复杂生动,艺术手法多样,艺术风格多姿,吸纳充实自己,宗教多层浸润,诗歌功能扩展,独特传承方式。这是第一次系统而又充分地对中国少数民族诗歌特色的概括与表述,是中国少数民族诗歌理论建构的重要一环,势必影响到整个中国少数民族诗歌的创作与研究。

"总之,通史《少数民族卷》是近年来我国民族文学研究的一项重要成果,她同汉族诗歌一齐走进了中国诗歌史的殿堂。它以独特的视角,严谨的学术论证,鸿大的篇幅,全面论述了中国少数民族诗歌与诗潮,成为中国少数民族诗歌研究不可多得的扛鼎之作,必将促进少数民族诗歌乃至整个中国诗歌的研究。"①

以上是民族诗歌史编撰的三个阶段,即族别民族诗歌史阶段、综合性少数民族诗歌史阶段、少数民族诗歌史与汉文诗歌史初步融合阶段。三个阶段基本打破了传统的中国文学史构架,向将中华各族的文学史融为一体的阶段迈进了一大步。但是,在熔铸浑然一体的中华文学史的道路上,我们还有较长的路要走。在族别文学和区域文学的微观研究上,还有很多谜尚未理清;少数民族诗歌的许多珍品,还没有被译为汉文,影响了人们对少数民族诗歌丰富性的理解;在观念上,对少数民族诗歌丰富多彩的认识还停留在政策层面上,传统的陈旧的华夷之别并没有完全消除;我国绝大多数的大学中文系的中国文学的框架结构基本未变,还是一个围城,新的观念不容易插进去。而民族诗歌的创作、翻译、研究,目前基本上仍在自己的圈子里打转,还没有与主流文学完全沟通,致使大部分高校的中国文学教学内容基本没有少数民族文学。边缘文学和主流文学的融通,仍是一个艰巨而长期的任务。

---

① 赵志忠:《民族文学研究的扛鼎之作——评〈中国诗歌通史·少数民族卷〉》。